U0097149

中國語言文字研究輯刊

五　編

許 錟 輝 主編

第5冊

《說文古本考》考（第二冊）

陶 生 魁 著

花木蘭文化出版社

國家圖書館出版品預行編目資料

《說文古本考》考（第二冊）／陶生魁 著 — 初版 — 新北市：
花木蘭文化出版社，2013〔民 102〕
目 4+234 面；21×29.7 公分
（中國語言文字研究輯刊　五編；第 5 冊）
ISBN：978-986-322-508-9（精裝）
1. 說文解字　2. 研究考訂
802.08　　102017771

中國語言文字研究輯刊
五　編　　第五冊　　ISBN：978-986-322-508-9

《說文古本考》考（第二冊）

作　　者　陶生魁
主　　編　許錟輝
總 編 輯　杜潔祥
出　　版　花木蘭文化出版社
發 行 所　花木蘭文化出版社
發 行 人　高小娟
聯絡地址　235 新北市中和區中安街七二號十三樓
　　　　　電話：02-2923-1455／傳真：02-2923-1452
網　　址　http://www.huamulan.tw 信箱 sut81518@gmil.com
印　　刷　普羅文化出版廣告事業
初　　版　2013 年 9 月
定　　價　五編 25 冊（精裝）新台幣 58,000 元　

《說文古本考》考（第二冊）

陶生魁　著

目次

第一冊

第二冊

第三冊

第四冊

《說文古本考》第四卷上　嘉興沈濤纂

旻部

（闅）　低目視也。从旻，門聲。弘農湖縣有闅鄉，汝南西平有闅亭。

濤案：《汗簡》卷上之二引《說文》闅字作，今《說文》無重文而正篆之體亦不如是。葢古本有古文闅字如此作也。

又案：《後漢書·董卓傳》注云：「《說文》闅今作閿，流俗誤也。」疑古本有重文閿篆，云：「俗从門，从受。」

目部

（目）　人眼。象形。重童子也。凡目之屬皆从目。古文目。

濤案：《五經文字》上作「象重童子之形」，以全書通例證之，古本當如是。《一切經音義》卷二引「象形」下又有「目視也，亦見也」六字，當是庾氏《演說文》語。

魁案：《古本考》非是。《慧琳音義》卷三「瞖目」條引《說文》云：「人眼也。象形。從二重童子也。」此當是許書原文。今大徐本奪「也」、「從二」三字。

（矎）　兒初生瞥者。从目，瞏聲。

濤案：《廣韻·二十八獮》引作「兒初生蔽目者」，葢古本如是。今乃二字傳寫誤合爲一。

魁案：《古本考》非是。桂馥曰：「《玉篇》、《廣韻》誤析瞥爲二字，有敝上家草。」其說當是。今二徐本同，許書原文當如是。

（眥）　目匡也。从目，此聲。

濤案：《一切經音義》卷四引「眥，目崖也，目際也」，「崖」乃「匡」字之誤。元應書卷十三仍作「目匡」，卷二十兩引作「目眶」可證，即匡字之俗。《文選》《西京》、《吳都》、《子虛》等賦注引作「目匡」，《盧子諒〈覽古〉詩》

注引作「目眶」，可見今本不誤。《爾雅・釋畜》釋文引《說文》云：「眥，目匡也。《字林》云：『眥，目厓。』」則作「厓」者乃《字林》，非《說文》也。古本當有「一曰目際也」五字。《列子・湯問篇》注云：「眥，目際也。」正本許書。

魁案：《古本考》認爲今本不誤，是。《慧琳音義》卷八十五「睫毛」條下引《說文》云：「眼眶也。「眶」字當「匡」字後起字。《慧琳音義》卷四十三「雙眥」條轉錄《玄應音義》，引《說文》云：「眥，目崖也。目際也。」卷七十四「裂眥」條轉錄引作「目崖也」。皆同沈濤所引。《古本考》認爲有「目際也」一訓，未必是，蓋他書之訓。

（矈）　目旁薄緻宀宀也。从目，𦣝聲。

濤案：《玉篇》引無「薄緻宀宀」四字，蓋顧氏節引，非古本無此四字也。《爾雅》訓矈爲密，即「薄緻宀宀」之義。以本部「矕」字訓「目矕矕」例之，「宀宀」當作「矈矈」，「薄緻矈矈」殆即娭光眇視之意。《楚辭・招魂》：「靡顏膩理遺視矊些。」《文選・江賦》：「江妃含睇而矊邈。」「矊」即「矈」之別體也。《韻會》正作「矈矈」，則小徐本尚不誤。

魁案：《古本考》是。今二徐本同，許書原文如是。

（瞞）　平目也。从目，㒼聲。

濤案：《一切經音義》卷十七引作「平視也」。二字雖見《三國志傳》，然此字與「大目」、「出目」諸訓相次，應作「目」，不作「視」。《莊子・天地》釋文引《字林》云「瞞，目眥平皃」，正本《說文》。元應書蓋傳寫之誤，非古本如是。《廣韻・二十六桓》引作「平目」。

魁案：《古本考》是。《慧琳音義》卷七十「瞞陁」錄《玄應音義》引同沈濤所引。今二徐本同，許書原文如是。

（暉）　大目出也。从目，軍聲。

濤案：《一切經音義》卷一引「暉，大出目也，謂人目大而突出曰暉」，蓋古本「目出」作「出目」，謂字以下乃庾氏注中語。《玉篇》亦云：「大出目也。」當本《說文》。可證古本不作「目出」。

魁案：《古本考》非是。《慧琳音義》卷四十二「睍暉」條轉錄《玄應音義》，引《說文》同沈濤所引。張舜徽《約注》云：「許云『大目出』，謂目大而突出於外，此由自然之勢而成。若云『大出目』，意若由外力所致矣。許君原文不誤，而後人所引，誤倒一字，不可從也。」張說可從，「大目出」意在「出」，「大出目」意在「目」，側重不同，今二徐本同，許書原文當如是。《音義》蓋誤倒。

𥅃（盼）　《詩》曰：「美目盼兮。」从目，分聲。

濤案：《一切經音義》卷八引「盼，目白黑分也」，葢古本說解如此。今本但偁《詩》而無訓解，許書無此例也。《詩・碩人》傳曰：「盼，白黑分也」，正許君所本。

魁案：《古本考》認爲許書原文作「目白黑分也」，非是。《慧琳音義》卷一百「盼長路」條引《說文》云：「《詩》曰：美目盼兮。從目分聲。」與今二徐本同，許書原文如是。《玄應音義》所引蓋他書之訓冠以許書之名，引者竄誤。《慧琳音義》卷七十七「盼目」條云：「《毛詩傳》云：黑白分也。」許書未必與毛傳同。

沈濤言「今本但偁《詩》而無訓解，許書無此例」，亦非是。張舜徽《約注》云：「許書說字之例，亦有直引經文不別立訓者，蓋字義即存乎經文之中，不煩立解耳。如《牛部》犕篆下但引『《易》曰：犕牛乘馬。』《來部》𥝩篆下但引『《詩》曰：不𥝩不來。』《囧部》盟篆下但引『《周禮》曰：國有疑則盟』云云。《糸部》絢篆下但引『《詩》云：素以爲絢兮。』�篆下但引『《論語》曰：紝衣長，短右袂。』皆其例也。豈此諸篆說解皆有脫耶！」張說甚是。

𥅞（眅）　多白眼也。从目，反聲。《春秋傳》曰：「鄭游眅，字子明。」

濤案：《一切經音義》卷一引作「眼多白也」，以盱字「目多白」例之，古本當如是。然「多白眼」爲《易・說卦》文，許君每以經解經，今本義得兩通。

魁案：《古本考》可從。《慧琳音義》卷四十二「眅多」條轉錄《玄應音義》，引同沈濤所引。本部之字言「目」者多，言「眼」者少，竊以爲許書原文當作「目多白也」，《廣韻》所引作「目多白貌」。

（睍）　出目也。从目，見聲。

濤案：《一切經音義》卷一引「睍，目出皃也」，蓋古本如是。今本「目出」二字誤倒，又奪「皃」字。《玉篇》亦云：「目出皃。」

魁案：《古本考》是。《慧琳音義》卷四十二「睍暉」條轉錄《玄應音義》，引同沈濤所引。

（窅）　深目也。从穴中目。

濤案：《一切經音義》卷九引作「目深皃」，《玉篇》引作「深目皃」。「目深」、「深目」義得兩通。據此兩引，古本蓋作「皃」，不作「也」〔註93〕。

魁案：《古本考》非是。《慧琳音義》卷四十二「瞎眼」條轉錄《玄應音義》，引《說文》作「目深也」。《慧琳音義》卷八十七「窅冥」條引《說文》云：「窅深目也。」與今二徐本同，許書原文當如是。

（矘）　目無精直視也。从目，黨聲。

濤案：《後漢書・梁冀傳》注引作「目睛直視」，乃傳寫奪一「無」字，又誤「精」爲「睛」，非古本如是。《一切經音義》卷一引《字林》云：「目無精直視。」呂正用許解也。《廣韻》亦云：「矘，䁟，目無精。」

魁案：《古本考》是。今二徐本同，《六書故》卷十引《說文》亦同二徐，許書原文如是。

（睒）　暫視皃。从目，炎聲。讀若「白蓋謂之苫」相似。

濤案：《文選・吳都賦》《海賦》等注、《一切經音義》卷一皆引作「暫視也」，蓋古本不作「皃」。元應書卷一、卷十六、卷十九引作「暫見也」，乃《見部》覢字之訓。卷十六又有「不定也」三字，卷十九有「亦不定也」四字，疑古本有一解。《玉篇》仍作「皃」，義得兩通。

魁案：《慧琳音義》卷四十二「睒眼」條轉錄《玄應音義》，引《說文》作「暫視也」。卷六十四「覢鑠」條轉錄引云：「又作睒。《說文》：暫見也。不定也。」卷五十四「睒電」條引云「暫視也」，卷七十九「睒睒」條云：「《考聲》

〔註93〕「也」字刻本原缺，今據文意補。

云：目不定也。《說文》：暫視皃。」《古本考》認爲許書原文當作「暫視也」，諸引不一，今二徐本同，難訂是非。

《古本考》懷疑有「不定也」一解，非是。據卷七十九並引《考聲》《說文》可知。

（眍）　**直視也。从目，必聲。讀若《詩》云：「泌彼泉水。」**

濤案：《詩・邶風》釋文云：「毖，《說文》作眍。」是元朗所見本引《詩》不作泌字。毛傳云：「泉水始出毖然流也。」則「毖」乃「泌」之假借，然許君稱《詩》毛氏，與今本不同者甚多。細繹《詩》語，似當作「視被泉水」解爲合，當是鄭氏所據本與許君不同。古本當無「讀若」二字，大徐以毛傳無「直視」之訓，遂改「眍」爲「泌」，而又妄增「讀若」二字強爲牽合。小徐本作「眍」，正與《釋文》合，而亦有讀若二字，則後人據大徐本妄加也。

魁案：《古本考》是。許書原文當如小徐本。

（盱）　**張目也。从目，于聲。一曰，朝鮮謂盧童子曰盱。**

濤案：《列子・黃帝篇》釋文引「盱，仰目也」，葢古本如是。《易・豫卦》：「盱豫。」注曰：「上視也。」《漢書・王莽傳》：「盱衡厲色。」注曰：「盱，横舉眉揚目也。」「揚目」、「上視」皆與「仰目「訓相合。《易・豫卦》釋文引作「張目」，是元朗所據本與今本同。《倉頡》（《列子》釋文引）、《字林》（《文選・西京賦》引）皆有「張目」之訓，則義亦得兩通也。

又案：本部「睢，仰目也。」《莊子・寓言篇》言：「睢睢盱盱。」固當同訓爲「仰目」。

魁案：《古本考》非是。《慧琳音義》卷九十五「盱衡」條引《說文》云：「亦張目也。」與今二徐本同，許書原文如是。

（矌）　**視而止也。从目，亶聲。**

濤案：《廣韻・二十八獮》引作「視而不止」，葢古本有「不」字，今奪。《玉篇》引同今本，疑後人據今本改。

魁案：《古本考》非是。馬敘倫《說文解字六書疏證》云：「下文『眕，目有所恨而止也。』眕矌雙聲義同。《走部》『趁，𧾖也；𧾖，趁也。』《集韻・

十七真》:『趁𧼒,行不進皃。』本書《馬部》:『駗驙,馬載重難行也。』以此證知眕瞳為目有所恨而止也。《廣韻》所引誤衍不字。」〔註94〕

(瞟)　瞭也。从目,票聲。

濤案:《文選・魯靈光殿賦》注引作「睽也」,乃字形相近而誤,非古本如是。

(睽)　目不相聽也。从目,癸聲。

濤案:《易・睽卦》釋文、《一切經音義》卷一皆引「睽,目不相視也」,葢古本如是。目宜言視,不宜言聽,今本乃誤字之顯然者。有元朗、元應書可證,更無庸曲為之說。《廣韻・十二齊》引「睽,目少精」,《玉篇》亦曰:「目少精。」是古本尚有「一曰目少精也」六字。

魁案:《古本考》非是。《慧琳音義》卷四十二「睽眼」條引《說文》云:「目不相聽也。」張舜徽《約注》云:「此聽非聽聞,乃聽从也。」其說甚諦。《慧琳音義》卷四十九「睽違」條引《說文》云:「睽,目不相聽從也。」甚合張說,「從」字衍。合訂之,今二徐本不誤,許書原文當如是。

(眽)　目財視也。从目,𠂢聲。

濤案:《廣韻・二十一麥》引作「目衺視也」,葢古本如是。今本作「財」,義不可通,說詳《見部》。

魁案:《古本考》是。《段注》云:「財,當依《廣韵》作邪。邪當作衺,此與《𠂢部》覛音義皆同。財視非其訓也。𠂢者,水之衺流別也。」

(睺)　失意視也。从目,脩聲。

濤案:《文選・魏都賦》:「䀭焉失所。」注引《說文》曰:「䀭,失意視也。」是古本作「䀭」不作「睺」矣。脩、條皆从攸聲,二字每多相亂,然據《選》注則此字从「條」,不从「脩」也。大徐音他歷反,亦以从條得聲為近也。《韻會》亦引作「䀭」,云「从目條聲」,是小徐本尚不誤。

〔註94〕馬敘倫《說文解字六書疏證》,科學出版社,1957年。

瞗（睢）　仰目也。从目，隹聲。

濤案：《一切經音義》卷十二引作「仰目皃也」，葢古本多一「皃」字，今奪。

魁案：《古本考》可備一說。《慧琳音義》卷五十五「睢叫」條轉錄《玄應音義》，引同沈濤所引。

旬（旬）　目搖也。从目，勻省聲。眴旬或从旬。

濤案：《一切經音義》卷十八云：「瞤動，古文眴，同。而倫反。《說文》：目搖動也。」（《辟支佛因緣論》上卷）據元應所見本瞤、眴爲一字，今本分二字。瞤訓「目動」，眴訓「目搖」，而又分爲二音，瞤音如匀切，眴音黃絢切，皆誤。又元應書卷二十引「瞤，目搖也」，乃傳寫奪一動字。

又案：《音義》卷十二云：「瞬動。古文旬，同。《說文》云：目搖動也。」（《雜寶藏經經》第一卷）亦有「動」字。

魁案：《古本考》認爲許書原文當作「目搖動也」，非是。《慧琳音義》卷四「不眴」條、卷十一「不旬」條、卷十九「不眴」條、卷三十二「魯眴」條、卷七十七「曾眴」條、卷七十八、卷八十「不眴」條皆引《說文》作「目搖也」，與皆二徐本同，許書原文當如是。《慧琳音義》卷五十三「眼眴」條轉錄《玄應音義》，與卷四十五「俱眴」條並引作「目搖動也」，「動」當涉「搖」字而衍。

睦（睦）　目順也。从目，坴聲。一曰，敬和也。𥈖古文睦。

濤案：《汗簡》卷上之二〔註 95〕「𥈖睦」，是古本古文篆體如此，今本微誤。

相（相）　省視也。从目，从木。《易》曰：「地可觀者，莫可觀於木。」《詩》曰：「相鼠有皮。」

濤案：《五行大義・辨體性》引許愼云：「地上之可觀者莫過於木，故相字目旁木也。」此蕭氏檃括其詞，非古本原文如是。

〔註 95〕「之二」二字刻本作「之上」，今正。

䀹（睗）　目疾視也。从目，易聲。

濤案：《文選・吳都賦》注引「睗，疾視也」，是古本無「目」字。本部「矆，大視也」，「瞻，臨視也」，「瞚，小視也」，「眚，省視也」，皆無「目」字，則此亦不當有「目」字。以此例之，上文「䁅，目孰視也」，「目」字亦衍。《一切經音義》卷一引有「目」字，疑後人據今本改。

魁案：《古本考》非是。《慧琳音義》卷四十二「睗眼」條轉錄《玄應音義》，引《説文》云：「目疾視也。」與今大徐本同，小徐本作「目熟視也」，仍有「目」字。合訂之，許書原文當如今大徐本。

（睼）　迎視也。从目，是聲。讀若珥瑱之瑱。

濤案：《文選・東都賦》注引「睼，視也」，葢古本如是。《詩・小雅》：「題彼脊令。」傳云：「題，視也。」題即睼字之假借，許書正用毛傳，可證古本無「迎」字。

魁案：《古本考》非是。以「睗，目疾視也」例之，「視」上當有字，今二徐本同，許書原文當如是。

（眷）　顧也。从目，𢍏聲。《詩》曰：「乃眷西顧。」

濤案：《書・大禹謨》：「皇天眷命。」僞孔傳曰：「眷，視。」《正義》曰：「《説文》亦以眷爲視。」葢古本不作「顧」，今本涉偁《詩》語而誤。《玉篇》引同今本，疑後人據今本改。

魁案：《古本考》非是。《慧琳音義》卷八十三「宸眷」條引《説文》云：「顧也。」與今二徐本同，許書原文如是。

（睎）　望也。从目，稀省聲。海岱之間謂眄曰睎。

濤案：《一切經音義》卷三引作「海岱之間謂睎」，葢傳寫奪「眄曰」二字。

魁案：《古本考》是。《慧琳音義》卷九「希望」條轉錄《玄應音義》，引《説文》同沈濤所引。今二徐本同，許書原文如是。

（瞑）　翕目也。从目、冥，冥亦聲。

濤案：《一切經音義》卷十二、二十三引作「目翕也」，義可兩通。卷二十一引作「翕也」，乃傳寫奪一「目」字。

魁案：今大徐本當爲許書原文。《慧琳音義》卷五十三「爲瞑「條、卷六十七、七十五「瞑眩」條、卷七十六「瞖瞑」皆引《說文》作「翕目也」。卷三十四「瞑目」條、卷七十五「眼眠」條引作「翕也」，乃奪「目」字。卷四十七「瞑目」條轉錄《玄應音義》，引作「目翕也」，當誤倒其文。合訂之，今二徐本不誤，許書原文如是。

眚（眚）　目病生翳也。从目，生聲。

濤案：《一切經音義》卷二十四云：「瞖目，一計反。《韻集》云：目障病也。《說文》作瞖，目病生翳也。」或謂古本《目部》有「瞖」字矣。然《音義》卷一云：「瞖〔註 96〕目，《韻集》作瞖，同，於計反，目病也。《說文》：目病生翳也。並作翳，《韻集》作瞖，近字也。」卷十三、卷十八皆引《說文》「目病生翳也。」或云「又作瞖」，或云「《韻集》作瞖」，是元應明以「瞖」爲俗字，二十四卷「作瞖」，乃「作翳」之誤。莊大令（炘）乃云：「《說文》無瞖。此引不知所本，亦太孟浪矣。本部『瞥，又目翳也』，字皆作翳。」

魁案：《慧琳音義》卷四十二「赤眚」條引《說文》云：「目病生翳也。從目生聲。」與今二徐本同，許書原文如是。卷二十「瞖目」條引轉錄《玄應音義》，云：《韻集》作瞖，同。於計反。目病也。《說文》：目病生翳也。」卷七十「瞖目」條轉錄引云：「《說文》作翳，目病生翳也。」與沈濤引同。

瞥（瞥）　過目也。又，目翳也。从目，敝聲。一曰，財見也。

濤案：《文選·潘安仁〈河陽縣作詩〉》注引無「財」字，乃傳寫偶奪，非古本如是。

魁案：《慧琳音義》卷九十六「瞥想」條引《說文》云：「瞥，纔見。」卷九十九「縹瞥」條引《說文》：「瞥，謂纔見也。」乃用假借字。徐灝《段注箋》曰：「《文獻·思玄賦》：『遊塵外而瞥天兮。』舊注：『瞥，裁見也。』裁與財同。今字作纔，皆假借也。」

〔註 96〕「瞖」字當作「翳」。

（眵）　目傷眥也。从目，多聲。一曰，瞢兜。

濤案：《一切經音義》卷九、卷十八、卷二十、卷二十五引作「䁾兜，眵也」，則今本作「瞢」者誤。眵訓「䁾兜」，則「䁾兜」即眵，「眵」字係傳寫誤衍。

魁案：《古本考》是。《慧琳音義》卷四十六「眵淚」條、卷七十一「眵垢」條、卷七十二「眼眵」條、卷七十五「眵淚」條轉錄《玄應音義》，引同沈濤所引。卷四十六亦誤䁾爲瞢。《慧琳音義》卷三十九「眼眵」條引《說文》云：「眵，目傷眥也，一云，䁾兜也。從目多聲。」許書原文當如此，「云」當作「曰」。卷三十六「眵涕」引作「瞢兜也。目傷眥也」，卷四十「眵淚」條引作「眵，瞢也」，皆有脫誤。

（䁾）　目眵也。从目，蔑省聲。

濤案：《一切經音義》卷九、卷十八、卷二十一皆引「䁾兜，眵也」，卷二十五引「䁾兜，眵」，葢古本「目」字作「兜」，「䁾兜」二字連讀，上文「眵，一曰瞢兜」亦「䁾兜」之誤。眵訓「䁾兜」，「䁾兜」訓「眵」正許書互訓之例。二徐不知許書篆文連注讀，以「兜眵」二字爲不詞而改之，妄矣。

魁案：《古本考》是。《慧琳音義》卷七十一「眵垢」條轉錄《玄應音義》，引《說文》云：「䁾兜眵。」卷七十二「眼眵」條轉錄引云：「䁾兜眵也。今江南呼眵爲眵兜也。」卷七十五「眵淚」條轉錄引云：「䁾兜眵也。」皆同沈濤所引。

（瞯）　戴目也。从目，閒聲。江淮之間謂眄曰瞯。

濤案：《一切經音義》卷十四引作「戴眼」，而《爾雅·釋獸》釋文、《文選·七命》注引同今本。「戴眼」二字見《素問》，義得兩通。

魁案：《慧琳音義》卷五十九「瞯眼」條轉錄《玄應音義》，引同沈濤所引。卷六十三「瞯眼」條引《說文》作「戴目也」，本部之字多以「目」爲訓，今二徐本同，許書原文當如是。

（眺）　目不正也。从目，兆聲。

濤案：《一切經音義》卷七引「眺，視也。亦望也，察也」，葢古本眺有三義，「望」、「察」乃一曰以下之文。古無以眺爲「目不正」者，今本之誤顯然。

又案：《文選・思元賦》舊注云：「眺，視也。」《漢書・禮樂志》注引應劭曰：「眺，望也。」《禮記・月令》：「可以遠眺望。」皆無「不正」之義。潘岳《射雉賦》：「邪眺旁剔。」注曰：「視瞻不正，常警惕也。」乃崇賢以「視瞻」釋「眺」，以「不正」釋「邪」，若眺即爲「目不正」，賦詞又何必更著「邪」字耶？

魁案：《古本考》非是。《慧琳音義》卷十五「眺望」條引《説文》同今大徐本，小徐本少「也」字。卷三十九「瞻眺」條引作「《説文》曰不正視也」，案慧琳引書，多言「云」而少言「曰」，或無標識，此「曰」字當爲「目」字之誤，則許書原文當作「目不正視也」。今本《説文》及卷十五所引皆奪「視」字，致釋義不明，沈濤囿於「目不正」強解而不得。

卷二十八「求眺」條轉錄《玄應音義》引云「眺，視也。亦望察也」，較沈濤所引少一「也」字。《古本考》認爲「望」「察」乃一曰以下之奪文，非是。上引《慧琳音義》卷三十九「瞻眺」條全文云：「桃弔反，《爾雅》云：眺，視也。郭璞謂察視之也。《説文》：曰不正視也。從目兆聲。」《爾雅》《説文》與郭璞語並舉，則許書原文只有一訓可知。

睞（睞）　目童子不正也。从目，來聲。

濤案：《御覽》七百四十疾病部、《一切經音義》卷八引無「目」字，乃傳寫偶奪，元應書他卷所引皆有「目」字可證。

魁案：《古本考》是。《慧琳音義》卷二十四、卷三十五「角睞」條、卷五十一「盼�」條、卷五十九「睞眼」條皆引《説文》與今二徐本同，許書原文如是。卷二十七「角睞」引作「曰瞳子不正也」，「曰」乃「目」字之誤；卷三十「角睞」條、卷七十五「眄睞」條轉錄《玄應音義》，並引《説文》奪一「目」字；卷四十五、卷九十四「眄睞」皆引作「瞳子不正也」，許書無瞳字，蓋傳寫合「目」「童」爲一字耳。

矇（矇）　童蒙也。从目，蒙聲。一曰，目不明也。

濤案：《後漢書・竇融傳》注引「有眸子而無見曰矇」，葢古本如是。《詩》

傳云：「有眸子而無見曰矇」，許君正用毛義也。「童蒙」乃「冡」字之一訓，見《華嚴經音義》。二徐刪後〔註97〕而妄竄于此。

魁案：《古本考》可備一說。《釋名》：「矇，有眸子而失明，蒙蒙無所別業。」大徐本作「童矇也」，沈濤從小徐。

眇（眇）　一目小也。从目，从少，少亦聲。

濤案：《易・履卦》釋文引作「小目」，葢古本作「目小也」，無「一」字，元朗書傳寫誤倒耳。《釋名・釋疾病》云：「目匡陷急曰眇。眇，小也。」《方言》、《廣雅》皆訓眇爲小。莊周書亦云：「眇乎小哉。」眇字从少得聲，故義取乎小。他傳注或訓爲細，或訓爲微，皆與「小」義相成，不得專指一目。然《一切經音義》卷一、卷六及《玉篇》引同今本，《御覽》七百四十疾病部亦同，是古本亦有如是作者。

魁案：《慧琳音義》卷四十二「眇眼」條轉錄《玄應音義》，與卷二十七「眇目」條、卷四十「現眇」條、卷八十五「眇眇」條皆引《說文》云：「一目小也。」與今二徐本同，許書原文當如是。卷三十三「盲眇」條、卷九十五「茫眇」條引《說文》並奪「一」字。

睉（睉）　目小也。从目，坐聲。

濤案：《玉篇》引作「小目也」，義得兩通。

魁案：以本部說解例之，許書原文當如今二徐本。

睇（睇）　目小視也。从目，弟聲。南楚謂眄曰睇。

濤案：《詩・小宛》正義引作「小衺視也」，葢古本如是，小徐本同。《玉篇》此篆作眱，不作睇。《廣韻》則「眱」字在《六脂》，「睇」字在《十二齊》及《十二霽》。《易・明夷》：「夷于左股。」釋文云：「子夏作睇。鄭、陸同，云：『旁視曰睇，京作眱』。」則睇、眱本二字。《禮記・內則》：「不敢睇視。」注云：「睇，傾視也。」「傾視」即「衺視」之意，竊意《說文》二字皆有，訓「小衺視」者爲睇，訓「目小視」者爲眱，後爲二徐所刪并，遂有睇無眱，與《篇》、《韻》皆不合矣。

〔註97〕據《校勘記》「後」字當作「彼」。

魁案：今小徐本作「目小袤視也」，當是許書原文。大徐奪「袤」字，《正義》奪「目」字。

瞚（瞚）　**開闔目數搖也。从目，寅聲。**

濤案：《一切經音義》卷二、卷十五（闔作合）引作「目開闔數搖也」，卷三、卷十八、卷二十五引作「目開閉數搖也」。《華嚴經音義》上引謂：「目開閉數搖也。」「開闔」、「開閉」義得兩通，「謂」字乃慧苑引書時所足。據此數引，則古本「目」字在「開」字之上，今本傳寫誤倒耳。《文選・文賦》注引同，今本乃後人據今本改。謝惠連《詠牛女詩》注引「開闔目也」，更屬傳寫奪誤矣。《選》注皆作「瞬」，乃別體字。

魁案：《慧琳音義》所引《說文》材料頗豐，轉錄《玄應音義》七條。分兩端：一爲「目開閉數搖也」，分隸於卷四十八「有瞚」條、卷七十一「數瞚」條、卷七十三「不眴」條。卷二十二轉錄《慧苑音義》引同。卷九「不瞚」條「搖」下衍「動」字。二爲「目開闔數搖也」，分隸於卷十九「瞚頃」條、卷五十八「睞瞚」條（闔作合）。卷七十二「瞬動」條「目」字在「開闔」下。

又，《慧琳音義》卷十二「瞬息」條、卷三十三「瞬頃」條、卷四十一「不瞚」條、「瞚息」條、卷六十八「不瞬」條、卷九十五「眒息」皆引同今大徐本。卷七十七「瞬動」條引「搖」下衍「動」字。卷三十五「瞬目」引作「開闔目數搖目瞬目。」蓋有譌誤。卷三十一「不瞬」條引作「目開闔數搖也」。其餘卷二十「暫瞚」條、卷六十九、卷七十九「不瞚」條、卷九十四「不瞬」條、卷一百「視瞬」條，或節引，或有譌奪。《希麟音義》卷一「不瞚」條引作「目開闔數搖動也」。卷三「瞬息」有譌誤。綜合論之，《慧琳音義》所引實結於兩點：「開閉」抑或「開闔」；「目」在「開闔」前抑或在後。考之引文，玄應既有「開閉」，又有「開闔」，慧琳、希麟則只作「開闔」，竊以爲作「開闔」較勝。玄應所引「目」多在「開闔」上而慧琳反之，依文法「目」當在上。

補　睺

濤案：《一切經音義》卷八引「睺，仰目出也」，是古本有睺篆，《方言》曰：「半盲曰睺。」

眉部

（省）　視也。从眉省，从屮。古文从少从囧。

濤案：《汗簡》卷上之二「省，見《說文》」，是古本古文篆體从古文目，非囧也。

盾部

（盾）　瞂也。所以扞身蔽目。象形。凡盾之屬皆从盾。

濤案：《御覽》三百五十六兵部引「象形」下有「聲也」二字，小徐本作厂聲，則《御覽》「聲」字上當奪「厂」字。影宋本《北堂書鈔》亦作「厂聲」。又《玉篇》引「蔽目」下有「也」字，則《御覽》「也」字當在「象」字之上，蓋古本有此字，今奪。

魁案：《古本考》認爲「蔽目」下有「也」字，可從。《慧琳音義》卷三十「矛盾」條轉錄《玄應音義》，引《說文》：「盾，瞂也。所以杆（扞）身蔽目也。」卷六十八「棑（排）盾」條：「《說文》：盾，瞂也。瞂音扶發反。所以捍身蔽目，象形字也。」卷八十三「其盾」條：「《說文》：亦瞂也。所以扞身也蔽日（目），象形之字也。」卷八十四「弓盾」條：「《說文》云：所以扞身蔽目，象形字也。」卷九十七「會盾」條：「《說文》：所以扞身蔽目，象形字也。」此四引所引無也字，蓋因下句有也字，詞氣已足。《古本考》認爲許書原文有「厂聲」二字，則非。《慧琳音義》卷十「矛盾」條引《說文》云：「瞂也。從厂從十從目，象形字也。」「象形字也」當是引者所足，許書原文當作「象形」，上文四引當同。象形之字，何以從「厂聲」。卷九十一「矛盾」引作「盾，排也」，當非許書原文。

鼻部

（鼾）　臥息也。从鼻，干聲。讀若汗。

濤案：《一切經音義》卷十一、卷十四、卷十五、卷十七、卷十九皆引「鼾，臥息聲也」，蓋古本如此，今本奪「聲」字，下文「𪖐，臥息也」。蓋𪖐爲臥息，鼾爲「臥息聲」，二字微有別，今人猶言睡鼾聲。

魁案：《古本考》是。《慧琳音義》卷五十二「鼾眠」條、卷五十六、、卷五十八、卷五十九「鼾睡」條、卷七十四「鼾聲」條轉錄《玄應音義》，所引皆作「臥息聲也」。卷七十五「鼾聲」條引《說文》與上諸引同。

（鼽）　病寒鼻窒也。从鼻，九聲。

濤案：《廣韻・十八尤》引無「病」字，而《禮記・月令》釋文及《玉篇》引皆有此字，葢《廣韻》傳寫偶奪耳，非陸氏所據本如是。「窒」，《篇》、《韻》皆引作「塞」，義得兩通。

魁案：今二徐本同，許書原文當如是。

習部

（習）　數飛也。从羽，从白。凡習之屬皆从習。

濤案：《文選・左太沖〈詠史詩〉》注引「習習，數飛也」，葢古本如是。許書之例，以篆文連注讀，二徐疑爲複衍而刪之。

魁案：《古本考》非是。左思《詠史詩》云：「習習籠中鳥，舉翮觸四隅。」「習習」乃詩中用語，非是許書原文。又，小徐本作「从羽，白聲」。

羽部

（翰）　天雞赤羽也。从羽，倝聲。《逸周書》曰：「文翰，若翬雉，一名鷐風。周成王時蜀人獻之。」

濤案：《文選・長楊賦》注引「毛長者曰翰」，以下文「翟，山雉尾長者」例之，疑今本「赤羽也」三字爲「毛長者」之誤。桂大令曰：「此文當在『赤羽也』之下。」《御覽》九百十九〔註98〕羽族部引亦無「赤羽」二字。

魁案：《古本考》非是。《慧琳音義》卷一「翰墨」條引《說文》云：「天雞羽也。」卷八十三「操翰」條引《說文》：「亦天雞羽也。」與今二徐本同，許書原文如是。

（翡）　赤羽雀也。出鬱林。从羽，非聲。

〔註98〕「九」字今補。

翠（翠） 青羽雀也。出鬱林。从羽，卒聲。

濤案：《藝文類聚》九十二鳥部引「翡，赤雀，翠，青雀也。《周書》曰：成王時，蒼梧獻翡翠」，《御覽》九百二十四羽族部引「翡翠，青赤雀也」，《止觀輔行傳》四之三引「赤雀形如大鷰，翅羽碧色」，皆與今本不同。蓋翡翠本一鳥，單言之則爲翠。《爾雅・釋鳥》云：「翠，鷸。」郭注曰：「似燕紺色，出鬱林。」張揖《上林賦》注：「雄赤曰翡，雌青曰翠」，乃析言之。許君云「翡翠，青赤雀」，乃渾言之。《類聚》「翡翠」分解，蓋傳寫據今本改耳，古本當作「翡翠，青赤雀也，形如大燕，翅羽碧色，出鬱林，翠，翡也。《周書》曰：成王時，蒼梧獻翡翠」，乃合全書通例，今本蓋二徐妄改。

魁案：《古本考》非是。《慧琳音義》卷四「翡翠」條引《說文》云：「赤羽雀也。從羽非聲也。《說文》：雀也，從羽卒聲。」卷三十二「翡翠」條引《說文》云：「翠，青羽雀也。悉出欝林。」卷七十七「翡翠」條引《說文》云：「翡，赤羽雀也。」卷三十二云「悉出欝林」，正合兩字並云「出欝林」之訓。合三引訂之，今二徐本不誤，許書原文當如是。

翹（翹） 尾長毛也。从羽，堯聲。

濤案：《文選・射雉賦》注引「翹，尾之長毛也」，是古本有「之」字，今奪。

魁案：《古本考》非是。《選》注「之」字乃李善所足。《慧琳音義》卷四「翹勤」條引同今本《說文》，是今二徐本不誤，許書原文如是。卷八「翹足」條引《說文》云：「翹，長尾也。羽也。」「長尾」二字誤倒，又奪「毛」字，「羽也」上蓋奪「從」字。

翥（翥） 飛舉也。从羽，者聲。

濤案：《一切經音義》卷七引「騫翥，飛舉也」，今本「騫」爲「馬腹縶」，而褰亦云「飛皃」，蓋元應書「騫」字涉「標舉」而衍，非古本不同也。

魁案：《慧琳音義》卷二十四「騫翥」條轉錄《玄應音義》所引《說文》少一「也」字。卷六十二「騫翥」條引《說文》云：「飛皃也。從鳥寒省聲。《說文》：飛舉也。從羽者聲。」所訓騫字亦與今本異。卷八十三「翔翥」條引作「亦飛舉也」，卷九十五「翻翥」引作「飛舉也」，與今二徐本同，許書原文如是。

翕（翕）　起也。从羽，合聲。

濤案：《文選・思元賦》注引「翕，熾也」，是古本有「一曰熾也」四字，今奪。

魁案：《古本考》非是。《玄應音義》卷五「翕習」條：「吁及反。翕，合也，亦斂也。《說文》：翕，起也。」《慧琳音義》卷三十二「翕習」條云：「上歆邑反。何晏注《論語》云：翕如盛也。又熾也。《說文》：翕，起也。從羽合聲。」是玄應與慧琳所見本同，《慧琳音義》何晏注與《說文》並舉，則「熾也」一訓非出許書可知。「翕，熾也」出揚雄《方言》，李善當誤《方言》為《說文》。

翩（翩）　疾飛也。从羽，扁聲。

濤案：《文選・王仲宣〈贈文叔良詩〉》注引「翩翩，疾飛皃」，蓋古本如是。正與「習習」同例，皆為二徐妄刪，又改「皃」為「也」，亦誤。

魁案：《古本考》非是。王仲宣詩云：「翩翩者鴻，率彼江濱。」「翩翩」乃詩中語，非是《說文》復舉，沈濤此誤與「習習」同。《慧琳音義》卷六十二「翩翻」引《說文》云：「疾飛也。」與今二徐本同，許書原文如是。

翽（翽）　飛聲也。从羽，歲聲。《詩》曰：「鳳皇于飛，翽翽其羽。」

濤案：《詩・卷阿》釋文引作「羽聲也」，蓋古本如是。釋文又引《字林》云：「飛聲也。」則今本乃據《字林》改耳。《詩》鄭箋、《玉篇》皆云「羽聲」，正與許合。

隹部

隹（隹）　鳥之短尾總名也。象形。凡隹之屬皆从隹。

濤案：《廣韻・六脂》引「鳥之短尾者總名」。《左氏》襄二年正義引「鳥之短尾者總名為隹」，蓋古本有「者」字，今奪。

（雅）　**楚烏也。一名鸒，一名卑居。秦謂之雅。从隹，牙聲。**

濤案：「秦謂之雅」，《爾雅・釋鳥》釋文引作「秦云雅鳥」，乃元朗檃括其詞，非古本如是。《詩・小弁》釋文引同今本可證。

魁案：《古本考》是。今二徐本同，許書原文如是。

（巂）　**周燕也。从隹，中象其冠也。㕯聲。一曰蜀王望帝，婬其相妻，慙亡去，為子巂鳥。故蜀人聞子巂鳴，皆起云「望帝」。**

濤案：《爾雅・釋鳥》釋文引末句作「皆起曰是望帝也」，葢古本如是，今本奪「是也」二字，詞氣不完。

（雅）　**鳥也。从隹，犬聲。睢陽有雅水。**

濤案：《廣韻・十三佳》引作「鳥名」，以本部雄、雁諸字例之，古本當作「也」，不當作「名」。《廣韻》又云：「又水名，在睢陽。」亦檃括之詞，非古本如是也。

（雊）　**雄雌鳴也。雷始動，雉鳴而句其頸。从隹，从句，句亦聲。**

濤案：《書・高宗肜日》正義、《詩・小弁》正義皆引作「雄雉鳴也」，《文選・長笛賦》注引「雄雉之鳴爲雊」，《一切經音義》卷十引「雄雉鳴爲雊」，葢古本如是。今本「雌」字誤，小徐本作「雌雉鳴也」更誤。《書》正義作「雉乃鳴而雊其頸」，今本亦奪「乃」字。

魁案：《古本考》認爲今二徐奪「乃」字，非是。李善、玄應引書每有增字，《正義》所引當爲許書原文。《慧琳音義》卷四十九「雊呼」條轉錄《玄應音義》，引《說文》云：「雄之鳴雊也。」與《玄應音義》卷十所引不同。

（雞）　**知時畜也。从隹，奚聲。籀文雞从鳥。**

濤案：《廣韻・十二齊》引下有「《易》曰：『巽爲雞』」五字，疑許書本有偁《易》語，而今删之。

（雕）　**鷻也。从隹，周聲。籀文雕从鳥。**

濤案：《史記・李將軍傳》索隱引「雕，似鷲，黑色，多子，一名鷲」，與今本不同。「黑色多子」乃「鷩」字之解，且既云「似鷩」矣，又「一名鷩」，恐傳寫有誤。惟《御覽》九百二十六羽族部引「鷩」字解有「一曰雕」三字，則雕、鷩實一物，《玉篇》亦云：「雕，鷩也。」

魁案：《古本考》非是。《慧琳音義》卷三十一「雕鷲」條引《說文》云：「雕亦鷲鳥類也。」卷三十二「彫鳶」條下引《說文》云：「雕，鷙鳥之類也。」合訂之，許書原文蓋作「𪄠也，鷙鳥類也」。

（雇）　九雇。農桑候鳥，扈民不婬者也。从隹，戶聲。春雇，鳻盾；夏雇，竊玄；秋雇，竊藍；冬雇，竊黃；棘雇，竊丹；行雇，唶唶；宵雇，嘖嘖；桑雇，竊脂；老雇，鷃也。雇或从雩。籀文雇从鳥。

濤案：《廣韻·十姥》引「鷃」作「鴳」，蓋古本如是。許書無「鷃」字，今本作「鷃」，誤。《御覽》九百二十一羽族部引「鳸，鷃也，从鳥戶聲」，蓋本籀文。

又案：《爾雅·釋鳥》釋文云：「《說文》作雇，籀文也。」桂大令曰：「籀文上脫『鳸』字，蓋言《說文》篆文作『雇』，《爾雅》作鳸，籀文也。」

（䧢）　雗屬。从隹，酓聲。籀文䧢从鳥。

濤案：《御覽》九百二十四羽族部引「鷂，鶉屬也。一曰牟母，一曰鴽」，是古本有「一曰」以下七字矣。然本部「雃，牟母也」、「雗䧢屬」，則以䧢、雗爲一種，而雃別爲一種。《爾雅·釋鳥》雖無「鷂」而有「鶉」，又有「鴽」，則鴽之與䧢非一物。《夏小正傳》訓鴽爲鵪（即鷂字之俗），《淮南·時則訓》注訓鴽爲鶉，李巡《爾雅注》：「又鴽鷂一名牟母（《禮記》正義引）」，是古皆以鴽、鷂爲一物，則一曰以下七字當是庾氏注中語，非許君原文。

又案：《一切經音義》卷十五、《列子·天瑞》釋文皆引「鷂，鶉也」，當是傳寫奪一「屬」字。

魁案：《古本考》認爲《音義》與《列子釋文》奪「屬」字，是。今二徐本並有之。《慧琳音義》卷五十八「鶉肉」條轉錄《玄應音義》，引《說文》同沈濤所引。

（罹）　覆鳥令不飛走也。从网、隹。讀若到。

濤案：「不飛走」《廣韻・三十六效》引作「不得飛走」，葢古本如是。今本奪「得」字，《玉篇》引有「得」字，又有「走」字。

奞部

（奞）　**鳥張毛羽自奮也。从大，从隹。凡奞之屬皆从奞。讀若睢。**

濤案：《廣韻・六脂》引「奮」下有「奞」字，葢古本如是。《玉篇》亦云：「鳥張羽自奮奞也。」奮、奞二字連文當是古語，二徐不知而妄刪之矣。

萑部

（雚）　**小爵也。从萑，吅聲。《詩》曰：「雚鳴于垤。」**

濤案：《後漢書・班固傳》注引「鸛，鸛雀也」，《御覽》九百二十五羽族部引「鸛，雀也」，葢古本作「雚，雚爵也」，今本「小」字誤。陸璣《詩疏》以為「為似鴻而大其非小爵」，可知《御覽》引此在「鸛雀」條。《後漢書・楊震傳》、《列仙木羽傳》皆以「鸛雀」連文，葢此鳥本名雚，俗呼為雚爵，故許以此釋之。《御覽》所引奪一「鸛」字，即「雚」之俗體。

𦫳部

（芇）　**相當也。闕。讀若宀。**

濤案：《廣韻・二仙》引「相當也」下有「今人賭物相折謂之芇」，疑古本有此九字。然許書無「賭」字，《玉篇》云：「賏，物相當。」亦無「賏」字，當从闕疑。

魁案：《古本考》非是。《慧琳音義》卷四十五「作繭」下引《說文》云：「蠶衣也。從糸從虫從芇（音眠）。芇者，象蛾兩角相當也。」卷九十九「淪繭」條引《說文》云：「蠶衣也。從糸從虫從芇，像蛾兩角相當也。」「蠶衣」乃「繭」字之訓。合訂之，許書原文葢作「象蛾兩角相當也」。

苜部

（瞢）　**目不明也。从苜，从旬。旬，目數搖也。**

濤案：《文選・月賦》：「味道懵學。」注引《說文》曰：「懵，目不明也。」「懵」即「瞢」字之別體，非古本有此字也。江文通《雜體詩》注引奪「目」字，而字亦誤作「懵」。瞿文學（樹寶）曰：「江詩注疑《心部》懵字之別。」

魁案：《古本考》是。《慧琳音義》卷三十六「瞢悶」條引《說文》云：「目不明也。從苜從旬。」卷五十一「瞢昧」條引《說文》云：「目不明也。從苜，或從旬作曹。旬也，目搖動也。」卷六十七「瞢瞢」條引《說文》云：「目不明也。從苜從旬，旬，目數搖也。」據諸引合訂，今二徐本不誤，許書原文如是。

羊部

羊（羊）　祥也。从𦍌，象頭角足尾之形。孔子曰：「牛羊之字以形舉也。」凡羊之屬皆从羊。

濤案：《類聚》九十四獸部、《御覽》九百二獸部皆引作「象四足角尾之形」，《五經文字》作「象四足尾之形」，古本當如張司業所引。蓋羊字从𦍌，𦍌爲羊角，既曰从𦍌，已象頭角矣。又云「象四足尾之形」，專指下半體而言，《類聚》諸書傳寫多一「角」字，乃淺人所增，今本更誤。

又案：《初學記》二十九獸部引「羊，祥也」，古祥、詳二字通用。《易・履》上九「視履考祥」，釋文云：「本亦作詳。」《書・呂刑》「告爾祥刑」，《後漢書・劉愷傳》引作「詳」。《初學記》、《御覽》獸部引《春秋說》題辭云：「羊者，詳也。」許書率本緯文，古人皆以羊爲祥字，無煩更訓爲祥，似當作「詳」爲是。

芈（芈）　羊鳴也。从羊，象聲气上出。與牟同意。

濤案：《五經文字》卷上引作「芈」，蓋古本篆法如是。

又案：《一切經音義》卷十五「咩咩，《說文》：羊呼也」，《類聚》獸部亦引作「咩」，疑古本有重文。

魁案：《慧琳音義》卷五十八轉錄《玄應音義》，引同沈濤所引，今二徐本同，許書原文當作「羊鳴」，「羊呼」不詞。

羍（羍）　小羊也。从羊，大聲。讀若達。𦍒羍或省。

濤案：《初學記》卷二十九引「羍，七月生羔也」，以上文「羜，五月生羔」，「䍪，六月生羔」例之，古本當如是。《藝文類聚》九十四獸部、《御覽》九百二獸部皆引作「七月生羊也」，「羊」乃「羔」字之誤。《詩・生民》釋文、正義皆引同今本，是古本亦有如是作者。或陸、孔檃括其詞，後人即據以改許書耳。

魁案：《古本考》是。嚴章福《說文校議議》曰：「䍪後次羍，則當云七月生羔也。」〔註 99〕

羒（羒）　牂羊也。从羊，分聲。

濤案：《初學記》二十九、《御覽》九百二獸部引作「牡羊也」，蓋古本如是。《爾雅・釋畜》云：「羊牡羒」，正許君所本，今本作牂誤。

牂（牂）　牡羊也。从羊，爿聲。

濤案：《初學記》二十九、《御覽》九百二獸部皆引作「牝羊也」，蓋古本如是。《爾雅・釋畜》：「羊牝牂。」《角部》：「觟，牝牂羊生角者也。」《詩・苕之華》傳云：「牂羊，牝羊也。」《一切經音義》卷十四引《字林》云：「牂牝羊也。」是古本無以牂爲牡羊者。

羖（羖）　夏羊牝曰羖。从羊，殳聲。

濤案：《廣韻・十姥》引作「夏羊牡曰羖」，蓋古本如是。小徐本、宋小字本、《類篇》、《韻會》所引皆同，可見毛本之誤。上文羭字解云：「夏羊牡曰羭」，牡當作牝。《爾雅・釋畜》云：「夏羊牡羭牝羖」，乃傳寫羭羖二字互易。《列子・天瑞篇》云：「老羭之爲猨也。」張湛〔註 100〕注云：「羭，牝羊也。」顏師古《急就篇》注云：「羭，夏羊之牝也。羖，夏羊之牡也。」是其所見《說文》本尚不誤。《左氏》僖公四年傳：「攘公之羭。」杜注曰：「羭，美也。牝羊美于牡者。」羭爲牝羊，則羖爲牡羊。馬水部（瑞辰）曰：「下篆羯，羊羠也。《一切經音義》引《三蒼》：羖，夏羊羖䍽也，亦羯也，必牡乃可爲羠。」其說甚確。

〔註 99〕嚴章福《說文校議議》，《續修四庫全書》（第 214 冊），上海古籍出版社，1995 年。

〔註 100〕刻本作「堪」，今正。

魁案：今二徐本作「夏羊牡曰羖」，沈濤所據毛本誤。

（羸）　瘦也。从羊，羸聲。

濤案：《御覽》三百八十六人事部引作「痿也」，蓋古本如是。三百七十八人事部引作「委也」，乃「痿」字之誤。嚴孝廉以爲委、痿皆矮字之誤，恐非。矮爲「羊相積」，非此之用。

魁案：《古本考》非是。《慧琳音義》卷十一「羸瘦」條、卷十二「羸劣」條、卷二十八「怯羸」條、卷三十「羸劣」條、卷三十二「羸瘦」條、「羸瘦」條、卷三十九「羸苦」條、卷四十「羸瘦」條、卷四十一「尪羸」條、「羸劣」條、卷四十四「羸損」條、卷四十七「羸劣」條、卷五十一「羸劣」條、卷六十二「羸瘠」條、卷六十三「學羸」條、卷六十四「羸弱」條、卷六十六「羸損」條、卷六十七「羸惙」條、卷六十八「羸劣」條、卷七十二「力羸」條、卷八十九「體羸」條、卷九十二「體羸」條，《希麟音義》卷一「尪羸」俱引《説文》作「瘦也」。與今二徐本同，許書原文如是。

又《慧琳音義》卷二「虛羸」條引作「瘦也，弱也」，卷四「羸劣」條引作「痿也」，卷十三「羸頓」條引作「疾也」，卷十七「羸劣」條引作「疲也」，卷四十二「能羸」條作「瘐也」，卷五十七「羸臞」條引作「少肉也」，卷六十四「羸老」條引作「廋也」，俱非許書原文。

（羜）　羊名。蹏皮可以割桼。从羊，此聲。

濤案：《廣韻・五支》引「桼」作「黍」，蓋古本如是。然「割桼」與「割黍」義皆未聞，難以肊定，姑从闕疑。

（羌）　西戎从羊人也。从人，从羊，羊亦聲。南方蠻閩从虫，北方狄从犬，東方貉从豸，西方羌从羊：此六種也。西南僰人、僬僥，从人；蓋在坤地，頗有順理之性。唯東夷从大。大，人也。夷俗仁，仁者壽，有君子不死之國。孔子曰：「道不行，欲之九夷，乘桴浮於海。」有以也。
，古文羌如此。

濤案：《書・牧誓》釋文、《史記・匈奴傳》索隱、《大宛傳》正義、《御覽》八百三十三資產部、《廣韻・十陽》皆引作「西戎牧羊人也」，蓋古本如是。今本作「从」誤，小徐本及宋小字本尙作「牧」，不作「从」也。又《御覽》七百九十二四夷部又引作「西婼羌戎，牧羊人」，是古本亦有「婼羌」二字者，毛本从羊字，斷不通〔註 101〕。

又案：《御覽》七百九十二四夷部「从人，从羊」作「从人牧羊」，此正如伐字「从人持戈」，宂字「从人出冂」之例，今本葢淺人所改。

魁案：《古本考》是。沈濤「西戎从羊人也」，從小徐本，誤。今大徐本作「西戎牧羊人也」，與《尙書釋文》、《史記索隱》等引《説文》同，許書原文如是。《慧琳音義》卷八十「氐羌」引《説文》云：「羌，西戎羌人也。」亦誤。

瞿部

瞿（瞿）　鷹隼之視也。从隹，从䀠，䀠亦聲。凡瞿之屬皆从瞿。讀若章句之句。

矍（矍）　隹欲逸走也。从又持之，矍矍也。讀若《詩》云「穬彼淮夷」之「穬」。一曰，視遽皃。

濤案：《史記·吳王濞傳》索隱引「瞿，遠視皃」，與今本不同，又云：「音九縛反」，則作矍，而非瞿也。「遠視」亦當从今本作「視遽」，乃小司馬書傳寫有誤，非古本如是。《後漢·班固傳》引作「視遽之皃」，亦作「視遽」，不作「遠視」可證。

又案：《詩·泮水》釋文云：「憬，《説文》作憠」，則此「憠」字乃「穬」字之誤，古本當作「讀若《詩》云『憠彼淮夷』之『憠』」。「視遽皃」，《文選·東都賦》注引作「驚視皃」，恐傳寫之誤，遽、矍同聲，作「視遽」爲是。

又案：《龍龕手鑑》引「矍，欲走也」，乃傳寫有奪。

魁案：《俄藏敦煌文獻》（Дx01372）《切韻·入藥》矍下引《説文》云：「隹欲逸走，从又持之矍矍也。一曰視遽。」〔註 102〕所引殆同「矍」字之訓，唯奪「讀若」云云。

〔註 101〕據《校勘記》，「斷不通」抄本「不」下有「可」字。

〔註 102〕Дx01372，見《俄藏敦煌文獻》第八冊，上海古籍出版社，1997 年，第 122 頁。

鳥部

(鳥)　長尾禽總名也。象形。鳥之足似匕，从匕。凡鳥之屬皆从鳥。

濤案：《爾雅・釋鳥》釋文引作「短尾羽眾禽總名也」，「短」乃「長」字傳寫之誤，葢古本有「羽眾」二字，今奪。

魁案：《古本考》認爲許書原文有「羽眾」二字，非是。《箋注本切韻・上篠》（伯 3693）[193]鳥字下引《說文》云：「長尾禽總名也。象形，鳥之足似卜，從卜。」與今二徐本同，許書原文如是。「卜」當「匕」字之誤。

(鳳)　神鳥也。天老曰：「鳳之象也，鴻前麐後，蛇頸魚尾，鸛顙鴛思，龍文龜背，燕頷雞喙，五色備舉。出於東方君子之國，翺翔四海之外，過崐崘，飲砥柱，濯羽弱水，莫宿風穴。見則天下大安寧。」从鳥，凡聲。古文鳳，象形。鳳飛，羣鳥从以萬數，故以為朋黨字。亦古文鳳。

濤案：《爾雅・釋鳥》釋文、《詩・大雅・卷阿》正義、《初學記》三十鳥部、《御覽》九百十五羽族部「鴻前麐後」皆引作「麟前鹿後」，無「鸛顙鴛思」四字，葢古本如此。「鴻前麟後」見《韓詩外傳》及《說苑》等書，義亦可通，而「鸛顙鴛思」四字他書罕見。《左氏》莊二十二年傳正義引亦有此四字，則唐時本已有之。段先生謂所據非善本耳。「鴛思」，思字不可解，疑翼字之誤，《御覽》「燕頷」作「鸞額」，亦恐傳寫之誤。「風穴」，《左傳》莊二十二年正義〔註 103〕、《御覽》皆引作「丹穴」，《初學記》鳥部〔註 104〕作「丹宮」（乃丹穴之誤）。案，《爾雅・釋地》有「丹穴」，《山海・南山經》：「丹穴之山有鳥焉，名曰鳳皇」，則今本作「風穴」者誤，《御覽》地部引仍作「風穴」，乃後人據今本改。

又案：《莊子・逍遙游》釋文引云：「朋及鵬皆古文鳳字也。朋鳥象形，鳳飛，群鳥從以萬數，故以鵬爲朋黨字。」乃元朗隱括其詞，非古本字〔註 105〕。

〔註 103〕「莊二十二年」，「莊」字今補。

〔註 104〕「鳥」字今補。

〔註 105〕「非古本字」抄本字下有「字如此也」四字。

又案：「鳳飛群鳥從以萬數」，《左氏傳》正義引作「鳳飛則群鳥從之以萬數」。

又案：《汗簡》卷上之二「鳳見《說文》」，是古本篆體如囗〔註106〕，今本微誤。

魁案：《慧琳音義》卷四「鵾鳳」條節引《說文》云：「神鳥也。出東方君子之國。」《希麟音義》卷「鳳凰」條引《說文》云：「神鳥也。出東方君子之國，翱翔四海之外，龍文龜背，鷰頷雞喙，五彩備舉。非梧桐不棲，非竹實不食。朝鳴曰發明，晝鳴曰上朔，夕鳴曰滿昌，昏鳴曰固常，夜鳴曰保長，見則天下大安。」此引與今二徐本不同，未知孰是。

（鸞）　亦神靈之精也。赤色，五采，雞形。鳴中五音，頌聲作則至。从鳥，䜌聲。周成王時氐羌獻鸞鳥。

濤案：《藝文類聚》九十九祥瑞部、《御覽》九百十六羽族部引「亦」作「赤」，葢古本如是。《廣韻・二十六桓》引孫氏《瑞應圖》曰：「鸞，赤神之精也」，正本許書，則今本作「亦」者誤。「獻鸞鳥」，《類聚》引作「獻焉」，《御覽》引「周」下有「書」字，此出《周書》王會解，葢古本作：「《周書》曰：成王時氐羌獻鸞鳥」，今本誤奪「書曰」二字。

（鸕）　鸕鷞也。五方神鳥也。東方發明，南方焦明，西方鸕鷞，北方幽昌，中央鳳皇。从鳥，肅聲。司馬相如說，从鳥，叜聲。

濤案：《後漢書・五行志》注引「神鳥」下無「也」字，「方」字、「央」字下各有「曰」字，葢古本如此。今本誤衍誤奪。

魁案：《古本考》是。裴務齊《正字本刊謬補闕切韻・入屋》605 鸕字下引《說文》云：「五方神鳥也。東方日出發明，南方焦明，西方鸕鷞，北方幽昌，中央鳳凰。」「日」當為「曰」字之誤。既誤為日，則復衍「出」字以通其意。《慧琳音義》卷八十二「鸕鴇」條引作《說文》云：「鸕鷞，西方神鳥也。」誤「五」為「西」。

（雔）　祝鳩也。从鳥，隹聲。雔或从隹、一。一曰，鶉字。

〔註106〕缺字當或作「是」，或作「此」。

濤案：《六書故》云：「唐本曰：『雝，从鳥从隼。隼，从隹从卂省。』李陽冰曰：『隼，卂省聲。』」據此，則古本雝、隼爲二字，非一字。雝从「隼」不从「隹」，「隼」从「卂」省不从「一」。《詩・采芑》正義引《説文》曰：「隼，鷙鳥也。」則古本隼訓「鷙鳥」，不爲雝之重文。《玉篇》雝在《鳥部》，隼在《隹部》，古本《説文》當如是。今本爲二徐所竄改，遂致字形義訓俱與經典不合。《玉篇》雝字注云：「或作隼」，隼字注云：「祝鳩也」，葢亦宋以後人據二徐本所竄改矣。又，《廣韻・十七準》：「雝〔註107〕，《説文》曰：『祝鳩也。』隼，鷙鳥也。《説文》同上。」以雝、隼爲一字，葢亦宋後人據今本《説文》改。

（鷚）　天鸙也。从鳥，翏聲。

濤案：《爾雅・釋鳥》〔註108〕釋文鷚引《説文》作「龠」，葢古本如是，無「鸙」字，宋小字本作「侖」，即「龠」字之省。

（鷲）　鳥黑色多子。師曠曰：「南方有鳥，名曰羌鷀，黄頭赤目，五色皆備。」从鳥，就聲。

濤案：《御覽》九百二十六羽族部引「皆備」下有「一曰雕」三字，葢古本如是。《廣雅》：「鷲，雕也」，今本奪。《一切經音義》卷六引「皆備」下有「是也」三字〔註109〕，「赤目」作「赤咽」，當是所據本不同。《華嚴經音義》下引「鷲，鳥，黑色而多子也」，是古本尚有「而」、「也」二字。

魁案：《古本考》非是。《慧琳音義》卷三十一「雕鷲」條云：「郭注《山海經》云：鷲，亦雕也。師曠曰：南方有鳥名曰羌鷲，黄頭赤目，五色皆也。《説文》：鷲，鳥黑色多子也。」則「雕」義非出許書可知。「皆」下奪「備」字。卷二十七「鵰鷲」條引《説文》云：「鷲，鳥黑色多子。師曠：南方有鳥名曰差鷲，黄頭赤咽，五色皆備。」「赤咽」今本作「赤目」，「差」字當爲「羌」字形誤。兩引皆作「鳥黑色多子」同今二徐本，則許書原文無「而」「也」二字，合諸引訂之，今二徐本不誤，許書原文如是。《慧琳音義》卷二十三「鳥鷲」條轉

〔註107〕「雝」字刻本作「鳥」，誤，今正。

〔註108〕「釋鳥」二字衍，今刪。

〔註109〕據《校勘記》，「三」字抄本作「二」，是。

錄《慧苑音義》，引《說文》同沈濤所引。

（鷗） **鳥也。其鳴皇。从鳥，匽聲。一曰，鳳皇也。**

濤案：《御覽》九百十五羽族部引作「一曰即鳳皇也」，蓋古本如是。下有「鳳者，羽蟲之長也」七字，當是庾氏注語。

（鵠） **鴻鵠也。从鳥，告聲。**

濤案：《文選・西都賦》注、《一切經音義》卷四皆引作「黃鵠」，蓋古本如是。《戰國策》曰：「黃鵠游於江海，淹於大沼，奮其六翮而淩清風。」賈誼《惜誓》曰：「黃鵠一舉兮，知山川之紆曲。再舉兮，知天地之圓方。」《山海經》注「鵠，鶚類。」《玉篇》亦云：「黃鵠，仙人所乘。」今本作「鴻」者誤。「燕雀安之鴻鵠之志」，「鴻鵠」二鳥，若今本則爲一鳥矣，下文「鴻鵠也」亦誤。

又案：《一切經音義》引下有「形如鶴，色蒼黃也」七字，非許氏語。卷二引《廣志》語如此，則此處奪「《廣志》曰」三字耳。

又案：《詩・賓之初筵》釋文云：「鵠，《說文》云：即鵲也，小而難中。又云：鵠者，覺也，直也，射者直己志。」今本皆無之，此蓋鵠字之一訓，許書每兼舉眾義爲二徐妄刪者不少矣。

魁案：《古本考》非是。沈濤所引爲《玄應音義》卷四「鶬鵠」條，引《說文》云：「黃鵠也。形如鶴，色蒼黃。」卷二十五「白鵠白鶴」條云：「鵠，胡木反。《玉篇》：似鵞，黃白色。又云：黃鵠，形如鶴，色蒼黃。」據此「黃鵠」之訓非出許書可知。《音義》引書書名往往有竄誤。《慧琳音義》卷七十六「水鵠」條引《說文》作「鴻鵠也」，與今二徐本同，許書原文當如是。

（鵱） **蔞鵝也。从鳥，坴聲。**

濤案：《齊民要術》卷六引「鵱鷜，野鵝也」，蓋古本如是。《爾雅》：「鵱鷜，鵝。」郭注云：「今之野鵝。」鵱鷜二字連讀，故郭云「野鵝」，以別於「舒雁」之鵝。今學者乃以鵱字爲句，鷜鵝二字連讀，誤矣。《玉篇》亦云：「鵱鷜也。」二徐妄刪鷜篆，改鷜爲「蔞」，又奪「也」字，其謬妄有如此者。

（鴈）　䳘也。从鳥、人，厂聲。

濤案：《六書故》云：「唐本曰：从仄，从鳥。徐鉉曰：从厂从人，義無所取。」然从仄義又何取邪？鼎臣又云：「當从雁省聲。」然雁字亦从人厂聲，又何說邪？此字當闕疑。

魁案：《慧琳音義》卷四「鴻鴈」條、卷八、卷十一「鳧鴈」條均引作「鵝屬也」，卷八少一「也」字。是今本奪一屬字。卷十一又有「從鳥從人厂聲」語，則今本不誤。《希麟音義》卷一「鳧鴈」條引《說文》云：「鴈，鵝尸（屬）也。」「尸」當爲「屬」字形誤。合訂之許書原文當作「䳘屬也。从鳥、人，厂聲」。

（鶩）　舒鳧也。从鳥，敄聲。

濤案：《藝文類聚》九十一鳥部、《御覽》九百十九羽族部皆引作「野鳧」，蓋古本如是。《禮記・曲禮》正義引舍人李巡云：「鳧，家鴨名也，鶩，野鴨名也。」正本許書，可見鶩爲「野鳧」。二徐見郭氏解鶩爲鴨，疑鶩不得爲「野鳧」，遂據《爾雅》以改《說文》，妄矣。

魁案：《古本考》非是。《慧琳音義》卷九十二「鳧鶩」條引《說文》云：「舒鳧也。」與今二徐本同，許書原文如是。

（𪅝）　𪅝鸊，鳧屬。从鳥，契聲。

濤案：《文選・南都賦》注引鸊作鵖，當是傳寫有誤，非古本如是，本部「鸊，𪅝鸊也」，正作鸊，不作鵖。

（鷸）　知天將雨鳥也。从鳥，矞聲。《禮記》曰：「知天文者冠鷸。」
鷸或从遹。

濤案：《止觀輔行傳》五之四引「水鳥能知天雨」，蓋古本作「水鳥，能知天雨者也」，今本義得兩通。

（鸕）　鸕鷀也。从鳥，盧聲。

濤案：《一切經音義》卷二十引「鸕鷀，水鳥也」，蓋古本如是。今本奪「水鳥」二字，又單舉一「鸕」字，皆誤。許君以「水鳥」釋「鸕鷀」，以「鸕鷀」

釋「鵁」，全書通例皆如此。《玉篇》亦云：「鸕鵁，水鳥也。」當本許書。

魁案：《古本考》是。《慧琳音義》卷三十四「鸕鵁」條轉錄《玄應音義》，引同沈濤所引。

（鵁）　**鵁鶄也。从鳥，交聲。一曰，鵁鸕也。**

濤案：《一切經音義》卷十三引「鵁鶄也」下有「群飛，尾如雅，鷄鳴呼，食之治風也」，是古本尚有此十三字，今本奪。「鷄鳴呼」三字，疑當作「鳴呼如鷄」。《藝文類聚》九十二〔註110〕鳥部引「鵁鶄，鳽也」，下文「鳽，鵁鶄也」，正互訓之例。是今尚奪「鳽」字，複衍「鵁」字。

魁案：《古本考》以爲「鵁」字複衍，是。《慧琳音義》卷四十四「鵁鶄」條：「《山海經》：蔓聯山有鳥，名鵁，群飛，尾如雌鷄，鳴即自呼，食之治風。《說文》：鵁，鶄也。」卷五十四「鵁在」條轉錄《玄應音義》，所引《說文》文字稍異，云：「鵁，鶄也。群飛，尾如雌雞，鳴相呼，食之治風也。」據卷四十四「群飛」之句出《山海經》，非出《說文》。今檢《山海經》，無此句，則不知孰是，當存疑。

（鳽）　**鵁鶄也。从鳥，幵聲。**

濤案：《御覽》九百二十五羽族部引「鳽，鵁鶄也，一曰鵁鸆」。許書無「鸆」字，上文「鵁」字解「一曰鵁鸕」，則「鸆」乃「鸕」字之誤，葢兩條并引，非古本此語在鳽字解中也。

（鷢）　**白鷢，王睢也。从鳥，厥聲。**

濤案：《御覽》九百二十六羽族部引「王睢」作「玉雎」，葢古本如是。《御覽》又引《廣雅》曰：「白鷢，鷹也。《古今注》曰：似鷹而尾上白，亦號爲印尾鷹。」則鷢乃鷹類，不得爲王睢。《爾雅》：「睢雄自名王睢，鸗自名白鷢」，明非一鳥。王睢、玉雎葢形近而誤。《爾雅·釋鳥》釋文引同今本，當由後人據二徐本改。

（鸛）　**鸛專，畐蹂。如鵲，短尾。射之，銜矢射人。从鳥，雚聲。**

〔註110〕「九十二」三字今補。

濤案：《廣韻・二十五寒》：「鷤，《說文》、《爾雅》并作鸛鷒。」《二十六桓》：「鸛，《說文》、《爾雅》並云：鸛鷒。」蓋古本有鷒篆，解當云：「鷒，鸛鷒也」，此解「專」字當作「鷒」，不重「鸛」字。

（鴥）　**鸇飛皃。从鳥，穴聲。《詩》曰：「鴥彼晨風。」**

濤案：《詩・晨風》釋文鴥引《說文》作鴪，是古本篆體作鴪，不與今毛詩同。又「鸇飛」作「疾飛」，亦古本如是。凡鳥之疾飛皆爲鴪，不必「晨風」也，《詩》傳正訓「疾飛」，乃許君所本。

（鵔）　**鵔鸃，鷩也。从鳥，夋聲。**

（鸃）　**鵔鸃也。从鳥，義聲。秦漢之初，侍中冠鵔鸃冠。**

濤案：《廣韻・二十二稕》：「鵔，《說文》曰：鷩也。漢初侍中服鵔鸃冠。」蓋古本上「冠」字作「服」，亦無「秦」、「之」二字，今本誤衍。宋小字本亦無「秦」、「之」二字，而「服」字亦誤作冠。觀《廣韻》所引，「漢初」句當在「鵔」字解下，今本在「鸃」字解下，亦誤。

又案：《史記・司馬相如傳》、《佞幸傳》索隱皆引「鵔鸃，鷩鳥也」，「鳥」字恐屬誤衍，非古本如是。

（鴧）　**鳥，似鶡而青，出羌中。从鳥，介聲。**

濤案：《顏氏家訓・勉學篇》：「竇如同從河州來，得一青鳥，舉俗呼之爲鶡。吾曰：『鶡出上黨，數處見之，色並黃黑，無駁雜也。』試檢《說文》：『鳻雀，似鶡而青，出羌中。』《韻集》：『音分。』此疑頓釋」。《漢書・黃霸傳》注亦云：「頒雀，大而色青，出中。」〔註 111〕《玉篇》：「鳻，扶云切，鳻雀，似鶡。」蓋古本作「鳻」不作「鴧」，作「分聲」不作「介聲」。《困學紀聞》云：「《黃霸傳》鶡雀，顏氏注當爲鳻，徐楚金攷《說文》當爲鴧。」鳻、鴧字形相近，楚金蓋據誤本《說文》改鳻爲鴧，輒音拜切〔註 112〕，顏黃門所據爲六朝之本，師古承其家學以注《漢書》，是唐以前本皆不作「鴧」也。至《玉

〔註 111〕據《校勘記》，「出中」抄本「出」下有「羌」字。

〔註 112〕據《校勘記》，「音拜切」抄本「音」下有「古」字。

篇》別出「⿰介鳥」字，當是宋人見二徐《說文》而妄增之，非顧氏原文，然亦云鳥名而不云似鶡之雀，則知鳻字之注爲希馮原本也。乃盧學士竟據今本《說文》以改顏氏之書，鳻字分字皆爲⿰介鳥字介字，古書因誤而校，校而益誤者大率如此。

又案：鳥字，顏黃門所引作「雀」字，葢鳻、雀二字連文，《漢》注、《玉篇》皆作「雀」，不作鳥，足證今本之誤。

（鸚）　鸚⿰母鳥，能言鳥也。从鳥，嬰聲。

（⿰母鳥）　鸚⿰母鳥也。从鳥，母聲。

濤案：《初學記》鳥部、《御覽》九百羽族部引作「鸚鵡」，乃用當時通用字，非古本如是。《禮・曲禮》本作「嬰母」，即鸚鵡⿰母鳥之省。釋文云：「嬰，本或作鸚；母，本或作鵡。諸葛恪茂后反。」〔註113〕《三國志》注引《江表傳》有「鳥名鸚母，未聞鸚父」之語，可見三國時作⿰母鳥不作鵡。至狄仁傑對武后言「鵡者，陛下之姓」，則唐時作鵡不作⿰母鳥矣。鵡乃六朝後起之字。《五經文字》云：「鸚⿰母鳥，音武，又作鵡，見《禮記》。」可見字書不作「鵡」矣。

魁案：《古本考》是。《慧琳音義》卷十一「鸚鵡」條云：「《說文》鸚鵡二字並從鳥嬰武皆聲也。《說文》又說：嬰，益盈反，字從女賏（益盈反）聲也。」卷三十一「鸚鵡」條：「《說文》二字皆從鳥，嬰武亦聲，或作⿰母鳥也。」卷七十四「鸚鵡」條：「《說文》作⿰母鳥。」

（鷮）　走鳴長尾雉也。乘輿以為防釳，著馬頭上。从鳥，喬聲。

濤案：《詩・車舝》正義引作「鷮，長尾雉，走鳴乘轝尾爲防釳，著馬頭上」，葢古本如是。今本傳寫誤倒，又誤「尾」爲「以」，皆非也。

烏部

（烏）　孝烏也。象形。孔子曰：「烏，盱呼也。」取其助氣，故以為烏呼。凡烏之屬皆从烏。[古文]古文烏，象形。[古文]象古文烏省。

〔註113〕「恪」字今補，「反」字刻本作「及」，今正。

濤案：《御覽》九百二十羽族部、《廣韻・十一模》皆引作「孝烏也」，是今本鳥字誤，孝烏即慈烏。古慈、孝通稱，《前漢志》：「王莽改烏，傷縣爲孝烏。」古稱烏爲孝烏可證。

又案：《龍龕手鑑》云：「《說文》及《玉篇》、《切韻》皆云：三點象日中三足烏也。」此蓋言烏字義，又加「象日中」云云，乃下文「焉」字注。

又案：《初學記》三十鳥部引「孝烏也」下奪「象形」二字，「肝乎」作「嘔呼」，「烏呼」下有「烏爲日中之禽，故爲象形也」十一字，「烏爲日中」云云見下文「焉」字解中。「嘔呼」疑當作「傴呼」，《春秋元命苞》云：「烏者，陽精，其言僂呼，俗人見僂呼似烏，故以名之（《五行大義論・七政》引《初學記》鳥部、《御覽》羽族部引「烏者，陽精其僂呼也）。」傴、僂義相近，許君所稱「孔子曰」皆出緯書，今本「肝」字衍。

（舄）　**鵲也。象形。䧿，篆文舄从隹、昔。**

濤案：《初學記》三十鳥部引篆文「从隹昔聲」，是古本有「聲」字，今奪。

（焉）　**焉鳥，黃色，出於江淮。象形。凡字：朋者，羽蟲之長；烏者，日中之禽；舄者，知太歲之所在；燕者，請子之候，作巢避戊己。所貴故皆象形。焉亦是也。**

濤案：《廣韻・二仙》焉字注引作「鳥黃色，出江淮間」，蓋古本如是。許書之例，篆文連注讀，訓解中不得複舉「焉」字。《藝文類聚》九百十二鳥部引「鶩，布翅枝尾作巢，避戊巳」，「布翅支尾」乃本書燕字之注，歐陽書蓋合二注引之，非古本此間有此四字也。

又案：《龍龕手鑑》引「所在」下尚有「巢常背之，一名乾鵲」八字。

《說文古本考》第四卷下　嘉興沈濤纂

𠦒部

（畢）　**田罔也。从𠦒，象畢形。微也。或曰，由聲。**

濤案：《御覽》八百三十二資產部引「畢，罔也」，畢即畢字之別體，是古本無「田」字。

幺部

（幺）　**小也。象子初生之形。凡幺之屬皆从幺。**

濤案：《六書故》引蜀本曰：「侌也，重厶爲幺，幺，象形，曰眛也，亦象子初成之形，以養正也。又曰：林罕引《說文》與蜀本同。」則古本與二徐大異矣。幺訓爲侌，葢即隱微之意，而重厶爲幺其義甚精，此葢象形兼會意字。《文選・文賦》注引同今本，疑「小」乃幺字之一解。

魁案：《慧琳音義》卷九十八「幺麼」條引《說文》云：「幺，小也。象子初生之形。」與今二徐本同，許書原文如是。

（幼）　**少也。从幺从力。**

濤案：《御覽》三百八十四人事部引「幼，小也」，少、小義得兩通。

𢆶部

（𢆶）　**微也。从二幺。凡𢆶之屬皆从𢆶。**

濤案：《六書故》引蜀本曰：「隱微意也，从重幺者，微之至也。」本部幽訓爲隱，幾訓爲微，則𢆶實兼隱微之意，其意亦較今本爲備。

玄部

補

濤案：《左氏》僖二十八年傳正義引「《說文》彤从丹、玈从玄」，是古本有玈字。大徐以爲《新附》，且云「義當用驢」，誤矣。《詩・彤弓》箋：「彤弓玈矢。」釋文云：「㳂本或作旅字，誤。」《左傳》釋文亦云：「㳂本或作旅，非也。」是元朗所見《說文》亦有㳂字。

予部

（予）　推予也。象相予之形，凡予之屬皆从予。

濤案：《匡謬正俗》三引「予，相推予也」，是古本有「相」字。以本部「幻，相詐惑也」例之，則有「相」字者是。今本乃二徐妄刪，《玉篇》引作「推予前人也」，更誤。

（舒）　伸也。从舍，从予，予亦聲。一曰，舒，緩也。

濤案：《文選・七命》注引「伸」作「申」，蓋古本如是。

（幻）　相詐惑也。从反予。

濤案：《御覽》七百三十七〔註 114〕方術部引無「惑」字，乃傳寫偶奪，非古本無之。

𠬪部

（𠬪）　物落；上下相付也。从爪，从又。凡𠬪之屬皆从𠬪。讀若《詩》「摽有梅」。

濤案：《五經文字》曰：「𠬪，象物落上下相付持之形。」蓋古本如是。《九經字樣》曰：「叡從𠬪，𠬪，上下相扶也。」「付持」、「扶持」義得兩通，而總不知今本之不可通〔註 115〕。

（爭）　引也。从𠬪、厂。

濤案：《一切經音義》卷二十四引「諍，謂彼此相競引物也」，諍乃爭字之誤，此蓋庾氏注中語，以釋爭之訓引，非古本如是。

魁案：《慧琳音義》卷七十「有諍」條轉錄《玄應音義》，引《說文》云：「謂

〔註 114〕「七百三十七」五字今補。

〔註 115〕據《校勘記》，「總不知今本之不可通」抄本「不知」作「不如」。

彼此競引物也。」同沈濤所引。

（㸒）　所依據也。从𠬪、工。讀與隱同。

濤案：《一切經音義》卷九引作「有所據也」，葢古本如是，今本義不可通。

魁案：《古本考》是。《慧琳音義》卷四十六「隱須」條下轉録《玄應音義》，引同沈濤所引。

𣦼部

（叡）　坑也。从𣦼，从井，井亦聲。

濤案：《華嚴經音義》下云：「𣦼，籀文阱字」，則古本此字爲《井部》阱字重文，二徐誤竄於此。

（叡）　深明也。通也。从𣦼从目，从谷省。古文叡。籀文叡从土。

濤案：《一切經音義》卷二十三云：「叡字从𣦼，取穿通義，谷取響應不窮，目取明識意」，疑是《説文》注中語。

魁案：《慧琳音義》卷三「聽叡」條、卷十一「叡聖」條、卷十三「聡叡」條、卷二十九「聽叡」條、卷三十「叡喆」條、卷三十二「叡達」條、卷六十六「聽叡」條、卷六十七「聰叡」條、卷六十八「聡叡」條、卷七十七「叡肇」條俱引《說文》作「深明也」。卷四十七「聽叡」條轉錄《玄應音義》，引同沈濤所引。卷二十六「聽叡」引作「明也」，乃奪深字。

又，卷八十四「聽叡」引《説文》云：「叡，智也。聖也。或從土作壡籀文字也。」卷九十三「安叡」條引《說文》云：「叡，智也。」非許書原文有「智也」一訓。上引卷三十二「叡達」云：「《廣雅》云：叡，智也。《說文》：叡，深明也。」卷五十一「聽叡」條云：「《尚書》云：叡，聖也。又云：必通於術也。賈注《國語》：叡，明也。《廣雅》云：智也。」據此「智也」「聖也」非出許書可知。今二徐本同，許書原文如是。

歺部

（殙）　瞀也。从歺，昏聲。

濤案：《莊子．達生篇》釋文引作「矜也」，當是「敄」字傳寫之誤，敄即瞀字之省也。

（殊）　死也。从歺，朱聲。漢令曰：「蠻夷長有罪，當殊之。」

濤案：《左氏》昭二十三年傳釋文引「死也」下有「一曰斷也「四字，葢古如是，今奪。《廣雅．釋詁》「殊，斷也」，正本許書。古以斬刑爲殊，死亦謂斷頭。

（殟）　胎敗也。从歺，昷聲。

濤案：《一切經音義》卷七、卷十二、卷十三皆引作「暴無知也」，葢〔註116〕古本如是，今本涉上文「殰」字之訓而誤。

魁案：《古本考》非是。《慧琳音義》卷二十八「烏殟」（《正法花經》卷二）轉錄《玄應音義》，云：「烏沒反。《說文》：胎敗也。《聲類》：烏殟，欲死也。」而《玄應音義》卷七《正法花經》卷二「烏殟」引云：「《說文》：暴無知也。《聲類》：烏殟，欲死也。」同出《玄應音義》，然所引不一，必有一誤。《慧琳音義》卷五十五「殟殙」（《生經》卷二）轉錄《玄應音義》，云：「於門，於沒二反。下莫昆反，《聲類》：欲死也。《說文》：暴無知也。」據此，「暴無知也」當是殙字之訓。本部「殙，瞀也」，王筠《句讀》曰：「殙瞀，蓋即昏眊，謂病人無知也。」與「暴無知也」義近。《慧琳音義》卷五十七條「殟殟」（《比丘聽施經》）轉錄《玄應音義》，云：「烏沒反。《說文》：暴無知也。《聲類》：欲死。」「殟殟」當爲「殙殙」之誤。今小徐本同大徐，《玉篇》卷十一，《類篇》卷十一、《六書故》卷十二引皆與今本合。又，本部次序，「殟」上列「殊」訓「死也」，殟下次「殤」訓「不成人也」，「殟」居其中訓「胎敗也」，合乎情理。綜上所訂，今二徐本不誤，許書原文如是。

（殣）　道中死人，人所覆也。从歺，堇聲。《詩》曰：「行有死人，

〔註116〕刻本作「若」，今正。

尚或殣之。」

濤案：《左氏》昭三年傳釋文引「死人」作「死者」，蓋古本如是。《詩・小弁》釋文引同今本，義亦得兩通。

魁案：《古本考》非是。裴務齊《正字本刊謬補闕切韻・去震》593殣字下引《說文》云：「道中死人所也。《詩》云：「行有死人，尙或殣之。」脫「覆也」二字，亦作「死人」。今二徐本同，許書原文如是。

（殨）　爛也。从歺，貴聲。

濤案：《一切經音義》卷十七引「殨，漏也。謂決潰癰瘡也」，蓋古本作「漏」，不作「爛」，謂字以下當是庾氏注語。

魁案：《古本考》非是。「漏也」之訓乃本書《水部》「潰」字解，玄應書竄誤。《慧琳音義》卷二「潰爛」條云：「古文殨，同。胡對反。《蒼頡篇》潰：旁決也。《說文》：潰，漏也。」是慧琳以潰爲殨之古文。《慧琳音義》卷六十七「殨風」條轉錄《玄應音義》，引同沈濤所引。

（殃）　咎也。从歺，央聲。

濤案：《易・坤》釋文引作「凶也」，蓋古本如是。張揖《廣雅》、高誘《呂覽》注皆訓殃爲咎，然許君不必同也，凶謂凶禍，更重于咎。

魁案：《古本考》是。《慧琳音義》卷三「餘殃」亦引《說文》云：「凶也。」

（殫）　殛盡也。从歺，單聲。

濤案：《文選・赭白馬賦》注引「殫，盡也」，非傳寫奪字即崇賢節引，古本當有此字。惟「殛」字亦誤，當从宋本作「極」。上文「殲，微盡也」，此云「極盡」，義正相成。《爾雅》釋文引《字林》亦云「極盡也」，呂氏蓋本許書。

魁案：《古本考》是。《慧琳音義》卷四十二「畢殫」條、卷九十一「殫世」條、卷九十四「殫言」條皆引《說文》作「極盡也」，卷九十四無也字。又，卷八十八「殫玉牒」引作「盡也」，《希麟音義》卷十「殫玉講」條：「上當安反，孔注《尙書》云：盡也。《說文》訓同，從歺單聲。」並奪極字。是許書原文當作「極盡也」。

（殖）　**脂膏久殖也。从歺，直聲。**

濤案：《國語舊音》引作「脂膏久也」，蓋古本如是。許君以「脂膏久」釋「殖」字，說解中不得更有此字。

魁案：《古本考》非是。《慧琳音義》卷八「植眾」條下引《說文》云：「脂膏久殖。」與今二徐本同，當是許書原文。

死部

（薨）　**公侯殚也。从死，瞢省聲。**

濤案：《廣韻・十七登》引「殚」作「卒」，蓋古本如是。《歺部》「大夫死曰殚」，經典皆假卒字用之。許書說解中每用通假字，不必盡用也〔註117〕字也。

魁案：《古本考》非是。《慧琳音義》卷五十四「后薨」引云「公侯也」，奪殚字。今二徐本同，許書原文如是。

（㱱）　**戰見血曰傷；亂或為惛；死而復生為㱱。从死，次聲。**

濤案：《玉篇》引無「亂」字，蓋傳寫偶奪，非古本如是。「亂或」猶言「亂惑」，或、惑古今字。

骨部

（骨）　**肉之覈也。从冎有肉。凡骨之屬皆从骨。**

濤案：《御覽》三百七十五人事部引「骨，體之質也，肉之核也」，是古本有「體之質也」四字，今奪。「核」當作「覈」，覈、核古今字。

（髑）　**髑髏，頂也。从骨，蜀聲。**

濤案：《御覽》三百七十四人事部引「髑髏，頂也」，蓋古本不重「髑」字。二徐不知篆文連解之例，故妄增「髑」字。

〔註117〕據《校勘記》，抄本「也」字作「本」。

魁案：《古本考》非是。《慧琳音義》卷五「髑髏」條引《說文》云：「髑髏，頂骨也。」卷十三「髑髏」條引云：「人之頂骨也。」卷六十二、卷七十五「髑髏」條並引作「頂骨也」。據卷五所引，許書原文有「髑」字，且訓爲「頂骨也」，則今二徐本奪「骨」字。合訂之，許書原文當作「髑，髑髏，頂骨也」。

（髆）　肩甲也。从骨，尃聲。

濤案：《御覽》三百六十九人事部引作「膊，肩胛也」，膊、胛皆俗體字。《靈樞經》亦作「肩胛」。

魁案：《古本考》是。《慧琳音義》卷五「髆骨」條、卷十三「髆有」條、卷三十四「肩髆」條、卷三十九「髆齊」條、卷四十「臂髆」條、「右髆」條、卷六十二「挂髆」皆引《說文》作「肩甲也」，與今二徐本同，許書原文如是。卷三十「一髆」條及《希麟音義》卷五「腰髆」並引作「肩胛也」，胛當作甲。《慧琳音義》卷一「兩髆」條引作「肩脾也」，乃以胛爲甲，又誤胛爲脾。卷十七「肩髆」條引作「肩甲開也」，乃衍開字。卷四十九「一髆」引作「甲也」，奪「肩」字。

（骿）　并脅也。从骨，并聲。晉文公骿脅。

濤案：《左氏》僖二十三年釋文引「脅并也」，「脅并」、「并脅」義得兩通。《正義》引作「脅，并幹也」，《廣雅・釋親》〔註118〕：「榦謂之肋。」韋昭《晉語》注云：「骿，并榦也。」是古本亦有作「并榦」者。孔、陸所據本不同，後人見釋文作「脅并」，遂于《正義》添一「脅」字，妄矣。

（髀）　股也。从骨，卑聲。古文髀。

濤案：《爾雅・釋畜》釋文、《文選・七命》注、《一切經音義》卷三、卷十二、卷十四、卷十九、卷二十四，《御覽》三百七十二人事部皆引「髀，股外也」（音義十二、十九皆引「股外曰髀」），是古本「股」下有「外」字，今本奪。段先生曰：「股外曰髀，髀外曰髖。《肉部》曰：股髀也，渾言之；此曰髀股外也，析言之。」

〔註118〕「親」字今補。

魁案：《古本考》是。《慧琳音義》卷一「兩髀」條、卷四「右髀」條、卷十二「髀腨」條、卷三十「髀脛」條、卷三十四「兩髀」條、卷三十六「二髀」、卷三十七「腓髀」條、「髀痛」條、卷四十「兩髀」條、卷六十二「左髀」條、卷六十九「髀骨」條、卷七十二「髖髀」條、卷七十五「指髀」條、「䠋骨」條、卷八十六「傭髀」條以及《希麟音義》卷六「髀脛」條俱引作「股外也」，則許書原文當如是，今二徐本奪「外」字。《慧琳音義》卷五十三「髀骨」條引作「股外骨也」，乃衍「骨」字。卷九「兩髀」條、卷五十六「髂髀」條、卷五十九「捺髀」條、卷七十「髖髀」條、卷七十四「髀上」條轉錄《玄應音義》，引同沈濤所言。

（髕）　**厀耑也。从骨，賓聲。**

濤案：《一切經音義》卷三、卷四、卷五、卷七、卷十二皆引作「膝骨也」，《華嚴經》七十三《音義》所引亦同，是古本不作「厀耑」。以本部「髀骨」、「臀骨」、「脛骨」諸解例之，則作「厀骨」爲是。今本乃涉下文骩字解「骨耑」而誤耳。「膝」當作「厀」。

魁案：《古本考》是。《慧琳音義》卷九「兩臏」條、卷二十八「柏臏」條、卷四十三「髕腨」條轉錄《玄應音義》，引同沈濤所引。卷二十六「指臏」條引《說文》云：「膝骨曰髕。」卷三十八「髕也」條引《說文》云：「厀骨。」合訂之，許書原文當作「厀骨也」。

（骫）　**骨耑骫奊也。从骨，丸聲。**

濤案：《列子・黃帝篇》釋文引作「骨曲，直也」，當是古本有此一訓，爲二徐所刪。《漢書・淮南厲王傳》：「骫天下正法。」師古曰：「骫，古委字，謂曲也。」是骫無「直」義，殷氏〔註 119〕書所引「直」字疑衍。《玉篇》亦云：「骨曲也」，當本《說文》。

肉部

（胎）　**婦孕三月也。从肉，台聲。**

〔註 119〕「殷氏」當作「陸氏」。

濤案：《一切經音義》卷七、卷十三皆引作「二月爲胎」，是古本不作「三月」。《淮南・精神訓》作「二月而胅，三月而胎，四月而肌」，《文子・九守篇》作「二月而脈，三月而胚，四月而胎」。皆不相同，後人習見「三月爲胎」之語，遂據《鴻烈》以改許書，誤也。

魁案：《慧琳音義》卷二「胞胎」條、卷六十九「胎膜」條並引《說文》云：「婦孕二月也。」卷三十「胞胎」引云「婦孕三月也」。前後所引異。卷二十八「胚胎」條轉錄《玄應音義》，引《說文》：「婦孕一月爲胚，二月爲胎。」卷六十六「胎卵」條轉錄《玄應音義》，曰：「《廣雅》云：三月爲胎也。《說文》亦云婦孕三月也。」前後所引亦不同。檢《玄應音義》卷七、卷十三所引，確爲「二月」。《慧琳音義》卷六十六轉錄《玄應音義》所云與今二徐本同，竊以爲許書原文當如是。

肓（肓）　心上鬲下也。从肉，亡聲。《春秋傳》曰：「病在肓之下。」

濤案：《左氏》成十年傳釋文引「心下鬲上也」，《後漢書・鄭元傳》注引作「肓，隔也」，「隔」乃「鬲」字之誤，皆與今本不同。《左傳》杜注：「肓，鬲也。」孔穎達〔註120〕引賈逵注亦云：「肓，鬲也。」則是「肓」本訓「鬲」，不應云「在鬲上」。章懷所據似較元朗爲長。又賈、杜傳注「心下爲膏」，則肓亦不得云「在心下」。又《御覽》三百七十一人事部引「胷，心下膈也」，在膈條下，膈即鬲字之俗體。今本《勹部》云：「匈，膺也」，正與膺字解爲互訓，疑所引即「肓」字之解，傳寫誤「肓」爲「胷」。古本葢云：「心上鬲也」，與賈、杜注合。章懷注係節引，今本衍「下」字，《左》釋文又「下」、「上」互倒耳。

魁案：《古本考》認爲作「心上鬲也」，可從。《慧琳音義》卷八十七「膏肓」條引《說文》：「從心上隔也。從月從亾聲。」「隔」當爲「鬲」字之誤。許書原文蓋作「從心上鬲也」。

肺（肺）　金藏也。从肉，市聲。

濤案：《一切經音義》卷四、卷二十皆引作「火藏也」，葢古本如此。段先

〔註120〕「孔穎達」三字今據《校勘記》補。

生曰：「當云：『火藏也。博士說以爲金藏。』下文脾下當云：『木藏也。博士說以爲土藏。』肝下當云：『金藏也。博士說以爲木藏。』，乃與心字下『土藏也。博士說以爲火藏』一例。元應所據當是完本，但未引『一曰金藏』耳。」

魁案：《古本考》非是。《慧琳音義》卷四十三「肺腴」條轉錄《玄應音義》，引同沈濤所引。卷六十八「肝肺」條引《說文》同今二徐本。錢大昕曰：「五藏配五行，古文說與博士說各異，唯腎爲水藏則同，《五經異義》言之詳矣。其撰《說文解字》云：『心，土藏也』，博士說爲『火藏』。而『脾，土藏』，『肝，木藏』，『肺，金藏』則但用博士說，不言古文異同，乃舉一反三之例。」據此，今二徐本不誤，許書原文如是。

脬（脬）　膀光也。从肉，孚聲。

濤案：《一切經音義》卷三、卷十一引「膀」作「旁」，葢古本如是。古旁光字止作旁，見《素問》諸書。膀訓爲「脅」，非此用。今本依俗作膀，誤。又元應書卷十五引作「膀胱」，皆俗字也。

魁案：《古本考》是。小徐本正作「旁光也」。「旁光」二字古音均在陽部〔註121〕，屬疊韻連綿字，文獻中用字不定。《慧琳音義》卷二「脬胃」《說文》云：「膀胱，水器也。」卷五「脬腸」條引《說文》云：「脬，傍光，水器也。」卷九「胃脬」條引作「旁也」，奪「光」字。卷五十二「脬㞑」條轉錄《玄應音義》，引同沈濤所引。卷五十八「牛脬」條引作「旁胱也」。諸引中又有「水器也」一訓，當非是許書原文。

膏（膏）　肥也。从肉，高聲。

濤案：《後漢書·鄭元傳》注引「心下爲膏」，葢古本之一解，今本奪去耳。《左傳》賈、杜皆云「心下爲膏」，與許解正合。

魁案：《古本考》非是。《慧琳音義》卷六十二「肪膏」條、卷六十七「肪膏」條並引《說文》作「肥也」，與今二徐本同，許書原文當如此。

肪（肪）　肥也。从肉，方聲。

濤案：《一切經音義》卷十六引「肪，肥也，脂也」，是古本有「一曰脂也」

〔註121〕郭錫良《漢字古音手冊》（增訂本），商務印書館，2010年。

四字，今奪。

魁案：《古本考》認爲有「脂也」一解，非是。《慧琳音義》卷七十五「肪𦝫」云：「《說文》：肪，肥也。……《廣雅》：肪，脂也。」《說文》《廣雅》並舉則「脂也」一訓非出許書可知。《慧琳音義》卷六十五「肪膏」條轉録《玄應音義》，引同沈濤所引。卷五「𦝫肪」條、卷四十五「肪膏」條、卷五十五「觀肪」條、卷六十二「肪膏」條、卷六十七「肪膏」條云俱引《說文》與今二徐本同。又，卷七十五「肪𦝫」條轉録《玄應音義》所引亦同今本，則今本不誤。卷七十四「脂肪」條《說文》作「肪，肥膏也」，「膏」字當是誤衍。合訂之，今二徐本不誤，許書原文如是。

（肊）　胷肉也。从肉，乙聲。肊或从意。

濤案：《文選・登樓賦》注引無「肉」字，葢古本如是。《廣雅・釋親》云：「臆，匈也。」正本許書。《射雉賦》徐注云：「臆，膺也。」本部膺即訓匈，則今本有「肉」字誤。《御覽》三百七十一人事部引作「匈骨」，又誤中之誤矣。

魁案：《古本考》從小徐，今大徐本作「胷骨也」也。《慧琳音義》卷三十一「臆度」條引《說文》云：「臆，匈骨也。」卷三十七「胸肊」引作「亦胷也」。《希麟音義》卷四「胷臆」條引云：「臆，胷骨。」合諸引許慎原文當如大徐本，作「胷骨也」。

（膀）　脅也。从肉，旁聲。膀或从骨。

濤案：《御覽》三百七十一人事部引作「膀，兩脅膀也」，膀字當是衍文。上文「脅，兩膀也」，此云「膀，兩脅也」，正許書互訓之例。今本奪兩字，誤。

（脢）　背肉也。从肉，每聲。《易》曰：「咸其脢。」

濤案：《易・咸卦》釋文云：「脢，鄭云：背脊肉也。《說文》同。」則是古本「背」下有「脊」字，今奪。《易》正義、《御覽》三百七十五人事部引同今本，乃是後人據今本妄刪。子夏《易傳》：「在脊曰脢。」亦有「脊」字。

（臑） 臂羊矢也。从肉，需聲。讀若襦。

濤案：《儀禮‧鄉射禮》釋文云：「臑，《說文》讀爲儒字。」《禮記‧少儀》釋文引「臂羊犬，讀若儒字」，是古本作「讀若儒」，今本作「襦」，誤。「臂羊犬」三字亦不可解，疑當作「羊犬臂也」，今「矢」字更誤。

（𪗋） 肶𪗋也。从肉，齊聲。

濤案：《一切經音義》卷二十五、《廣韻‧十二齊》皆引作「䐕𪗋」，葢古本如是。《囟部》〔註 122〕「䐕，人臍也」，正與此互訓，肶爲「牛百葉」，非此之用。《御覽》三百七十一人事部引作「肚臍」，許書無「肚」字，乃傳寫之誤。

魁案：《古本考》是。《慧琳音義》所引《說文》不一，卷一「臍中」條引《說文》作「膍臍也」；卷十四「從[illegible]」條引作「毗[illegible]也」；卷二十四「[illegible]中」引作「肚齊也」；卷三十五「心[illegible]」條引作「膍齊也」；卷四十一「[illegible]輪」條引作「膍[illegible]也」；卷六十「𪗋[illegible]」條引作「膍𪗋也」；卷六十二「從臍」條引作「肶臍也」；卷七十三「毗[illegible]」條：「《說文》膍[illegible]，人[illegible]也。」膍、毗皆當䐕字之誤；[illegible]、[illegible]亦當𪗋字之誤。合訂之，許書原文當作「䐕𪗋也」。

（腴） 腹下肥也。从肉，臾聲。

濤案：《止觀輔行傳》四之三云：「肥腴者，《說文》云：腹下肉也」，葢古本「肥」字亦有作「肉」者。《一切經音義》卷四、卷十九、卷二十皆引作「肥」，是今本亦不誤，疑湛然所據非善本也。《文選‧七發》、《七命》兩注引作「腹下肥者」，是古本「肥」下有「者」字，今奪。

魁案：《古本考》認爲「肥」下有「者」字，非是。《慧琳音義》卷十六「肥腴」條、卷四十三「肺腴」條、卷五十六「脂腴」條皆轉錄《玄應音義》，引《說文》皆作「腹下肥也」。卷七十二「擘腴」《說文》云：「腴者，腹下肥也。」者字當是引者所足。卷三十九「腴悅」條引《說文》云：「腴，腹肥也。」奪「下」字。卷九十九「肥腴」條引《說文》：「腴，亦肥也。」乃節引，非完文。合訂之，今二徐本不誤，許書原文如是。

〔註 122〕當作「囟部」。

（脽）　尻也。从肉，隹聲。

濤案：《廣韻·六脂》引下有「亦汾脽巨靈所坐也」八字，葢古本之一解，今奪。

（胯）　股也。从肉，夸聲。

濤案：《五經文字》上云：「⿰月⿱大于胯，上《說文》，下經典相承隸省。」是古本从⿱大于，不从夸，今本作胯，乃後人以隸變改篆文也。

（股）　髀也。从肉，殳聲。

濤案：《一切經音義》卷十六、卷二十引「髀」下皆有「脛本曰股」，葢古本有之，今奪。

魁案：《古本考》非是。卷六十五「三股」條云：「《說文》：股，髀也。謂脛本曰股。」「謂」字以下乃引者續申之辭，非許書之文。《慧琳音義》卷三十三「股肱」條轉錄《玄應音義》，引《說文》：「股，髀也。脛本曰股。」同沈濤所言。卷十五「割股」條、卷四十五「兩股」條、卷四十六「股肉」條、卷四十八「刴股」條、卷五十九「股閒」條、及《希麟音義》卷五「羖羊」條下皆引《說文》作「髀也」，與今二徐本同，許書原文如是。

（脛）　胻也。从肉，巠聲。

濤案：《一切經音義》卷十八、卷二十一皆引作「腳胻也」，上文「腳，脛也」，則「脛」即是「腳」，此處不應有「腳」字，葢傳寫誤衍，非古本如是。

又案：《一切經音義》卷三引「脛，腨也」，下文腓訓「脛腨」，腨訓「腓腸」，則「脛」不訓「腨」，亦疑傳寫有誤。

魁案：《古本考》認爲「不應有腳字」，是。《慧琳音義》卷七十二「脛骨」條轉錄《玄應音義》，引《說文》云：「脛，腳胻也。」卷五十七「脛脡」條引《說文》云：「脛，腳胻也。」與沈濤引同。《慧琳音義》卷一「兩脛」條及《希麟音義》卷五「脛踝」條、卷六「髀脛」條三引皆作「足胻也」，胻上有足字。卷三十「髀脛」引云：「脛，亦胻也。」卷七十五「著脛」條引作「胻也。腳胻骨也。」慧琳、希麟所引胻上衍「足」字。合訂之，今二徐本不誤，許書原文如是。

（腨）　**腓腸也。从肉，耑聲。**

濤案：《一切經音義》卷三引無「腓」字，乃傳寫偶奪，非古本如是。他卷引有腓字可證。《御覽》三百七十二人事部所引亦同。

魁案：《古本考》是。《慧琳音義》所引甚富，分三種情形。（一）轉錄《玄應音義》：《慧琳音義》卷九「兩腨」條轉錄《玄應音義》云：「又作踌，同。《說文》脛，腨腸也。」卷四十五「兩膞」條轉錄《玄應音義》云：「又作腨，同。《說文》：腨，腓腸也。或作踌。」腸、腸異體。（二）有足字：《慧琳音義》卷一「兩腨」條引《說文》云：「足踄腸也，或作踌、踹、膞四形並同。」卷十二「髀腨」條、卷六十一「腨足」條並引作「足踄腸也」。三引皆作踄，踄當腓字之誤，本書《足部》：「踄，跀也。」另外三引腓上皆有「足」字。又，《慧琳音義》卷二十八「鵙腸」條下、卷三十八「脾腨」並引作「足腓腸也」，亦有「足」字。（三）無足字：《慧琳音義》卷二十「腨上」條、卷七十四「光腨」條、卷七十五「腨骨」條卷八十一「半腨」俱引《說文》作「腓腸也」，所引與今大徐同。又，卷二十六「腨骨」條、卷四十五「腨相」條、卷六十二「捉腨」條、卷七十五「足腨」條、「鹿踌」皆引作「腓腸也」，腸乃腸之異體。以上八引皆無足字。又，卷二十四「雙腨」條引《說文》云：「踌，足腸也。」乃奪腓字。慧琳諸引不一，焦於有「足」或無「足」。古人謂足，乃總稱人之下肢，本書《足部》：「足，人之足也，在下。」《六書故・人九》：「足，自股脛而下通謂之足。」腨之爲義今曰「小腿肚子」，自在人之下體，無需言「足」而明。據此竊以爲諸引「足」字衍，今二徐本不誤，許書原文當如是。

（胲）　**足大指毛也。从肉，亥聲。**

濤案：《一切經音義》卷二引無「毛」字，葢古本如此。《莊子・庚桑楚篇》云：「臘者之有膍胲。」釋文云：「胲，足大指也。」今本衍「毛」字，誤。

又案：《史記・扁鵲倉公傳》正義引顧野王曰：「胲，指毛皮也。」今本《玉篇》作「足指毛肉」，徐本《說文》當因此誤衍「毛」字。

又案：《史記・扁鵲倉公傳》作「咳」，不作「胲」，《集解》曰：「咳音該」，《正義》作胲，又引許慎曰：「胲，軍中約也。」《漢書・藝文志》：「五行奇胲。」師古亦引許慎云「胲，軍中約也。」此正《言部》「該」字之解，與「胲」無涉，恐二書皆正作「咳」，傳寫誤爲「胲」。古从口从言之字皆相通，正可據裴氏之音以訂顏、張之誤。

魁案：沈濤引所乃《玄應音義》卷二《大般涅槃經》第十二卷「腦胲」條，云：「依字，《說文》：古才反。足大指也。」《慧琳音義》卷六十七「腦胲」條云：「古才反。足大指也。」卷二十六「腦胲」條引《玉篇》云：「足大指也。」卷十四「腦胲」條云：「足大指毛下肉。」皆不言出處。《慧琳音義》卷三十三「無頦」條云：「《廣雅》：頦，醜也。惡貌也。《說文》：從頁亥聲。經從月作胲，足大指也。」此引是否就是許書之文，尚難論定。今二徐本同，於義不詞，似有譌誤，姑存疑。

（胄） 胤也。从肉，由聲。

濤案：《廣韻・四十九宥》引作「裔也」蓋古本如是，義得兩通。

魁案：《古本考》非是。胤即胤字，避諱缺末筆，今通行大徐本因之。小徐本作亦缺筆。《慧琳音義》卷十九「胄胤」條引《說文》云：「亦胤也。」許書原文當如此。

（肸） 振肸也。从肉，八聲。

濤案：《六書故》引唐本曰：「脤肸也，从肉，从八。」蓋古本不作八聲。惟許書無「脤」字，「脤」即「祳」字之別。脤、肸二字義不可曉，當是傳寫有誤。

又案：《玉篇》云：「肸，振眸也」，段先生以爲當作「振肸」。《十部》曰：「肸，蠁句，布也。」「振肸」即振動布寫之意，竊意古本此文亦作「振肸」，大徐本誤「肸」爲「肸」，小徐并奪此字，戴氏當引唐本「振肸」以別於徐本之「振肸」，傳寫誤爲「脤肸」，遂不可通，安得善本《六書故》一訂正之。

（臠） 臞也。从肉，䜌聲。一曰，切肉臠也。《詩》曰：「棘人臠臠兮。」

濤案：《廣韻・二十八獮》引「切肉」下無「臠」字，蓋古本如是。「切肉」爲之一解，不必更言「臠」矣，偁《詩》語亦當在一曰之上。

魁案：《古本考》非是。卷七十九「肉臠」條引《說文》云：「切肉，肉臠也。」當衍一「肉」字。《慧琳音義》卷七十五「臠臠」條云:「謂切肉大者爲胾胾，小者曰肉臠也。」則「肉臠」二字連用。今二徐本同，許書原文如是。《慧琳音義》卷六十一「肉臠」條引《說文》云:「切肉也。」當奪「臠」字。

（膌）　**瘦也。从肉，𦜉聲。古文膌从疒从朿，朿亦聲**

濤案:《一切經音義》卷一引「膌，瘦也，瘠，亦薄也」，卷十、卷十五、卷二十二引「膌，瘦也，亦薄也」，卷十一引「膌，薄也，瘦也」，是古本有「一曰薄也」四字。膌通作瘠，《荀子・禮論篇》云:「送死不忠厚不敬文謂之瘠。」注云:「瘠，薄。」又《富國篇》云:「若是則瘠。」注云:「瘠，奉養薄也。」是膌有薄義。

魁案:《古本考》是。《慧琳音義》卷五十二「瘠薄」條、卷四十八「瘠田」條、卷五十六「瘦瘠」條、卷五十八「薄膌」條轉錄《玄應音義》，均有「瘦也」，「薄也」也兩訓，是許書原文當有「薄也」一訓。卷二十五「羸瘠」條與卷六十二「羸瘠」條引《說文》並同今二徐本，並奪一訓。

（腄）　**瘢胝也。从肉，垂聲。**

濤案:《篇》〔註 123〕引作「瘢腄也」，當是傳寫之誤，非古本如是。下文「胝，腄也」，腄、胝互相訓。

魁案:《古本考》是。今二徐本同，許書原文如是。

（肬）　**贅也。从肉，尤聲。籀文肬从黑。**

濤案:《一切經音義》卷十六引「贅也」下有「小曰肬，大曰贅」六字，葢古本有之，今奪。

魁案:《古本考》非是。《慧琳音義》卷十六「肬贅」引《說文》云:「亦贅也。從肉尤聲。」卷二十「小疣」條云:「《說文》作肬，云贅也。」玄應《一切經音義》所云「小曰肬，大曰贅」蓋是引者續申之辭，非許書原文。

（脪）　**創肉反出也。从肉，希聲。**

濤案:《一切經音義》卷二十五引無「創」字，葢傳寫偶奪，非古本如是。

〔註 123〕指《玉篇》。

《廣韻・二十四焮》引同今本可證。

魁案：《古本考》是。今二徐本同，許書原文如是。《慧琳音義》卷七十一「毒脪」條引《說文》云：「肉出也。」乃節引，非完文。

（臘）　冬至後三戌，臘祭百神。从肉，巤聲。

濤案：《後漢書・明帝紀》注引曰：「臘，冬至後祭百神，始皇更臘日嘉平。」蓋古本如此，今本奪「始皇」以下七字。《玉篇》引作「冬至後三戌爲臘祭百神也」，是今本又奪「爲」字、「也」字，其「三戌臘」三字章懷節去，非古本本無。「臘祭」即《禮記》注所謂「以畋獵所得禽祭也」，「臘」字必不可刪。

（膢）　楚俗以二月祭飲食也。从肉，婁聲。一曰，祈穀食新曰離膢。

濤案：此解今本奪誤殊甚。《御覽》三十三時序部引曰：「膢，楚十二月祭飲食也，一曰嘗新馨食曰貙膢。」《初學記》八州郡部引曰：「冀州北部以（奪「八」字）月朝作食爲膢祭。」《漢書・武帝紀》曰：「太初二年三月行幸河東祠后土，令天下大酺五日，膢五日，祠門戶，比臘。」注引如淳曰：「膢音樓。《漢儀》注『立秋貙膢』」云云。《御覽》引此注尚有「許慎曰：俗以十二月祭飲食，冀州北部或以八月朝作飲（當奪食字）爲膢。其俗語曰：膢臘社伏」云云。此即如氏引《說文》以注《漢書》。《後漢書》劉元注引前書《音義》「冀州北部」云云，其語略同章懷所引，即如氏之《音義》也。《續漢書・禮儀志》注引《風俗通》曰：「楚俗常以十二月祭飲食也。」又云：「當（當作嘗）新始殺食曰貙膢。」仲遠書皆襲用《說文》，可見今本之譌誤。合諸書互訂之，古本當曰：「膢，楚俗以十二月祭飲食也，从肉，婁聲。一曰嘗新始殺食曰貙膢，冀州北部或以八月朝作飲食爲膢祭，其俗語曰膢臘，社伏。」《古唐類範・口部》〔註 124〕亦引作「十二月」。

又案：「貙膢」，《續漢書・禮儀志》作「貙劉」，《後漢・劉元傳》注引前書《音義》曰：「貙獸以立秋日祭獸，王者亦以此日出獵，用祭宗廟。」（案，《御

〔註 124〕「古」字今補。

覽》此條所引《漢書》注中「許慎曰」云云下有蔡邕曰：「貙獸常以立秋日還食其母。猛蟲搏鷙時，王者亦以此獵還以祭廟，膢劉，殺也，言擊殺之時者也。」章懷所引即如湻引蔡邕語）是「貙膢」為「始殺之祭」，今本「祈穀」二字謬誤顯然。《御覽》「馨食新」三字亦傳寫之誤。

𦟝（隋）　裂肉也。从肉，从隓省。

濤案：《六書故》引唐本作「列肉」，「列」、「裂」義皆不可解。桂大令曰：「當作烈。本書古文祡从隋省作䅑，祡者積柴加牲而燔之。《詩》：『載燔載烈。』傳云：『貫之加于火曰烈。』」

肴（肴）　啖也。从肉，爻聲。

濤案：《初學記》二十六服食部、《御覽》八百六十三飲食部皆引「肴，雜肉也」，蓋古本如此。《廣雅・釋器》：「肴，肉也。」（《一切經音義》引）《儀禮・特牲饋食》注曰：「凡骨有肉曰殽。」（經典皆通作殽）《文選》典引蔡邕注：「肉曰肴，骨曰䰼。」《殳部》殽从肴聲，訓「相雜錯」，是肴有「雜」義，故曰「雜肉」。《止觀輔行傳》四三〔註125〕云：「肴，葅也。《說文》从肉者啖也。」似湛然所見本與二徐同，疑古本作「一曰啖也」，二徐誤以別解為正解耳。

魁案：《古本考》非是。《慧琳音義》卷十三「肴膳」條、卷三十二「肴膳」條、卷三十七「肴膳」條皆引《說文》作「啖也」。卷六十四「餚饌」條：「《說文》單作肴，啖也。」與今二徐本同，許書原文當如此。

腯（腯）　牛羊曰肥，豕曰腯。从肉，盾聲。

濤案：《詩・周頌》釋文引「羊曰肥，豕曰腯」，當是傳寫奪一「牛」字。

魁案：《古本考》是。《慧琳音義》卷九十六「肥腯」條引《說文》同今大徐本。

胡（胡）　牛顧垂也。从肉，古聲。

濤案：《史記・封禪書》索隱引「胡，牛垂頷也」，蓋古本如是，今本傳寫誤倒。又《一切經音義》卷十引曰「胡，謂牛頷垂下者也」，當是庾氏注語以釋

〔註125〕據《校勘記》，「四三」抄本「四」下有「之」字。

「垂頷」之義，頷即顧字之別。卷二十三引同，無「謂」字。卷一、卷二十四無「者」字。

魁案：《慧琳音義》卷四十二「垂胡」條與卷七十「犎胡」條轉錄《玄應音義》，引《說文》並云：「牛頷垂下也。」卷四十七「垂胡」條轉錄引云：「胡謂牛頷垂下者也。」卷四十九「胡等」條轉錄引云：「牛頷垂下者也。」諸引同沈濤所言。玄應書四引皆有「牛頷垂下」語，則許書原文語序如此，小司馬作「牛垂頷也」當是誤倒。「垂」必向下，玄應引「下」字當衍。合訂之，今二徐本不誤，許書原文如是。

（胘）　牛百葉也。从肉，弦省聲。

濤案：《五經文字》云：「字書無屯〔註 126〕字，見《春秋傳》。」是唐本無屯〔註 127〕篆，應刪。

（膘）　牛脅後髀前合革肉也。从肉，票聲。〔註 128〕

濤案：《詩・車攻》、《公羊》桓四年釋文皆引作「脅後髀前肉也」，葢古本如是。《車攻》傳云：「故自左膘而射之，達于右腢爲上殺。」則非專指牛矣，「合革」二字亦不可解。

（膟）　血祭肉也。从肉，帥聲。膟或从率。

濤案：《禮記・祭義》正義引「膟，血祭」，乃傳寫奪「肉也」二字，非古本如是。《廣韻・六術》云：「膟，《說文》音律。」桂大令曰：「疑古有『讀若律』三字。」

（膫）　牛腸脂也。从肉，尞聲。《詩》曰：「取其血膫。」膋膫或从勞省聲。

濤案：《禮記・祭義》正義引「膋，牛腸閒脂也」，是古本多一「閒」字，今奪。釋文引此作《字林》，葢呂與許同。《御覽》八百六十四飲食部引同今本，

〔註 126〕「乇」字疑當作「此」。

〔註 127〕「乇」字疑當作「此」。

〔註 128〕大徐本「票聲」下有「讀若繇」三字。

疑後人據今本改。

（膊）　薄脯，膊之屋上。从肉，尃聲。

濤案：《初學記》二十六服食部〔註 129〕、《北堂書鈔》卷一百四十五酒食〔註 130〕部皆引作「薄膊，搏之屋上」，葢古本作「搏」，不作「膊」。《釋名》：「脯，膊也。乾燥相搏著也。」則作「搏」爲是。

（脘）　胃府也。从肉，完聲。讀若患。舊云脯。

濤案：《初學記》二十六服食部引「府」作「脯」，葢古本如此。《廣雅・釋器》：「脘，脯也。」《漢書・貨殖傳》：「濁氏以胃脯而連騎。」晉灼曰：「今太官常以十月作沸，湯燖羊胃以末椒薑坋之暴使燥是也。」此字小徐本不誤，「舊云脯」三字乃校書者之語，《集韻》亦云「胃脯」，可見大徐本「府」字之誤，宋以後人皆知其非也。

（朐）　脯挺也。从肉，句聲。

濤案：《初學記》二十六服食〔註 131〕部引作「脯脡」，挺、脡古今字。〔註 132〕《士虞禮》：「饌籩豆脯四脡。」注云：「古文脡爲挺。」則作「挺」爲是。

（腒）　北方謂鳥腊曰腒。从肉，居聲。傳曰：堯如腊，舜如腒。

濤案：《穀梁》莊二十四年傳釋文引作：「堯腊，舜始腒」，葢傳寫之誤也。「曰」，《禮・內則》釋文引作「爲」，義得兩通。

魁案：《古本考》認爲《釋文》傳寫有誤，是。《慧琳音義》卷九十七「乾腒」條引《說文》云：「北方謂鳥腊（音昔）曰腒。從月居聲。」與今二徐本同，許書原文如是。

（腝）　有骨醢也。从肉，耎聲。腝或从難。

〔註 129〕「二十六服食」五字今補。

〔註 130〕「卷一百四十五酒食」八字今補。

〔註 131〕「二十六服食」五字今補。

〔註 132〕「挺」下「脡」字抄本不奪，今據《校勘記》補。

濤案：《五經文字》云：「膞，有骨醢也。見《禮》經及《周禮》，《說文》、《字林》並作腝。」似張司業所見本無重文「膞」字。

魁案：《古本考》當是。《六書故》卷十二膞云：「《說文》曰：腝。有骨醢也。或作臡。」

脠（脠）　生肉醬也。从肉，延聲。

濤案：《廣韻·二仙》但引「肉醬」二字，乃陸、孫所刪節，非古本無「生」字也。

魁案：《古本考》是。今二徐本同，許書原文如是。

脂（脂）　戴角者脂，無角者膏。从肉，旨聲。

濤案：《止觀輔行傳》七之三引作「有角曰脂，無角曰膏」，葢古本亦有如是作者。「戴角」字見《大戴禮·易本命篇》，他書所引皆作「戴角」，義得兩通。

魁案：《慧琳音義》卷三十七「脂髓膿」引《說文》云：「戴角者曰脂，無角者曰膏。」《箋注本切韻·平脂》（斯 2055）163引《說文》云：「戴角曰脂，無角曰膏。」裴務齊《正字本刊謬補闕切韻·平脂》547 引《說文》亦云：「戴角曰脂，無角曰膏。」嚴章福《說文校議議》曰：「影宋書鈔卷百四十七引『戴角者曰脂，無角者曰膏』，此少兩曰字。」許書釋義簡潔，合諸引，竊以爲原文當如韻書所引，作「戴角曰脂，無角曰膏」。

膜（膜）　肉閒胲膜也。从肉，莫聲。

濤案：《一切經音義》卷二十引無「胲」字，本部「胲，足大指毛也」，則與膜義不同，葢古本無此字，今本誤衍。洪編修（亮吉）轉以元應所引爲有脫字，非也。卷十八所引仍有「胲」字，疑後人據今本改。《玉篇》此字解亦無「胲」字。

魁案：《慧琳音義》卷五十四「殘膜」條、卷七十三「色膜」條轉錄《玄應音義》，並引《說文》作「肉閒膜也」。《慧琳音義》卷二「腦膜」條、卷十三「無智膜」條及《希麟音義》卷三「厚膜」皆引作「肉閒胲膜也」。又，《慧琳音義》卷十四「脬膜」條、卷四十五「腦膜」條、卷五十一「竦膜」條、卷六十九「胎膜」俱引《說文》作「肉閒膜也」，卷四十五少一也字。慧琳前後所引不一，必有一誤。沈濤認爲「胲」義與膜不同，今本誤衍胲字，當是。《慧琳音義》卷五「腦膜」引《說文》云：「頭閒膜也」，頭蓋引書者涉上腦字而誤。合諸引訂之，許書原文當作「肉閒膜也」。

（胞）　小耎易斷也。从肉，从〔註 133〕絕省。

濤案：《一切經音義》卷十二、卷十三皆引作「少血易斷也」，葢古本如是。惟少血，故易斷。今本「小耎」二字乃形近而誤。《文選・魏都賦》注引作「小耎易斷也」，當是本作「少血」，後人據今本改「血」爲「耎」耳。

魁案：《慧琳音義》引《說文》分四種情形。(1)《慧琳音義》卷七十四「肥脆」條轉錄《玄應音義》，引《說文》云：「少血易斷也。」(2)引作「肉耎易斷」：《慧琳音義》卷三「危脆」條、卷十六「胞想」條、卷七十八「危脆」條以及《希麟音義》卷六「甘胞」俱引《說文》作「肉耎易斷也」，無小，亦無少字。(3)有小、少字：《慧琳音義》卷十六「危脆」條、卷五十七「脆不」條、卷六十二「胞危」條三引《說文》皆作「少耎易斷也」。卷三十二「危胞」又引《說文》云：「脆，少肉耎易斷也。」卷十四「胞危」條引云：「小耎易斷也。」(4)引作「肉易斷也」：《慧琳音義》卷三十、卷四十七「危脆」條並引《說文》作「肉易斷也」。

以上情況所歧有二：一、是「血」字還是「耎」字；二、有無少、小。先說前者，諸引唯玄應作「血」字，蓋血、耎形近而誤，許書有無當不如是。許書下次膬字，釋云「耎易破也」可證，沈濤引《文選》注亦可證。再說後者，《慧琳音義》與《希麟音義》凡四引皆作「肉耎易斷」，又二引作「肉易斷也」，有「肉」字，無「少」、「小」二字；又《慧琳音義》五引其四作「少」，其一作「小」，《玄應音義》亦作「少」，皆無「肉」字。今小徐本、《玉篇》卷七、《類篇》卷十二並引同今大徐本，據此，許書原文當有「小」字，其作「少」者蓋與小形近而誤。又慧琳凡七引皆有「肉」字，以本部次序，「膾，細切肉也」、「腌，漬肉也」、「散，雜肉也」、「膞，切肉也」，「胞」側期間，所訓當有「肉」字。綜上所考，竊以爲許書原文當作「小肉耎易斷也」，《音義》卷三十二「危胞」又

〔註 133〕「从」字刻本缺，今據大徐本補。

引作「少肉耎易斷也」，「少」字當爲「小」字之誤。

（膬）　耎易破也。从肉，毳聲。

濤案：《文選・七發》注引「膬，腝易破也」，腝爲「有骨之醢」，「腝易破」之義殊不可解，即「耎易破」亦頗難曉。葢脃、膬本一字，《周禮・小宗伯》注曰：「今南陽名穿地爲竁，聲如腐脃之脃。」釋文云：「字書無脆字，但有膬字，音千劣反，今注本或作膬字者，則與劉音清劣反爲協。」據此，則元朗所見《說文》等書有「膬」無「脃」。《文選・七發》前云「甘脃肥膿」，後云「溫滴甘膬」，明本一字。崇賢《魏都賦》注所引亦與《七發》相同，後人據誤本《說文》竄改，非崇賢所據本與元朗不同也。

又案：《玉篇》脃字引《說文》曰：「小耎易斷也。脆，同上，俗膬，亦同上。」足徵膬、脃爲一字。

魁案：《古本考》認爲「脃」、「膬」爲一字，可商。《慧琳音義》卷三「危脆」條云：「《說文》：肉耎易斷也。從肉從絕省聲也。或作膬。從危作脆，非也。」云「從危作脆非也」，則「脆」字葢當時俗體，詞頭當作「危脃」。《希麟音義》卷六「甘脃」引《說文》云：「肉耎易斷也。從肉絕省聲。古文作膬，亦同。」此以「脃」字古文作「膬」則當爲一字，然今二徐本比序分爲二字，希麟書晚於二徐本，又似不可據。且存疑。

（散）　雜肉也。从肉，㪔聲。

濤案：《一切經音義》卷二引「散，雜也」，葢元應有所節引，非古本無「肉」字。

魁案：《古本考》是。今二徐本同，許書原文當如是。

（肎）　骨閒肉肎肎箸也。从肉，从冎省。一曰，骨無肉也。古文肎。

濤案：《莊子・養生主》釋文云：「肯，《說文》作肎，《字林》同。云：箸骨肉也。一曰，骨無肉也。」「著骨肉」云云乃元朗檃括節引，非古本如是，或《字林》之語如此。下文又引崔云：「許叔重曰：骨閒肉肎肎著也。」則與今本正同矣。

魁案：《古本考》是。今二徐本同，《玉篇》卷七、《類篇》卷十二、《廣韻》卷三所引皆同二徐，許書原文如是。

補 [篆]

濤案：老子《道德經》釋文引「朘，赤子陰也」，是古本有朘篆。大徐轉以入《新附》，誤矣。

筋部

[篆]（筋）　肉之力也。从力，从肉，从竹。竹，物之多筋者。凡筋之屬皆从筋。

濤案：《一切經音義》二十一引「肉之有力者曰筋」，葢古本作「筋，肉之有力者也」，今本刪「有」字、「者」字，詞義不完。卷二十二仍引「肉之力曰筋」，當是傳寫誤奪。

又案：《御覽》三百七十五人事部引「筋，體之力也。可以相連屬作用也」。「體」當爲「肉」字之誤。「可以」八字疑是庾氏注中語。

魁案：《古本考》非是。《慧琳音義》卷二、卷五、卷三十二「筋脈」條，卷三十、卷三十二、卷四十三、卷六十二及《希麟音義》卷五「筋脈」條俱引《說文》作「肉之力也」。卷十一、十四、二十九「筋骨」條、卷十三「百筋」條、卷十九「筋骨髓」條、卷五十三「筋緩」條、卷七十八「筋皮」亦皆引作「肉之力也」，皆與今二徐本同，許書原文當如此。《慧琳音義》卷三十四「筋骨」條轉錄《玄應音義》，引作「肉之有力者」，卷四十八「筋脈」亦轉錄《玄應音義》，引作「肉之力曰筋也」，非是許書原文。

刀部

[篆]（剹）　刀劒刃也。从刀，㓞聲。[篆]籒文剹从㓞从各。

濤案：《文選・聖主得賢臣頌》注引「剹，劒刃也」，乃崇賢節去「刀」字，非古本如是。《御覽》三百四十五、《廣韻・十九鐸》皆引同今本可證。

魁案：《古本考》是。今二徐本同，《類篇》卷十二、《六書故》卷四、《廣韻》卷五皆所引皆同二徐，許書原文如是。

（削）　鞞也。一曰，析也。从刀，肖聲。

濤案：《一切經音義》卷十七引「削，刀鞞也」，葢古本有「刀」字，今奪。元應〔註 134〕書卷十四、《御覽》三百四十五兵部皆同今本，非引書者節取則後人據今本改耳。

魁案：《古本考》是。《慧琳音義》卷五十九、六十七「刀鞘」條轉錄《玄應音義》，皆引《說文》作「刀鞞也」，許書原文當有刀字。

（㓡）　鎌也。从刀，句聲。

濤案：《廣韻・十九侯》引「關西呼鎌爲㓡也」，則今本奪此七字。《方言》云「刈鉤，自關而西或謂之鉤，或謂之鎌，或謂之鍥」，正許君所本。「鉤」當作「㓡」。

（剞）　剞剧，曲刀也。从刀，奇聲。

濤案：《御覽》三百四十五兵部引「剞劂，曲刀也」，不重出「剞」字，亦不作「剧」，葢古本如是。二徐不知篆文連注之例而妄增之。《韻會・四泜》引剧作剞，是小徐本尚不誤。《御覽》有注云：「剞，居綺切，劂，居衛切」，當是《說文》古音。

魁案：《古本考》非是。張舜徽《約注》云：「剞剧二字爲雙聲連語。」又云：「古屈厥聲通，故剞剧二字古書多作剞劂。」張說是也。今本部剞下云「剞剧，曲刀也」，剧下云「剞剧」正合許書連語之例。《古本考》以爲「二徐不知篆文連注之例而妄增之」，誤矣。《慧琳音義》卷八十六「剞劂」條引《說文》云：「剞，曲刀刻漏也。」當奪劂字。卷九十八「剞劂」條引《說文》：「曲刀也。並從刀奇厥皆聲，或從屈作剧也。」「並從」以下乃引者說解之辭。今小徐本同大徐，《類篇》卷十二引《說文》云：「剞剧，曲刀也。」《韻會》卷十一剞下引《說文》云：「剞劂，曲刀也。从刀奇聲。」皆與今二徐本同，許書原文當如是。《龍龕手鑑》卷一：「剞劂，工人曲刀也。」亦「剞劂」連語。

（則）　等畫物也。从刀、从貝。貝，古之物貨也。古文則。亦

〔註 134〕「應」字刻本原缺，今補。

古文則。籀文則从鼎。

濤案：《汗簡》卷上之二「則，《說文》續添」，嚴孝廉曰：「續添者，書名。大徐亦古文州、一，蓋皆出《續添》。校者所續添字附記于古文之旁而加『亦』以別之，轉寫疑爲脫文，因孱入」云云。濤謂「說文續添」不見隋唐《志》而亦不類書名，即《汗簡》中亦僅此一見，蓋恕先《刀部》已出古尚書二「則」字於前，而又引《說文》制斷二古文於前，此字復綴於部末，故謂之續添。嚴孝廉以爲書名，非也。

（剬）　斷齊也。从刀，耑聲。

濤案：《一切經音義》卷十一云：「剬，《聲類》作剸。《說文》剬，斷首也，亦截也。」蓋古本如此。今本「斷齊也」乃「斷首」之誤，又奪「亦截也」三字耳。段先生曰：「《首部》：『𩠐，斷首也，亦截也。』剸上同。攷鍇本無『剸上同』之文，然則許書《首部》有剬無剸，《刀部》無剬，後人以《聲類》之剸改首部之剬，又移剬入《刀部》，二徐本皆非古也，此篆當刪。」濤案，今本《首部》「𩠐，截也，从首从斷，剸或从刀專聲」，與先生所引不同，先生書《首部》亦不如是作，當屬記憶偶誤。剸之與𩠐形聲皆不相同，似非重文之例，蓋古本首部無重文，「剸」即「剬」字之別，後人誤竄於彼。當刪首〔註 135〕之剸篆，不當刪此部之剬篆也。

魁案：《古本考》認爲古本作「斷首」，非是；認爲「剸即剬字之別」，是。《慧琳音義》卷五十二「剬割」條轉錄《玄應音義》，云：「《聲類》作剸，同。《說文》：剬，斷首也。亦截也。」又同卷另一「剬割」條亦轉錄《玄應音義》，云：「又作剸，《說文》剬，斷也。亦截也。」「斷」下無「首」字。《類篇》卷十二剬下亦作「斷齊也」，當本《說文》。《六書故》卷二十九剸下云：「又作剬，《說文》：剬，斷齊也。」又云「斷剸截也」，似有脫誤。今二徐本同，合諸引訂之，許書原文當如是。「截也」一訓乃「𩠐」字之訓，於此無涉。

（切）　刌也。从刀，七聲。

濤案：《華嚴經》卷一《音義》曰：「《說文》云：『一切普也。』普即徧具

〔註 135〕「首」下當有「部」字。

之義，故切字宜从十。《說文》曰：『十謂數之具也。』有從七者，俗也。」今本《說文》無「一切普也」之語，蓋上「《說文》云」當爲「經文云」之誤，下「《說文》曰」乃引許書，慧苑見經文以「一切」爲普，故謂切字宜從十，初不云《說文》切字从十也。切从七聲從十者當時別字，慧苑轉以从七爲俗，緇徒無識，固無足怪。或轉據此以爲《說文》古本有「从十」者，則更誤矣。

又案：《廣韻·十六屑》引作「折也」，乃古本一曰以下之奪文。

又案：《一切經音義》卷十九引作「割也，刌也」，是古本尚有「割也」二字，今奪。

魁案：《古本考》非是。今二徐本同，《類篇》卷十二、《韻會》卷二十七所引亦同二徐。本部切下次刌字，云「切也」，張舜徽《約注》云：「切、刌二字雙聲同義，故許君以互訓釋之。」由是，許書原文當誤他訓，二徐本不誤。

(副)　判也。从刀，畐聲。《周禮》曰：「副辜祭。」籀文副。

濤案：《詩·生民》釋文引作「分也」，下文判即訓分，蓋古本亦有如是作者，義得兩通。

魁案：《古本考》非是。本部「副」下次「剖」「辨」二字，並訓「判也」，以此例之，今二徐本不誤。又，《類篇》卷十二、《六書故》卷二十九所引《說文》並同二徐，則許書原文當如是。

(剖)　判也。从刀，咅聲。

濤案：《一切經音義》卷十六一引判下有分字，乃傳寫誤衍，非古本如是。判即訓分，不必更言分也，又一引仍作「判也」可證。

魁案：《古本考》是。《慧琳音義》卷六十五「剖形」條轉錄《玄應音義》，引同沈濤所云，作：「《說文》：剖，判分也。」「分」字當衍。《慧琳音義》卷二「剖爲」條、卷十二「剖判」條、卷三十「剖判」條、卷三十四「分剖」條、卷三十七「剖裂」條、卷三十九「各剖」條及同卷「開剖」條、卷四十三「剖華」條、卷六十三「剖析」條、卷七十七、八十一「剖擊」條、卷七十八「剖腹」條、卷九十、九十八「剖析」條、卷九十六「剖腋」條俱引《說文》作「判也」，與今二徐本同，許書原文當如是。《慧琳音義》卷八十一「剖析」條、卷八十七「即剖」條引作「判木也」，卷八十七無也字，卷八十六「剖析」條引作

「割也」，均非許書原文。

（刳）　判也。从刀，夸聲。

濤案：《書・泰誓》正義引作「刲也」，葢古本如是。《禮・內則》云：「刲之刳之。」刳與刲義相近，《一切經音義》卷九、卷十四、卷十五、卷十六、卷二十亦引作「判」，是古本亦有如是作者。

魁案：《古本考》非是。《慧琳音義》卷三十三「刳解」條、卷四十六「刳腹」條、卷五十八「刳四」條、卷五十九「刳刮」條、卷六十四「偏刳」皆轉錄《玄應音義》，引《說文》作「判也」，同沈濤所言。卷八十七「刳剔」條、卷八十三「刳舟」條、卷八十七「刳命」條、卷九十四「刳剔」條、卷九十五「刲刳」條亦俱引《說文》作「判也」，是許書原文當如此，本部「刲，刺也」，沈濤以爲「刳與刲義相近」不確。《正義》「刲也」之「刲」當「判」字形誤。《慧琳音義》卷一百「刳腸」條引《說文》云「剔也」，亦誤。

（剝）　裂也。从刀，从彔。彔，刻割也。彔亦聲。𠚫剝或从卜。

濤案：此解傳寫譌誤，遂不可通。《書・泰誓》正義曰：「《說文》云：剝，裂也。一曰剝割也。」下文「割，剝也」，割、剝互訓，葢古本作「剝，裂也。从刀彔聲。一曰剝割也」。小徐本「从刀錄聲，一曰」六字尚不誤，而誤「剝」爲「刻」，又衍「彔」字，則與大徐同。

魁案：《古本考》非是。《慧琳音義》卷六十四「若剝」條引《說文》云：「裂也。剋割也。從刀彔聲。」剋與刻通，當割講，文獻有用例。如，《潛夫論・浮侈》：「剋削綺穀。」汪繼培箋云：「剋與刻通。」據此則剝之一訓爲「剋割也」，許書本作「刻割也」。卷七十五「皮剝」條引《說文》云：「刻也。從刀彔聲也。」訓剝爲刻。今小徐本作「剝，裂也。从刀，从彔。一曰，彔刻割也」。則今大、小徐本云「彔，刻割也」，彔當剝字之誤。合諸引與今小徐本，許書原文當作「剝，裂也。从刀，从彔。一曰剝刻割也」。

（劀）　刮去惡創肉也。从刀，矞聲。《周禮》曰：「劀殺之齊。」

濤案：《廣韻・十四黠》引無「去」字，葢傳寫偶奪，非古本如是。

魁案：《古本考》是。今小徐本奪也字，亦有「去」字，《類篇》卷十二、

《六書故》卷二十九所引並同大徐，許書原文如是。

（刷）　㕞也。从刀，㕞省聲。《禮》：「布刷巾。」

濤案：《一切經音義》卷九引刮作拭，蓋古本如是。《又部》「㕞，飾也」，「飾」即今之「拭」字，此字从刷省，聲義略相近。《玉篇》云「刷，拭也」，當本許書。《文選·吳都賦》注引作「括也」，疑即「拭」字之誤。然《赭白馬賦》注、《沈休文〈和謝宣城詩〉》注、《爾雅·釋詁》釋文皆引同今本，是古本亦有如是作者，義得兩通。

魁案：《古本考》非是。《段注》云：「刷與㕞別。《又部》曰：㕞，飾也。《巾部》曰：飾，㕞也。飾今拭字，拭用手用巾，故從又巾。刷者，掊杷也，掊杷必用除穢之器如刀然，故字從刀。」此說是也。張舜徽《約注》云：「《文選·養生論》注引《通俗文》云：所以理髮謂之刷。」經典刷與㕞每有混用，《慧琳音義》卷四十六「㕞刷」條轉錄《玄應音義》，引《說文》：「刷，拭也。」「拭也」當是「㕞」字之訓。卷七十九「洒㕞」條：「《說文》：拭也。從又持巾在尸下，會意字也。或從刀作刷。」是唐時㕞、刷已用爲一字，沈濤亦將二字視爲一字。《慧琳音義》卷五十四「摩刷」條、卷六十二「梳刷」條、卷七十六「刷身」條皆引《說文》作「刮也」，與今二徐本同，許書原文當如此。

（剽）　砭刺也。从刀，票聲。一曰剽，劫人也。

濤案：《史記·酷吏傳》索隱、《一切經音義》卷十、卷十一皆引「剽，刺也」，蓋古本無「砭」字，今本誤衍。索隱又引「一云劫」，是古亦無「剽」、「人」二字。

魁案：《古本考》非是。《慧琳音義》卷四十九「剽掠」條轉錄《玄應音義》，引同沈濤所引。《段注》云：「謂砭之刺之皆曰剽也。砭者，以石刺病也。刺者，直傷也。砭、刺必用其器之末，因之，凡末謂之剽。《莊子》謂本末爲本剽；《素問》有《標本病傳論》，標亦末也。」段說是也。《靈樞經·刺節眞邪篇》：「剽其通，鍼其邪。」在古代，砭、剽義用相因，今二徐本同，皆有砭字，當是許書原文如此，玄應蓋奪砭字。《慧琳音義》卷八十一「剽掠」條：《說文》云：「剽謂劫奪人財物也。」乃引者之辭，非許書原文。

㓝（剉）　折傷也。从刀，坐聲。

濤案：《一切經音義》卷二十一引「剉，斫也」，剉之訓斫見《玉篇》，元應書他卷皆引同今本，不應此處獨異。又卷二十六《度集》第五卷云：「剉之『剉』猶斫也。《說文》：折傷也。」別斫訓於《說文》之外，則此卷乃傳寫誤《玉篇》爲《說文》，非古本如是也。

魁案：《古本考》是。《慧琳音義》凡六引皆轉錄《玄應音義》，卷五十八「斧剉」條、卷五十九「細剉」並引《說文》與今二徐本同。卷三十三「剉之」條引作「傷折也」，乃誤倒。又，卷五十二「斫剉」條引云：「《說文》折傷也。剉亦斫也。」卷五十六「剉切」條引作「斫傷也。剉猶斫也。」卷七十三「剉持」條引作「斫傷也。案剉猶斫也。」據卷七十三案語知許書原文當無「斫也」一訓，「斫傷」亦當「折傷」之誤。合訂之，今二徐本不誤，許書原文如是。

𠛎（制）　裁也。从刀，从未。未，物成有滋味，可裁斷。一曰，止也。𠛐，古文制如此。

濤案：《廣韻・十三祭》引無「未」字、「成」字，葢傳寫奪一「成」字，非古本無也。「物成有滋味」乃許君釋所以從未之義，「未」字不必複舉，而「成」字必不可刪。

魁案：《古本考》是。今二徐本同，《類篇》卷十二、《韻會》卷十九所引皆與二徐同，許書原文如是。

㓻（罰）　辠之小者。从刀，从詈〔註 136〕。未以刀有所賊，但持刀罵詈，則應罰。

濤案：《初學記》二十政理部引作「网言爲詈，刀字詈爲罰〔註 137〕，罰之爲言內也，陷於害也」，葢古本如是。此字从刀守詈，猶伐字之「从人持戈」，飤之「从人仰食」（據《一切經音義》引），今本改作从刀从詈，誤矣。此解本《春秋元命包》，《廣韻・十月》引《春秋元命包》曰：网言爲詈，刀詈爲罰，罰言网陷於害」，知《初學記》「內」字爲「网」字之誤。許君解字用緯書者甚多，大半爲二徐所刪改，幸有隋唐間類書所引可證，或以爲徐氏本引《元命包》

〔註 136〕兩「从」字刻本皆作「以」，今據《校勘記》改。

〔註 137〕據《校勘記》，「字」字抄本作「守」，是。

傳寫誤作《說文》，更誤矣。

又案：《初學記》又引注云：「詈以刀守之則不動矣，今作罰，用寸，寸，丈尺也。」此葢即庾氏《說文》注語。

又案：《一切經音義》卷一、卷六、卷十四皆引「罪之小者曰罰」，葢古本作「一曰罪之小者曰罰」云云，二徐刪去「刀守詈」之訓，遂以一解爲正解耳。

魁案：《古本考》非是。《慧琳音義》所引可分三種情況。(1)轉錄《玄應音義》：《慧琳音義》卷十七「謫罰」條轉錄《玄應音義》，引《說文》云：「罪之小曰罰。罰亦折伏也。」卷五十九「罰擿」條亦轉錄《玄應音義》，引《說文》云：「罪之小者罰。《廣雅》曰：罰，折伏也。」此引《說文》《廣雅》並舉，則「折伏也」非出《說文》可知。(2)節引：《慧琳音義》卷二、七「譴罰」條並引作「小罪也。從刀從詈」，當是節引，非完文。(3)全引：《慧琳音義》卷十一「讁罸」條引《說文》云：「罪之小者，但持刀罵則應罰，從詈從刀作罰。」卷十六「謫罰」條：「《說文》罪罰也。罪之小者，未以刃殺，但持刀罵詈則應罰也。從刀從詈，會意字也。」卷五十三「謫罰」條引《說文》云：「辠之小者也。言未以力，但持刀詈罵則應罰也。從力詈聲。」卷七十七「擯罰」引云：「罰，罪之小者，言未以刀有所誡，但持刀罵詈應罰也。從刀詈，會意字。」四引文字有異，「罪之小者」一訓幾於一致，今小徐本同大徐，合訂之，許書此訓原文當作「辠之小者也」。卷五十三作「辠之小者也」，辠字當是辠字之誤。又，慧琳兩次續申罰爲會意字，與大小徐及其他諸引則卷五十三引作「從力詈聲」者誤。又，大小徐本皆云「未以刀有所賊」，義不可通，《音義》卷七十七引作「言未以刀有所誡」，則二徐本賊字當是誡字之誤。卷五十三「言未以力」，「力」字當作「刀」，諸引及二徐本可證，又「但持刀」與之相應。卷十六「未以刃殺」，「刃」乃與刀形似而誤，「殺」因涉刃而誤衍。合而言之，此句許書原文當同卷七十七所引，作「言未以刀有所誡」。又，徐本末句作「但持刀罵詈則應罰」，當是許書原文，諸引或稍異。綜上所考，許書原文蓋作「辠之小者也。從力從詈。言未以刀有所賊，但持刀詈罵則應罰也。」

（㓷）　刑鼻也。从刀，臬聲。《易》曰：「天且㓷。」臬或从鼻。

濤案：《一切經音義》卷十五、卷十九、卷二十一皆引作「決鼻也」，葢古本如是，「決鼻」猶言「缺鼻」。《御覽》天部引《詩推度灾》曰：「穴鼻，始萌」，宋均注：「穴，決也。鼻兔也。」蓋亦言兔之缺鼻，小徐本作「刖鼻」，與決聲相近，大徐本作刑鼻則誤矣。卷二十一又有「割也」二字，其古本之一解乎？

魁案：《慧琳音義》所引分兩種情形。(1)決鼻也：《慧琳音義》卷五十六「劓去」條、卷五十八「刵劓」條轉錄《玄應音義》，與卷五「劓鼻」條、卷七「劓鼻」條皆引《說文》作「決鼻也」，卷七「決」作「决」，同。卷六十九「割劓」條引作「次鼻也」，「次」乃「決」字之誤。卷二十八「聾劓」條亦轉錄《玄應音義》，引云：「決鼻者也。」「者」字衍。若據諸引合訂之，許書原文當作「決鼻也」。

(2)刖鼻也：卷四十一「劓鼻」條云：「《說文》作劓，刖鼻也。從刀鼻聲。」卷七十九「劓汝」條引《說文》云：「刖鼻也。」卷八十六「黥劓」條云：「《考聲》云：劓，割鼻也。鄭注《周禮》云：截鼻也。孔注《尚書》云：亦割鼻也。《說文》作劓，刖鼻也。」今小徐本作「刖劓」，「劓」當作「鼻」。若據諸引訂，許書原文當作「刖鼻也」。所訂結果不同，未知孰是，姑存疑。竊又疑大徐「刑」是否「刖」字形誤？卷四十三「劓刵」條引云：「劓，割鼻也。」乃《音義》引他書之訓冠以許書之名，卷八十六所引可證。

（券）　契也。从刀，龹聲。券別之書，以刀判契其旁，故曰契券。

濤案：「以刀判契」云云，《御覽》五百九十八文部引作「以刀刻其旁，故曰契也」，《一切經音義》卷十三引作「以刀判其旁，故曰契也」，《止觀輔行傳》七之四引作「以刀判其旁，故謂之契」，三引小有異同，然可見古本「判」下總無「契」字，「契」下總無「券」字。

魁案：《古本考》是也。《慧琳音義》卷七十五「券別」轉錄《玄應音義》，引《說文》云：「券，𢍶也。券別之書以刀削其旁，故曰𢍶也。」削當爲判形誤，所引亦無「契」、「券」二字。合訂之，許書原文當作「契也。从刀，𢍏聲。券別之書，以刀判其旁，故曰契也。」今二徐本並誤。

補

濤案：《文選・北征賦》注、王粲《詠史詩》注、陸機《苦寒行》注皆引「劇，甚也」，是古本有劇篆。大徐轉以入《新附》，誤矣。

刃部

㓜（刃）　刀堅也。象刀有刃之形。凡刃之屬皆从刃。

濤案：徐鍇《說文袪妄》引「刃，刀之堅利處，象有刃之形」，葢古本如是。刃本取其利，非徒取其堅，「刀堅」二字語不明了，「象」下又添一「刀」字，皆誤。

魁案：《古本考》非是。《慧琳音義》卷八「刃稍」條引《說文》云：「刃，堅也。象刀有刃之形也。「刃」字非是復舉，當「刀」字之形誤。與今二徐本同，許書原文當如是。

耒部

耒（耒）　手耕曲木也。从木推土〔註 138〕。古者垂作耒梠以振民也。凡耒之屬皆从耒。

濤案：《易・繫辭》釋文云：「爲耒。京云：耜，上句木也。《說文》云：耜，曲木垂所作。」《後漢書・列女傳》注引「耒耜曲木」四字，皆檃括節引，非古本如是。然「手耕」二字古本當作「耜」字，耜之曲木爲耒，即京君明所謂「耜上句木」。《禮記・月令》注曰：「耒，耜之上曲也。」許、鄭之說正同。二徐疑「耜曲木」三字爲不詞，故妄改如此，耜即梠字之別。《廣韻・十八隊》引作「耕曲木也」，葢陸氏書本作「耜曲木也」，後人習見今本《說文》，以爲「耕」字之誤而妄改之耳。《文選・潘岳〈河陽縣作詩〉》注引同今本，亦後人據今本改。

魁案：《古本考》非是。張舜徽《約注》引王元穉曰：「手耕者，對乎牛耕而言也。三代以上皆手耕，至戰國牛耕行。至今日，耕皆用牛，不復知有手耕矣。《說文》漢時書，許君於耕上特加手字，甚有深意。」此說甚確。沈濤謂《文選》注引同今本，今二徐本同，許書原文當如是。

耕（耕）　犂也。从耒，井聲。一曰，古者井田。

〔註 138〕據《校勘記》，「土」字抄本作「丯」。

濤案：《齊民要術》卷一引作「耕，種也」，蓋六朝本如此。《止觀輔行傳宏決》一之四引「耕，犁也」，是唐本已與今本同矣。《輔行傳》又引云：「人曰耕，牛曰犁」，此六字，今本奪。

魁案：《段注》云：「《牛部》曰：犂，耕也。人用以發土，亦謂之耕。」犂字下又云：「《耒部》耕訓犂，是犂耕二字互訓，皆謂田器。」據此，今二徐當是許書原文。

（耤） 帝耤千畝也。古者使民如借，故謂之耤。从耒，昔聲。

濤案：《初學記》十四禮部引「籍田者，天子躬耕，使人如借，故謂之籍」，是古本有「籍田者天子躬耕」七字，今奪。民作人，避唐諱。

魁案：《古本考》可從。《北堂書鈔》卷九十一《禮儀部》十二「籍田」二十八引賈逵曰：「天子躬耕藉田，民助力也，藉田千畝也。」許君蓋本其師。又，《初學記》卷三「帝藉」條引蔡邕曰：「天子藉田千畝，以供上帝之粢盛，借人力以成其功故曰帝藉。」

（䢵） 除苗間穢也。从耒，員聲。䢵或从芸。

濤案：《御覽》八百二十三資產部引「苗間」作「田間」，蓋古本如此。䢵與薅字義相近，薅爲「拔去田草」，䢵爲「除田間穢」，則知作「田」者爲是，今本乃字形相涉而誤。

魁案：《古本考》非是。《慧琳音義》卷三十八「耘鉏」條、卷六十二「耕耘」並引《說文》作「除苗間薉也」，薉與穢同。卷七十六「䢵耨」引同今大、小徐本。卷四十一「署䢵」條引《說文》作「除苗間穢草也」，穢下當衍草字。合訂之，今二徐本不誤，許書原文如是。《御覽》作「田間」乃形近致誤。

角部

（角） 獸角也。象形，角與刀、魚相似。凡角之屬皆从角。

濤案：《一切經音義》卷二云：「角力，古文斠，同。古卓反。《禮記》：『習射御角力。』《廣雅》：『角，量也。』高誘注《呂氏春秋》云：『角，試也。』《月令》：『角斗甬。』《說文》：『平斗斛也。』並單作角。」卷二十二、二十四所言略同，皆引《說文》「角，平斗斛也」，與今本大異，蓋古本此字之一解。「平斗斛」爲《斗部》斠字之訓，許書字不同而訓詁相同者甚多，二徐妄刪此解，誤矣。元應書卷十四引《說文》云：「斠，平斗斛也」，乃後人據今本《說文》妄爲校改原書，當與他卷相同，他卷「並單作角」四字尤爲明顯可證。今本《廣雅》亦作「斠，量也」，可見「角」與「斠」字古訓相同，古本當在「相似」下有「一曰角平斗斛也」七字。

魁案：《慧琳音義》卷四十八「角力」條轉錄《玄應音義》，引《說文》云：「角，斗升（平斗）斛也。」卷五十九「角力」條亦轉錄，引云：「斠，平斗斛也。」《慧琳音義》卷七十「角勝」條引云：「角，平斗斛也。」卷七十七「求斠」條引《說文》作「平斗斛也。從斗冓聲。或作角也。」據此四引則角與斠徑爲一字耳。然「平斗斛」固非「角」之本訓，《慧琳音義》卷四十「角勝」條引《說文》云：「獸角。象形。」卷六十一「角力」條引《說文》云：「狩角也。象形。角如刀，故從刀從魚省聲。」「狩角」當是「獸角」之誤，「角如刀」以下當是引者續申之辭，非許書原文。卷六十八「角論」條引《說文》云：「象形字。角與刀魚相似也。」此引直與大徐同，唯脫「獸角也」三字。《段注》云：「角者，斠之叚借字。」〔註139〕此說當是，依《廣韻》二字音同，並在覺韻見紐。合訂之，今二徐本當不誤，許書原文如是。《古本考》非是。

𧣾（觢） 一角仰也。从角，㓞聲。《易》曰：「其牛觢。」

濤案：《易・睽卦》釋文云：「掣，《說文》作觢，云：角一俯一仰。子夏作『契』，傳云：一角仰也。」是古本作「角一俯一仰也」，今本乃以元朗別引《子夏傳》之解以改許氏之書，謬矣。下文「觭，角一俛一仰也」，疑當作「一角仰也」。釋文引「荀」作「觭」，雖不言何訓，疑與《子夏傳》同，二徐《說文》二解互易耳。《爾雅・釋畜》：「角一俯一仰觭，皆踊觢」，與許不同，或傳寫有誤。

魁案：沈濤引《經典釋文》原文作：「掣，昌逝反。鄭作犎，云：牛角皆踊曰犎。徐市制反。《說文》作觢，之世反。云：角一俯一仰。子夏作契，傳云：一角仰也。荀作觭，劉本從《說文》，解依鄭。」今二徐本同，《古本考》可備一說。

〔註139〕《說文解字注》斠字下。

（觲） **用角低仰便也。从羊、牛、角。《詩》曰：「觲觲角弓。」**

濤案：《詩・角弓》作「騂」，釋文云：「騂，《說文》作弲。」則古本偁《詩》在《馬部》弲字注，而此處無之，殆為二徐所妄竄。

（䚗） **角䚗，獸也。狀似豕，角善為弓，出胡休多國。从角，耑聲。**

濤案：《藝文類聚》卷六十軍器部引作「出胡休夕國」，「䚗」作「端」，《御覽》三百四十七兵部引作「出胡尸國，一曰出休尸國」，「休尸」即「休屠」之壞。古本當作「胡休屠國」。傳寫聲誤為「多」，《類聚》所引又形壞為「夕」耳。

（觿） **佩角，銳耑可以解結。从角，巂聲。《詩》曰：「童子佩觿。」**

濤案：《御覽》七百十四服用部無「佩」字，蓋古本如是。《廣韻・五支》引亦無「佩」字。

（觛） **小觶也。从角，旦聲。**

濤案：《御覽》七百六十器物部引「觛，小卮也」，蓋古本如是。《卮部》卮字解云：「圜器也，一名觛。」卮、觛互訓，則當作「小卮」為是。《玉篇》亦云「小卮也」。

魁案：《古本考》非是。張舜徽《約注》云：「觶、卮古實一字，故觛訓小觶，引者或作小卮也。《急就篇》：『蠡斗參升半卮觛。』顏注云：『觛謂觶之小者，行禮飲酒角也。』顏義當本許書。」今二徐本同，許書原文當如是。

（⿰角發） **隿射收繁具也。从角，發聲。**

濤案：《一切經音義》卷七引無「隿射」二字，乃元應節引，非古本如是。

魁案：《古本考》是。《慧琳音義》卷四十六「作⿰角發」條：「《桂苑珠叢》、《古今正字》並云：隿射收繳具也。從角發聲也。」慧琳此處云「《說文》義同」蓋謂與《說文》原文同，因同而省之，只引「從角發聲」耳。今二徐本同，許書原文如是。

《說文古本考》第五卷上　嘉興沈濤纂

竹部

（竹）　冬生艸也。象形。下垂者，箁箬也。凡竹之屬皆从竹。

濤案：《初學記》果木部引無「艸」字、「垂」字，箁作笞，皆傳寫誤脫。

魁案：《古本考》是。今二徐本同，《玉篇》卷十四所引亦同二徐，許書原文如是。

（箭）　矢也。从竹，前聲。

濤案：《藝文類聚》八十九本部、《御覽》九百六十三竹部皆引作「矢竹也」，是古本「矢」下有「竹」字，今本奪。《御覽》三百四十九兵部、《初學記》武部引同今本，葢傳寫偶奪耳。「矢竹」謂竹材之堪爲矢者。

魁案：《古本考》非是。《慧琳音義》卷三、卷六「箭筈」條並引《說文》云：「箭，矢也。」與今二徐本同，許書原文當如此。又，《慧琳音義》卷十五「箭鏃」條引《說文》云：「箭，矢也。本竹名也，因以此竹爲矢，遂呼矢爲箭。」「本竹名也」以下當是引者續申之辭，云「呼矢爲箭」，則許書原文無竹字可知。

（簜）　大竹也。从竹，湯聲。《夏書》曰：「瑤琨筱簜。」簜可為幹，筱可為矢。

濤案：《爾雅·釋艸》釋文引作「《尚書》曰：『筱簜既敷』是也」。葢古本如是。今本引「瑤琨筱簜」乃傳寫之誤，《爾雅》釋文「大」誤作「人」。

魁案：今二徐本同。《慧琳音義》卷九十八「篠簜」條引《說文》云：「簜可爲幹，篠可爲矢也。」此乃節引非完文，篠同筱。《爾雅注疏》卷八引《說文》本于《經典釋文》，而「大」字不誤。今傳本《尚書》有「筱簜既敷」之語，而無「瑤琨筱簜」，孰是孰非，難以斷定。

（篙）　竹萌也。从竹，怠聲。

濤案：《爾雅·釋艸》釋文引「篙，竹萌生也」，葢古本有「生」字，今奪。

魁案：《古本考》非是。本部次序，篙上列「筍」訓「竹胎也」，以義相連。張舜徽《約注》云：「許君以竹胎釋筍，竹萌釋篙者，互文見義，二者渾言無別也。」下次「箁」訓「竹箬也」，依語例，《釋文》「生」字當衍。又《艸部》：「萌，艸芽也」，本有「生」義，無需復舉生字。今二徐本同，《韻會》卷十四所引同二徐，許書原文當如是。

箁（箁）　竹箬也。从竹，音聲。

濤案：《廣韻・十九侯》引「箬」作箁，葢傳寫之誤。

魁案：《古本考》是。今二徐本同，許書原文當如是。

籀（籀）　讀書也。从竹，擂聲。《春秋傳》曰「卜籀」云。

濤案：《匡謬正俗》引「籀，讀也」，葢傳寫奪「書」字。《言部》「讀，籀書也」，正互訓之例。上文篆爲「引書」，下文籍爲「部書」，此處不應無「書」字，《玉篇》引同今本可證。

魁案：《古本考》是。《慧琳音義》卷八十一「篆籀」條引《說文》云：「讀書也。」與今二徐本同，許書原文如是。

籍（籍）　簿書也。从竹，耤聲。

濤案：《左傳序》正義引作「部書也」，葢古本如是。部乃篰字之省，許書無「簿」字，凡簿書字皆當用「篰」。

魁案：《古本考》非是。張舜徽《約注》云：「簿字雖不見許書，而說解中不嫌用之。本書《寸部》『尃，六寸簿也』是其例。」此說當是。

簡（簡）　牒也。从竹，閒聲。

濤案：《漢書・高惠高后文功臣表》注晉灼引許愼云：「柬，古簡字也。」是古本有重文「柬」字。

魁案：《古本考》可備一說。許君他處所云未必撰入《說文》之中，本書《柬部》：「柬，分別簡之也。」則許書當無此重文。《慧琳音義》卷三十一「簡牘」條、卷八十七「簡冊」條並引《說文》作「牒也」，與今二徐本，許書原文當如此。

（笐）　竹列也。从竹，亢聲。

濤案：《一切經音義》卷十一云：「笐箣，笐，胡當反，下力折反，《説文》云：竹次也。言竹有笐次謂之笐箣也。」是古本作「笐箣，竹次也」，今本既奪「箣」篆，遂改「次」爲「列」，謬誤之甚。《廣韻・十一唐》引同今本，疑後人據今本改。

魁案：《古本考》非是。今檢《玄應音義》卷十一，「笐箣」條下云：「胡當反，下力折反。《説文》竹次也。言竹有笐次謂之笐箣也。」「言竹」以下乃引者續申之辭，非許書原文。《古本考》認爲今本奪「箣」篆當非，不知所據何本。《慧琳音義》卷五十六「笐箣」條轉錄《玄應音義》，引《説文》云：「作次也。言竹有笐次謂之笐箣也。」作乃竹字之誤。《段注》云：「列，玄應書作次。竹列者，謂竹之生，疏數偃仰，不齊而齊。笐之言行也。行，列也。」據此，許書原文當如今二徐本。張舜徽《約注》亦云：「笐、竹實即一語，惟音讀有深淺耳。」

（笵）　法也。从竹。竹，簡書也。氾聲。古法有竹刑。

濤案：《一切經音義》卷二云：「師範，今作笵，同。音犯。字从竹氾聲。《説文》：古法有竹刑，以土曰型，以金曰鎔，以木曰模，以竹曰範，四者一物，材別也。」「以土」以下當許君語而今本奪之，範當作笵。

魁案：《古本考》可從。《韻會》卷十六「笵」下云：「《説文》：法也。从竹氾聲。竹，簡書也。古法有竹刑，一曰模也。《通俗文》：規模曰笵，以土曰型，以金曰鎔，以木曰模，以竹曰笵。」服虔生於許慎後，其言必有所本。又，今小徐本作「法也。从竹，氾聲。竹，簡書也。古法有竹刑。」語序與大徐稍異。《箋注本切韻》（伯 3696・上笵）$_{200}$笵下引《説文》云：「法也。从竹，竹，簡書也；氾。古法有竹刑。」語序同大徐，氾下當奪聲字。

（符）　信也。漢制以竹，長六寸，分而相合。从竹，付聲。

濤案：《史記・高祖本紀》索隱引與今本同，而《孝文本紀》索隱引「分符而合之」五字，乃小司馬檃括其詞，非古本或有異同也。《文選・謝靈運〈過始寧墅詩〉》注引無「長六寸」三字，亦屬崇賢節引。

魁案：《古本考》是。今二徐本同，《廣韻》卷一、《韻會》卷三所引與二徐同，許書原文如是。

（簻）　**收絲者也。从竹，蒦聲。簻或从角从間。**

濤案：《御覽》八百二十五資產部引作「从角閒聲」，簻與閒聲不相近，聲字恐誤。

魁案：《古本考》是。小徐本作「或從角間」

（笮）　**迫也。在瓦之下，棼上。从竹，乍聲。**

濤案：《一切經音義》卷十一引「窄，壓也。謂笮出汁也」，窄乃笮字之誤，是古本尚有「壓也」一訓。「謂」字以下當是庾氏注中語。

魁案：《古本考》非是。沈濤引《玄應音義》原文在「壓笮」條下，云：「今作窄，同。側格反。《說文》：窄，壓也。謂笮出汁也。」《慧琳音義》卷五十八「笮作」條轉錄《玄應音義》，云：「側格反。案笮猶壓也。今謂笮出汁也，亦狹也。《說文》笮，迫也。」卷七十四「如笮」亦轉錄，云：「側格反。案笮猶壓也。今笮出汁也。《說文》笮迫也。」兩引案語並云「笮猶壓也」，且在引《說文》之前，則「壓也」之訓非是許書之文可知。又，《慧琳音義》卷七十五「老死笮」條云：「爭格反。顧野王云：笮猶壓也。《說文》迫也。」慧琳明引野王語「笮猶壓也」。卷十三「壓笮」條引《說文》云：「迫也。從竹乍聲。」合訂之，許書原文當只有「迫也」一訓。

（簀）　**牀棧也。从竹，責聲。**

濤案：《初學記》二十五器用部引「棧」作「輚」，葢傳寫之誤。輚爲籀文，車非此用，《一切經音義》十五引同今本可證。

魁案：《古本考》是。《慧琳音義》卷五十八「木簀」條轉錄《玄應音義》引《說文》作「棧也」，卷七十六「牀簀」條所引亦同，《初學記》之誤顯然。

（籧）　**籧篨，粗竹席也。从竹，遽聲。**

濤案：《一切經音義》十七引「籧，麤竹席也」，乃傳寫奪一「篨」字。觀上文引《方言》可證，今本亦不應複舉「籧」字，因不知許書篆文連注之例也。

魁案：沈濤認爲《玄應音義》奪「篨」字，是；認爲「不應複舉籧字」則非。籧篨二字乃連語，今本《說文》篨下云「籧篨也」，正合許書之例。沈濤強以「篆文連注之例」律之，有違連語之例。《慧琳音義》卷八十三「籧篨」條曰：「許注《淮南子》云：籧篨，草席也。《方言》宋魏之間謂簟麁者爲籧篨也。《說文》義同。並從竹，遽除聲。」許注《淮南子》與今本稍異，然亦是視「籧篨」連語而釋之。

（籭）　**竹器也。可以取粗去細。从竹，麗聲。**

濤案：《一切經音義》卷六引作「除麤取細」，葢古本如是。籭即今之簁，正爲取細之用，今本「去」、「取」互易，於義乖違。《玉篇》亦云「可以除粗取細」，正本許書。

魁案：《古本考》是。《慧琳音義》卷二十七「擣簁」條亦引《說文》云：「竹器也。可以除麁取細。」麁、麤、粗三字同。簁與籭同，本部「簁箄」連語訓「竹器也」，張舜徽《約注》云：「簁與籭同物，猶蹝與躧通耳。」

（笥）　**飯及衣之器也。从竹，司聲。**

濤案：《一切經音義》卷四、卷十三引「盛衣器曰笥也」，卷十二引作「盛衣器也」，葢古本作「盛衣之器也」，今本「飯及」二字誤。《竹部》簞亦訓笥，《曲禮》注曰：「簞笥盛飯食者。」是笥亦可爲飯器，然連簞言之則爲「盛飯之器」，析簞言之則爲「盛衣之器」，衣裳在笥，簞食壺漿，凡字各有本訓，不得渾而一之也。

又案：《音義》十二引下有「亦盛食器也。圓曰簞，方曰笥也」十二字，「亦」字以下乃元應引伸笥字之義，非所據《說文》有此數語。

又案：《御覽》卷七百十一服用部引「簞笥，飯及衣之器也」，葢古本「簞」字注作「飯器也」，「笥」字注作「盛衣器也」，故引書者櫽括言之如此。淺人即以此語單屬之笥，遂改簞字注爲笥耳，卷七百六十器物部引「簞，飯器也」可證。

魁案：《古本考》是。《慧琳音義》卷十九「篋笥」：「《說文》云盛衣器曰笥。《禮記》：簞笥同。又鄭玄曰：並盛食器也。圓曰簞，方曰笥。」卷二十八「篋笥」轉錄《玄應音義》，云：「《說文》盛衣器也。亦盛食器也，圓曰簞，方曰笥也。」卷五十七「笥中」條亦轉錄，云《說文》:「盛衣器曰笥也。《禮記》: 簞笥問人者。鄭玄曰：並盛食之器也，而圓曰簞，方曰笥也。」據此三引可知笥主要用於「盛衣」; 卷二十八「亦盛食器也」等亦當爲鄭玄之語。合訂之，許書原文當如沈濤所言，作「盛衣之器也」。

（簞）　笥也。从竹，單聲。漢津令：簞，小筐也。《傳》曰：「簞食壺漿。」

濤案:《一切經音義》十七引「簞，笥也。一曰小筐也」，則「小筐」乃簞之一訓，今本奪「一曰」二字。「簞，小筐也」，亦不似律令之語，且律與令不同，許書或偁「漢律」，或偁「漢令」，無兼偁「漢律令」者，「令」字乃傳寫之誤，而「令簞」二字上下亦必有奪文也。《御覽》引簞爲飯器（說見笥字條），而元應書引同今本，疑古本「飯器」二字在「小筐」下，許引傳文以證「飯器」之訓，元應、《御覽》各有節取，非所據本不同。

（簁）　簁箄，竹器也。从竹，徙聲。

濤案:《一切經音義》卷六引「簁，竹器也」乃傳寫奪一「箄」字，今本說解中亦誤衍「簁」字，說見籭字條。

魁案:《古本考》認爲奪一「箄」字，是。簁箄連語，《慧琳音義》卷六十四「簁楊」條引《說文》云:「簁箄，竹器也。」沈濤以爲「誤衍簁字」則非。

（簠）　黍稷圜器也。从竹，从皿，甫聲。古文簠从匚从夫。

濤案:《汗簡》卷下之一引《說文》簠作，是古本古文篆體如此，似不从夫。

（篅）　以判竹圜以盛穀也。从竹，耑聲。

濤案:《一切經音義》卷四、十二、十四、十六、十七、二十、二十四引「判竹」上皆無「以」字，卷四、卷十二、卷十七、卷二十四「穀」下尚有「者」字，葢古本如是。今本衍「以」字，奪「者」字。《篇》、《韻》引同今本，乃後人據今本改。《集韻》引亦無「以」字。

魁案：《古本考》認爲今本衍「以」字，是；認爲今本奪「者」字，則非。今檢《慧琳音義》轉錄《玄應音義》五條，「判」上均無「以」字。卷四十四「如箒」條轉錄引云：「判竹圓以盛穀者。」「穀」下有「者」字；卷五十九「箒上」條、卷七十「如箒」條轉錄引云：「判竹圓以盛穀者也。」「穀」下並作「者也」；卷六十五「箒成」條轉錄引作「判竹圓以成穀」，「成」當「盛」字之誤。卷七十四「八箒」條轉錄引作「判竹圓以盛穀也」。許書簡潔，竊以爲有「者」字皆爲引書者所足，許書原文當如卷七十四所引。

又，《慧琳音義》卷十四「與箒」條曰：「正體作圖，《說文》云：以判竹圜以盛穀曰圖也。」有上「以」字則不合語例，當是衍文。今本《說文》無圖字，圖當作箒。卷四十三「食箒」條引《說文》云：「判竹圓以盛穀。」無「以」字。卷六十八「箒倉」條引云：「織竹圓器可以盛穀也。」據諸引「織」字當誤，又衍「器」、「可」二字。卷七十二「如箒」條引作「以竹圓盛穀也」亦有奪誤。考慧琳所引，雖有譌誤，然皆無「者」字。圜與圓同。

篡（簜）　大竹箭也。从竹，易聲。

濤案：《一切經音義》卷十四引作「大箭也」，乃傳寫奪「竹」字，非古本無之。

魁案：《古本考》是。《慧琳音義》卷五十九「簜中」轉錄《玄應音義》，引同沈濤所引。今二徐本同，許書原文如是。《廣韻》卷三作「大竹箭也」，當本《說文》。

箇（箇）　竹枚也。从竹，固聲。

濤案：《六書故》引唐本《說文》曰：「箇，竹枝也，今或作个，半竹也。」是古本有重文「个」字，今本奪。經典个字或以爲當作介字，乃介與个形近相亂，並非个爲介之別體也。「竹枚」唐本作「竹枝」，亦與今本不同。本書《支部》支字解云：「从手持半竹」，枝从支聲，則作枝爲是。《史記・貨殖傳》正義引《釋名》曰：「竹曰个，木曰枚。」則竹不得爲枚，今亦罕聞「竹枚」之語。

又案：《六書故》引晁說之曰：「《大射儀》：搢三挾一个者，矢也，亦可易爲介乎？魯次公曰：竹生非一，故兼个，猶艸兼屮，林兼木，秝兼禾也。」說之據籀文亦有「介」字，則當補「个，籀文箇」四字。

（⿱竹豦）　飲牛筐也。从竹，豦聲。方曰筐，圜曰⿱竹豦。

濤案：《御覽》七百六十器物部引作「飼牛筐也」，葢古本作「飤」，《篇》、《韻》亦皆作「飤」。飼即飤字之俗，筐非飲器，今本之誤顯然。《左傳》隱三年正義引作「飯牛筐也」，飯乃飤字形近而誤。《左》正義⿱竹豦作筥，葢左氏假筥爲⿱竹豦，孔氏即用傳注假借字，非所據本不同。杜注：「方曰筐，員曰筥。」正用許書。

又案：下文「篼，飲馬器也」，飲亦飤字之誤，《方言》曰：「飤馬橐，自關而西謂之裺囊，或謂之裺篼，或謂之樓篼。」《玉篇》云：「飼馬器也」，飼即飤字之俗。

（⿱竹朵）　箠也。从竹，朵聲〔註140〕。

濤案：《華嚴經音義》云：「檛，陟苽切。《說文》曰：檛，箠也。」是慧苑所見本有「檛」字矣，古本當爲⿱竹朵之重文，曰「或从木从過」。又，《一切經音義》卷二《大槃涅槃經》第十二卷云：「檛又作⿱竹朵，同。竹瓜反。《字體》从木過聲。」所說《字體》當本《說文》。

魁案：《古本考》當是。《慧琳音義》卷二十「撾鑱」條：「《說文》從竹作⿱竹朵。云：箠也。」卷二十三「撾打楚撻」轉錄慧苑《華嚴經音義》引《說文》曰：「撾，箠也。」撾當作檛，從木之字與從扌之字多相混。

（笪）　笞也。从竹，旦聲。

濤案：《一切經音義》卷十八引「笪，箬也」，又申之曰：「箬音若，竹皮名也。」是古本作「箬」，不作「笞」。《玉篇》云：「笭篖竹笪。」又云：「笪，丁但切，笞也。又丁達切，麤籧篨也。」顧分二音二義，當是六朝時有以笪撻同音，訓爲笞擊者（《廣雅·釋口》云：笪，擊也）〔註141〕，而許書未必如是。《玉篇》亦不云本《說文》，觀元應所據，則知今本乃傳寫之誤。

魁案：《古本考》當是。《慧琳音義》卷七十三「竹笪」轉錄《玄應音義》，

〔註140〕刻本作「⿱竹朶聲」，今正。

〔註141〕此注疑不確，今檢《廣雅》，無此文。

引同沈濤所引。《玄應音義》卷十七「竹笪」引《說文》亦云：「笪，箬也。音若。箬，竹皮名也。」

𥳑（箾）　以竿擊人也。从竹，削聲。虞舜樂曰箾韶。

濤案：《廣韻・四覺》引「箾，以竿擊人。又舞者所執」，葢古本有「一曰舞者所執也」七字。「箾韶」，《左傳》作「韶箾」，杜注：「象箾曰舞。」「所執韶箾」字同，故杜無注，是杜正本許義。舜樂名《箾韶》，正謂舞者所執樂器，僞孔以爲簫管之簫，誤矣。陸元朗《左傳》釋文云：「韶箾，音蕭」，與上文「象削音朔」〔註 142〕異，亦惑於僞孔之說。

魁案：《古本考》非是，《廣韻》謂「又舞者所執」者，當是修纂者另解別義，非是許書原文。今二徐本同，《韻會》卷二十五所引亦同二徐，許書原文如此。

笙（笙）　十三簧。象鳳之身也。笙，正月之音。物生，故謂之笙。大者謂之巢，小者謂之和。从竹，生聲。古者隨作笙。

濤案：《一切經音義》卷七引「笙，生也。象物貫地而生也」，與今本不同。此語見《釋名・釋音樂》，恐元應本引《釋名》傳寫誤爲《說文》，非古本如是也。《初學記》樂部引「十三簧」上有「有」字，「象鳳之身」作「象鳳之聲」，在「故謂之笙」句下，葢古本如是。

魁案：《玄應音義》卷七所引原文作「隋作笙。笙，生也。象物貫地而生」，《慧琳音義》卷十九「吹笙」條：「《世本》云：隨作笙，象鳳皇之身，正月音也。《說文》云：物生，故象物貫地而生，故謂之笙。大者十九簧，小者十三簧。」據此可知，許君此訓蓋本《世本》，然語序不同。又，《爾雅》：「大笙謂之巢小者謂之和。」則又一本《爾雅》。又，本部笙上列「竽」訓「管三十六簧也」。今本末句作「古者隨作笙」，不像結語，當有竄誤。今許書原文實不可得，試訂之，許書原文似當作「十三簧也。古者隨作笙，象鳳之身也。笙，生也。从竹，生聲。象物貫地而生，故謂之笙，正月之音也。大者謂之巢，小者謂之和。大者十九簧，小者十三簧。」徐鍇按云：「《爾雅注》：大者十九簧，小者十三簧。」或鄭玄之注本許書。

〔註 142〕據《校勘記》，抄本「削」作「箾」。

筒（筩）　通簫也。从竹，同聲。

濤案：《一切經音義》卷二引作「無底簫也」，蓋古本如是。《後漢書・章帝紀》「吹洞簫」注引如湻曰：「洞者，通也。簫之無底者也。」洞雖訓通，而古人但云「洞簫」無云「通簫」者。洞即筩字之假借，許以「無底」釋筩，正與如湻義合。

魁案：《古本考》非是。沈濤所引《玄應音義》與今大徐本雖義近，然「無底」與「通」字形相去甚遠。今二徐本同，小徐注云：「通洞無底也。」其必定有所本。《類篇》卷十三、《六書故》卷二十三、《韻會》卷十七所引俱同二徐，則許書原文當如是。

管（管）　如篪，六孔。十二月之音。物開地牙，故謂之管。从竹，官聲。琯，古者玉琯以玉。舜之時，西王母來獻其白琯。前零陵文學姓奚，於伶道舜祠下得笙玉琯。以玉作音，故神人以和，鳳皇來儀也。从玉，官聲。

濤案：《文選・月賦》注引「管，十二月，位在北方」，是古本尙有「位在北方」四字，餘則崇賢檃括節引，非所據本不同也。

又案：《類聚》四十四樂部引作「得笙白玉管」，是古本「玉」上有「白」字，管當作琯。

笛（笛）　七孔筩也。从竹，由聲。羌笛三孔。

濤案：《初學記》卷十五樂部、《一切經音義》卷十六皆引作「七孔籥也」，蓋古本如是。《文選・長笛賦》注引云：「笛，七孔，長一尺四寸。今人長笛是也。」是古本「龠也」下有「長一尺四寸」五字。《風俗通》亦云「長尺四寸」。應氏率本許書也，崇賢所引節去「龠也」二字，非所據本不同。「今人」以下則注家語矣。《北堂書鈔》引作「七孔角」，「角」乃「筩」字之誤，蓋淺人據今本改。

魁案：《慧琳音義》卷六十四「箏笛」條轉錄《玄應音義》，引《說文》：「七孔蘥也。羌笛三孔。」蘥同籥。卷二十六「笛」條引云：「七孔笛也。俗云羌笛，三孔。」以笛釋笛，笛字當誤。《希麟音義》卷四「箏笛」條引《說文》：「笛，七孔。俗云羗笛。」亦有脫誤。又本部籟字訓爲「三孔龠也」，以此例之，今本箾字當作龠，《古本考》可從。今小徐本，《六書故》卷二十三所引同大徐，當誤。

筑（筑） **以竹曲五弦之樂也。从竹，从巩。巩，持之也。竹亦聲。**

濤案：《文選·吳都賦》注引「筑，似箏，五弦之樂也」，蓋古本如此。今本「似」字誤「以」，又以「箏」字分爲「竹曲」二字，譌謬之甚。《後漢書·延篤傳》注引「筑，五弦之樂也」，乃章懷節引，非所見本無「似箏」二字。《廣韻·一屋》引作「以竹爲五弦之樂也」，亦誤。

魁案：《慧琳音義》卷六十二「絲筑」條引《說文》云：「以竹擊之成曲，五弦之樂。從巩。巩者，持之也。」是今本奪「擊之」二字，沈濤強以「今本似字誤以，又以箏字分爲竹曲二字」做辯，非是。合李善《文選》注所引，許書原文似當作「似箏，以竹擊之成曲，五弦之樂也」。

箏（箏） **鼓弦竹身樂也。从竹，爭聲。**

濤案：《御覽》五百七十六樂部引「竹身」作「筑身」，蓋古本如是。上文云「筑，似箏」，此云「箏，筑身」，正互訓之例。《風俗通》曰：「箏，謹按，《禮樂記》五弦筑身也。」此《樂記》蓋漢時博士所撰，非小戴之《樂記》，乃許君所本。今本作「鼓弦竹身」，謬誤之甚。

魁案：《古本考》是。《慧琳音義》卷二十六「箏」條引《說文》云：「皷絲筑爭樂也。秦人無義二子，爭父之瑟，中分之故號曰箏。」「絲」當「絃「字形誤，「爭」當「身」字形誤。又，《希麟音義》卷四「箏笛」條引云：「皷絃筑身樂也。本大瑟二十七絃，秦人不義，二子爭父之瑟，各得十三絃，因名爲箏。」今本作「鼓弦」，與「皷絃」同。合訂之，許書原文當作「鼓弦筑身樂也」。至於所引「爭瑟」故事，當不可據。

篍（篍） **吹箾也。从竹，秋聲。**

濤案：《龍龕手鑑》引箾作簫，乃傳寫之誤。

魁案：《古本考》是。今二徐本同，《類篇》卷十三、《廣韻》卷二所引並同二徐，許書原文當如是。顏師古《急就篇》注亦云「吹箾也」，蓋本許書。

簺（簺） **行棊相塞謂之簺。从竹，从塞，塞亦聲。**

濤案：《後漢書・梁冀傳》注引「行棊相塞故謂之簺」，《廣韻・十九代》引「行棊相塞故曰簺也」，是古本「塞」下有「故」字。《白帖》三十三引「行棊相塞之塞」，乃傳寫奪「故」、「謂」二字。

魁案：《古本考》非是。今本釋義明確，不煩增字。古人引書，有以己意而增減者，不可全據。今二徐本同，《類篇》卷十三，《韻會》卷二十並引同二徐，許書原文當如是。《玉篇》卷十四亦云：「行棊相塞謂之簺。」當本許書。

（簙）　局戲也。六箸十二棊也。从竹，博聲。古者烏胄作簙。

濤案：「六箸」，《一切經音義》卷二引作「六箭」（卷八、卷二十五仍引作箸者，乃後人據今本改），《華嚴經音義》卷五十九引作「六簙」，葢古本當作「箭」，《韓非・外儲篇》〔註143〕「博箭」。《招魂》作「箸」、作「簙」皆傳寫之誤。「烏胄」，元應書各卷、《類聚》七十四巧藝部皆作「烏曹」，此語本出《世本》，《廣韻・十九鐸》、《文選・博弈論》注引《世本》皆作「烏曹」，則今本作「胄」者誤。《御覽》文百六十九道部〔註144〕、《路史・國名紀》引「胡曹作衣」，《路史・後記五》注引「胡曹作冕」，「胡曹」其即「烏曹」與。

魁案：《慧琳音義》卷二十三「簙弈嬉戲」條轉錄《慧苑音義》，引《說文》曰：「簙謂局戲。云簙十二棊也。」簙上脫「六」字。又，《慧琳音義》卷二十六「六簙」條引《說文》云：「局戲也。六著十二棊也。」與今本同，著與箸同。沈濤注云「卷八、卷二十五仍引作箸」，則今本不誤。又，《論語注疏》卷十七引《說文》云：「簙，局戲也。六箸十二棊也。古者烏曹作簙。」《方言》卷五郭璞注引《說文》云：「簙，局戲也。六箸十二棊也，古者烏胄作簙。」據此，則許書原文當如郭注所引。沈濤以爲今本作「胄」誤，是也。戲與戲同。

（篽）　惟射所蔽者也。从竹，嚴聲。

濤案：《漢書・元帝紀》注晉灼引許慎云「嚴，弋射者所蔽也」，是古本「者」字在「所」字上，應乙正。篽字作嚴，乃用正文中省假字。

魁案：《古本考》非是。《漢書》注所引許慎語未必與《說文》一致，今二徐本同，《類篇》卷十三所引亦同二徐，許書原文當如是。

〔註143〕「外儲」二字今補。

〔註144〕刻本有誤，今檢在《御覽》卷六百八十九服章部。

筭（筭） 長六寸。計歷數者。从竹，从弄。言常弄乃不誤也。

濤案：《六書故》引蜀本《說文》曰：「筭古文，[illegible] [illegible]並古文」，此三字重文，當是陽氷所廣，非許氏原文。

魁案：《類聚抄》卷十三調度部上筭字下引《說文》云：「筭，長六寸，以計歷數。」所引與今二徐本同，許書原文如是。

補笑

濤案：大徐本曰：「此字本闕。臣鉉等案：孫愐《唐韻》引《說文》云：『喜也。从竹从犬。』而不述其義。今俗皆从犬。」

又案：「李陽冰刊定《說文》从竹从夭。義云：竹得風，其體夭屈如人之笑。未知其審。」段先生曰：「攷孫愐《唐韻・序》云：『仍篆隸石經，勒石正體，幸不譏煩。』葢《唐韻》每字皆勒《說文》篆體，此字之从竹犬，孫親見其然，是以唐人無不从犬作者。《干祿字書》云：『咲通，笑正。』《五經文字》亦作『笑，喜也。从竹下犬。』《玉篇・竹部》亦作笑。《廣韻》因《唐韻》之舊亦作笑，此本無可疑者。自唐元度《九經字樣》始，先笑後笑，引楊承慶《字統》異說云：『从竹，从夭。竹爲樂器，君子樂然後笑。』《字統》每與《說文》乖異。葢陽氏求从犬之故不得，是用改夭形聲，唐氏從之。李陽冰遂云：『竹得風，其體夭屈如人之笑。』自後徐楚金缺此篆，鼎臣竟改笑作笑，而《集韻》、《類篇》乃有笑無笑，宋以後經籍無笑字矣。」濤謂《九經字樣》引《字統》而不引《說文》，則元度所見《說文》亦从犬不从夭，特唐氏从楊而異許，爲無識耳。大徐竟據當塗以改許書，尤爲謬妄。此字當據孫愐、張參所引，以復古本之舊。

魁案：《古本考》是。《希麟音義》卷四「啞啞而笑」條引《說文》云：「犬戴其竹，君子樂然笑也。」卷九「咍然笑」條引《說文》云：「欣笑也。從犬，戴其竹樂然後笑。」則笑字從犬。

補第

濤案：《詩・周南》詁訓第一正義引《說文》云：「第，次也。字从竹弟」，則古本有第字，非弟字之別。

又案：《弟部》「弟，韋束之次弟也」，是次弟不作第矣。《豐部》「豑，爵之次弟也」，其字从豐弟，則从竹弟者疑爲編簡之次弟，今但訓爲次，恐有奪誤。

補

濤案：《北戶錄》引「長節謂之⿱竹公」，注曰「音鍾」，是古本有⿱竹公篆，今奪。《玉篇》：「⿱竹公，長節竹也。之恭切。」

丌部

（巽）　**具也。从丌，⿰巳巳聲。古文巽。篆文巽。**

濤案：《汗簡》卷上之二引《說文》篆體作，葢古本古文如此，若如今本則與篆文無別矣。

魁案：《古本考》是。唐寫本《玉篇》313引《說文》：「巺，具也。」又云：「巽，《說文》古天巺字也。」

左部

（差）　**貳也。差不相值也。从左，从𠂹。籒文差从二。**

濤案：《九經字樣》作「不相值也」，是古本無「差」字，今本誤衍。

魁案：《慧琳音義》卷十六「差跌」條引《說文》云：「差，貳也。不相值也。」「不」上無「差」字。然卷十四「差舛」條引作「貳也。差互不相值也」，卷六十四「差跌」條引作「貳，差不相值」，二引皆有「差」字。許書大例，被釋之字一般不出現於釋語中，則「差」字似衍，或如卷十六所引在「貳」之上。

巫部

（巫）　**祝也。女，能事無形，以舞降神者也。象人兩褎舞形。與工同意。古者巫咸初作巫。凡巫之屬皆从巫。古文巫。**

濤案：《一切經音義》卷十六、《御覽》七百三十四方術部引「降神」下皆無「者」字，是今本誤衍。

又案：《汗簡》卷上之二云：「，巫。亦巫。並《說文》。」然則古本古文有二形矣，今本誤奪其一，而篆亦微有不同。

魁案：《慧琳音義》卷六十五「巫師」條轉錄《玄應音義》，引《說文》：「能事無形以降神也。」與沈濤所言同。

覡（覡）　能齋肅事神明也。在男曰覡，在女曰巫。从巫，从見。

濤案：《一切經音義》卷三引作「在男曰巫，在女曰覡」，《玉篇》巫字注亦云：「男曰巫，女曰覡」，覡字注云：「女巫也」，與元應所據本同。然歷攷傳注，皆云「在女曰巫，在男覡」，本書巫字注云：「女能事無形以舞降神。」則許君必不云「在女曰覡」，元應書恐傳寫互倒耳。

魁案：《古本考》是。《慧琳音義》卷九「巫祝」條引《說文》云：「在女曰巫，在男曰覡。」卷九十七「巫覡」條引《說文》云：「能齊肅事神也。在男曰覡，在女曰巫。」許書原文當如卷九十七所引。

甘部

猒（猒）　飽也。从甘，从肰。猒猒或从㠯。

濤案：《文選・琴賦》注引「猒，從甘肉犬，會意字也」，葢古本如是。今本作「从肰」，又删去「會意」二字，誤矣。

魁案：《古本考》是。《慧琳音義》卷四「厭食」條、卷五十七「猒苦」條並引《說文》云：「從甘從肉從犬，會意字也。」又，卷三十三「無猒」條引云：「犬甘肉無猒足，故從肉從甘從犬。」卷四十一「無猒」條引云：「從犬從甘從肉。」卷九十四「猒飫」條引云「從甘從肉從犬」。合訂許書原文當作「飽也。從甘從肉從犬，會意。」

曰部

曰（曰）　詞也。从口，乙聲。亦象口气出也。凡曰之屬皆从曰。

濤案：皇侃《論語義疏》卷一引「開口吐舌謂之爲曰」，與今本不同，義亦不可解，疑當作「象開口吐舌之形」，葢古本亦有如是作者。

又案：《孝經》釋文云：「曰，語詞也。从乙在口上。乙象氣入將發語，口上有氣，故曰字缺上也。」元朗雖不引《說文》，疑是庾氏注中語。

魁案：唐寫本《玉篇》46引《說文》與今二徐本同，許書原文如是。

（曹）　**告也。从曰，从冊，冊亦聲。**

濤案：《玉篇》云：「𠕁，籀文曹。」是古本尚有重文字而今本奪之。

乃部

（乃）　**曳詞之難也。象气之出難。凡乃之屬皆从乃。古文乃。籀文乃。**

濤案：《華嚴經音義》卷十一引曰：「乃，語詞也。」攷《春秋公羊》定十五年傳曰：「而者何，難也；乃者何，難也。曷爲或言而，或言乃，乃難乎而也。」則乃實爲「曳詞之難」，恐慧苑書傳寫有誤，非古本如是也。《玉篇》引同今本可證。

魁案：唐寫本《玉篇》48引《說文》云：「乃者，申辭之難也。」則許書原文當以此爲是，曳、申字形相近而誤。寫本《玉篇》「者」字乃引者所足，辭與詞同。又，《慧琳音義》卷二十一「乃往」條轉錄《慧苑音義》引《說文》曰：「乃，語辭也。」當是另有所本。

（𠧟）　**驚聲也。从乃省，㢴聲。籀文𠧟不省。或曰，𠧟，往也。讀若仍。古文𠧟。**

濤案：《一切經音義》卷八云：「汝，迺，奴改反，亦乃字也。《說文》乃，往也。」元應所偁許書字當作「迺」，即「𠧟」字之別體。今作乃，乃傳寫之誤，非古本作「乃」也，《音義》十三引同今本可證。

魁案：《古本考》當是。《慧琳音義》所引頗不同。卷十六「汝迺」條、卷五十五「迺臣」並《說文》云「往也」。此與今本「或曰」同。卷二十「迺聖」條引云：「古文乃字，從彡西聲也。西，古文乃字也。」依文意當作「從辵西聲也。迺，古文乃字也」。卷七十七「迺下」條引作「從古乃西聲也」。卷八十七「迺眷」條引作「從西乚聲。乚者，古文乃字也。」據此則字當作𠧟。又，卷九十「迺趖」條：「上音乃。《考聲》云：驚也。往也。至也。《說文》闕。」《段注》「旁」字下注曰：「凡言闕者，或謂形，或謂音，或謂義，分別讀之。」此言「闕」者當指闕義，然今本「驚聲也」何來，不得確知。

丂部

（寧） 願詞也。从丂，寍聲。

濤案：《止觀輔行傳》第一之二引「願辭也」，下有「亦豈也」三字，葢古本一曰以下之奪文。

魁案：《古本考》非是。唐寫本《玉篇》[49]引《說文》只有「願詞也」一訓，與今二徐本同，許書原文如是。「亦豈也」當是引者續申之辭或他書所引，非許書原文。

可部

補

濤案：此字今在《新附》，然許君序云：「雖叵復見遠流。」則本書應有此字，說解當如徐氏所列。吳氏（穎芳）曰：「反其可，義與乏同例。短言叵，長言不可。」

喜部

（喜） 樂也。从壴，从口。凡喜之屬皆从喜。古文喜从欠，與歡同。

濤案：《御覽》四百六十七人事部〔註145〕引「不言而說曰喜」，葢古本「樂也」下有此六字。

壴部

（壴） 陳樂立而上見也。从屮，从豆。凡壴之屬皆从壴。

濤案：《廣韻・十遇》引作「陳樂也」，無「立而上見」四字，葢古本如此。《玉篇》亦云「壴，陳樂也」，當本許書。「立而上見也」五字疑在「从屮从豆」之下，屮有上出之形，豆有侸立之義，今本殆爲二徐所妄乙。

又案：《龍龕手鑑》引「壴，陳器也」，「器」乃「樂」字傳寫之誤，而亦無

〔註145〕「四百六十七人事」七字今補。

「立而上見」四字，與《篇》、《韻》同。

魁案：《古本考》是。《唐寫本唐韻・去遇》645 壴下引《說文》云：「陳樂也。」

鼓部

（鼓）　郭也。春分之音，萬物郭皮甲而出，故謂之鼓。从壴，支象其手擊之也。《周禮》六鼓：靁鼓八面，靈鼓六面，路鼓四面，鼖鼓、皐鼓、晉鼓皆兩面。凡鼓之屬皆从鼓。籀文鼓从古聲。

濤案：《廣韻・十姥》引「鼓作皷」，云：「亦作鼓」，似陸氏所據本「皷」爲正字，「鼓」爲重文。郭忠恕《佩觿》曰：「鼓，从叏从支从皮者皆非也。」段先生曰：「《弓部》弢下云：『从弓，从屮又，屮，垂飾，與鼓同意。』則鼓之从屮憭然矣。凡作『鼓』、作『皷』、作『鼔』者皆誤。」「皐鼓」當从《廣韻》作「鼛鼓」。

豈部

（⿰豈幾）　⿰幾气也，訖事之樂也。从豈，幾聲。

濤案：《爾雅・釋詁》釋文引「⿰豈幾，摩也」，葢古本一曰以下之奪文。

豆部

（豆）　古食肉器也。从口，象形。凡豆之屬皆从豆。㪓，古文豆。梪〔註 146〕木豆謂之梪，从木豆。

濤案：《玉篇・豆部》云：「豆，古文梪，同上。」是「梪」乃「豆」之或體，今本分爲二字，誤。

豊部

（豊）　行禮之器也。从豆，象形。凡豊之屬皆从豊。讀與禮同。

濤案：《九經字樣》云：「豊，音禮。从冊从豆。」郭忠恕《佩觿》云：「《說

〔註 146〕刻本原缺，據《校勘記》補。

文》豊从曲，不从冊。云从冊者，出林罕《字源》。」是唐本《說文》豊字有从冊者，乃林氏之謬說也。以豐字例之，自以从凵𡴀聲爲正說。見下《豐部》豐字。

豐部

豐（豐）　豆之豐滿者也。从豆，象形。一曰《鄉飲酒》有豐侯者。凡豐之屬皆从豐。𧰼古文豐。

濤案：《六書故》云：「从豆从山𡴀聲。蜀本曰：丰聲，山取其高大。」葢古本如此。此乃形聲字，非象形字也。阮相國師曰：「《說文》此卷豊豐二字注皆被後人刪改，其義久晦。《說文》曰：『豐，豆之豐滿者也。从豆，象形。』此誤矣，當云：『豊，豆之豐滿者也。从豆从山，象形，𡴀聲。』《說文》曰：『豊，行禮之器也。从豆，象形。』此亦誤矣。當云：『豐，行禮之器也。从豆凵，象形，𡴀聲。』二徐尚不知𢊁之爲聲，更宜不知𡴀之爲聲，因而刪改耳。何以明𡴀之爲聲？丰字古拜切，古音更與豊字同一部，《詩三百篇》古韻朗然可按，丰字雖未見於《詩》，而害字从丰得聲，如《泉水》三章、《二子乘舟》二章、《蕩》八章、《閟宮》五章，其用韻之處皆與上聲禮、體、澧、鱧最近，則豐字从丰得聲也明矣。不特此也，《耒部》次《丰部》，許云：『从木推丰』，元謂此下亦當有『丰亦聲』三字，徐氏不知而刪之耳。耒與豊亦同部相近也。」吾師此論與唐本合。段先生疑「並𡴀並丰，《說文》無字，安知非，亦二徐所刪乎？」

又案：《儀禮·大射儀》注云：「豐，以承尊也。其爲字从豆曲聲，近似豆，大而卑矣。」鄭君《禮》注每引《說文》，此語亦當本《說文》，是漢時《說文》本作从豆曲聲，與唐本不同。然許君亦無曲字。賈公彥以曲下著豆爲豐年之豐，以曲爲承爵之曲，其說甚野，與鄭注不合。《韻會》引《說文》从豆下有「从曲」二字，葢據小徐本，亦不云曲聲，疑鄭注本亦作「从豆从山𡴀聲」，與唐本同。賈氏作疏時傳寫譌作曲聲，求之不得其故，遂剏爲，諸經皆以承尊爵之曲，不用本字而用豐年之豐，故鄭還依豐字解之之說。若康成之以誤傳誤者。程徵士（瑤田）曰：「𢊁入艸而再疊其文，本𧯷艸字，言艸之多也。艸之貴者穀，故謂歲熟穀多爲豐年。从豆者承尊之器，故鄭氏以爲近似，豆大而卑，是取形於豆而取聲於曲，（當作取聲於𡴂），後世豐年字通用豐，而𡴂之本字遂失矣。」其說與賈氏正相反，而與許鄭皆相合，其並丰之字爲二徐妄刪尤可證矣。《韻會》云：「丰《說文》本作𡴂，是小徐本有𡴂字。

又案：《御覽》七百六十二器物部引「豐，俎豆貴豐厚也」，則今本「豆之豐滿」句亦有誤。又《文選・劉越石〈答廬諶詩〉》注引「豐，滿也」，非崇賢節引則傳寫有缺奪矣。

又案：《兄部》「兢，競也，从二兄，二兄競意从丰聲，讀若矜」，然此字从二丰二兄，則當从𡴂聲，不當从丰聲，蓋二徐所見奪去「並丰」之字，遂妄改如此。

魁案：《古本考》以《六書故》所引《說文》爲許書原文，非是。《慧琳音義》卷二十九「豐稔」條引《說文》云：「豆之滿者。從豆象形。從二丰，從山豆。」卷四十「豐饒」條引云：「豆之滿者也。從豆，象形也。」卷六十八「豐稔」條引云：「豆之豐滿者也，從豆，象形也。」三引皆云「象形」。卷六十八所引與今二徐本同，許書原文當如是。沈濤所引《御覽》引文亦誤。

（豔）　好而長也。从豐。豐，大也。盍聲。《春秋傳》曰：「美而豔。」

濤案：《一切經音義》卷一引作「好而長曰豔，美也」，此傳寫有奪，非古本如是。「好而長曰豔」即豔好而長也，古書引《說文》多有如是作者。「美也」二字即引《春秋傳》而奪其文耳。

魁案：《古本考》是。《慧琳音義》卷八十九「豔發」、卷九十四「豔飾」條並引作「好而長也」，與今二徐本同，許書原文當如是。

虍部

（虞）　騶虞也。白虎黑文，尾長於身。仁獸，食自死之肉。从虍，吳聲。《詩》曰：「于嗟乎，騶虞。」

濤案：《御覽》八百九十獸部引「之肉」下有「名曰騶虞，有至信之德，不食人」十二字，無「仁獸」二字，蓋古本如是。《詩》毛傳云：「騶虞，義獸也。白虎黑文，不食生物，有至信之德則應之。」許書正用毛傳，今本殆爲二徐所妄節矣。

又案：《廣韻・十虞》引「仁獸」二字在「白虎」之上，「食自死之肉」作

「不食生物」，亦與今本不同。

（虡）　鐘鼓之柎也。飾為猛獸，从虍，異象其下足。虡或从金豦聲。篆文虡省。

濤案：《後書·董卓傳》注引作「鐘鼓之跗以猛獸爲飾也」，與《玉篇》合，蓋古本如是，今本義雖得通而非許書眞面目矣。《光武紀》注仍引作「飾爲猛獸」，疑後人據今本改。《玉篇》「鐘鼓」作「鐘磬」乃傳寫之誤。

又案：《北堂書鈔》樂部引「筍虡縣鐘鼓之器，飾猛獸之象於其足」，又與章懷所據本不同，而皆較今本爲勝。

虎部

（甝）　白虎也。从虎，昔省聲。讀若鼏。

濤案：《晉書音義》七十七引「甝，白獸也。下甘反。唐諱虎，改爲獸。」蓋古本从甘不从日。《爾雅·釋獸》：「甝，白虎。」釋文云：「甝，《字林》下甘反，又亡狄反。」《文選·蕪城賦》：「伏虣藏虎。」注云：「虣或爲甝。《爾雅》曰：『甝，白虎』，甝，戶甘反。」是唐人無不讀甝爲酣，雖元朗有「亡狄」一音，而從甘則未之或改。徐鍇曰：「今人多音酣，惟曹憲作《爾雅音》云：音覓。」是楚金就曹憲之音因改甘从日。其「昔省聲，讀若鼏」六字疑皆二徐妄竄，唐以前無从日之䖘字也。

又案：《玉篇》二字並收，皆訓「白虎」，皆不引《說文》，然《說文》云：「[illegible]，䖘屬。」《玉篇》作「甝屬」，是希馮所見本亦从甘不从日矣。

（虓）　虎鳴也。一曰，師子。从虎，九聲。

濤案：《一切經音義》卷五引「虓，怒聲也。《詩》曰：『闞如虓虎』是也」，卷二十一引「虓，虎鳴也。一曰師子也」，卷二十三引「虓，虎鳴也。大怒聲」，卷二十二引「虓，虎鳴也。一曰師子大怒聲」，四引不同。《詩·常武》傳：「虎之自怒虓然。」《後漢書·馮緄傳》注：「虓，虎怒聲也。」《卓茂傳論》注：「虓，虎怒聲也。」蓋古本當如元應書卷二十三所引，「大」當爲「又」，今本奪「一曰怒聲也」五字耳，許書當本有稱《詩》語而今本亦奪。

魁案：《慧琳音義》卷四十四「虓闞」轉錄《玄應音義》，引《說文》云：「虎怒聲也。《詩》云：『闞如虓虎』是也。」引《詩》語彪當作虎。卷五十六「虓呴」所引與今本同。又，《慧琳音義》卷七十六「虓吽」條、卷九十三、九十五「虓虎」條三引皆作「虎鳴也」。合訂之，今二徐本當不誤，許書原文如是。沈濤以爲有「怒聲」一訓，不確。

皿部

（皿）　飲食之用器也。象形。與豆同意。凡皿之屬皆从皿。讀若猛。

濤案：「飲食」，《玉篇》引作「飯食」，宋小字本亦作「飯食」，然言食即可該飯，古無以「飯食」並稱者，自當作「飲」爲是。《御覽》七百五十六器物部引作「飲食」，可見毛本不誤也。

魁案：《古本考》是。今二徐本同，許書原文如是。作「飯食」者，蓋與飲形近而誤。

（盂）　飯器也。从皿，于聲。

濤案：《後漢書・明帝》注、《御覽》七百六十器物部皆引作「飲器」，蓋古本如是。《儀禮・既夕禮》注：「杅盛湯漿。」《公羊》宣十二年〔註147〕傳注：「杅，飲水器。」杅即盂字之假借。小徐本亦作「飲」，則今本作「飯」者誤。然《一切經音義》卷十四、《廣韻・十虞》皆引同今本，疑古本亦有如是作者，義得兩通。

魁案：《慧琳音義》卷五十七「一盂」條云：「何注《公羊傳》云：飲器也。《考聲》云：椀之大者也。《說文》：飯器也。從皿亐聲。經從木作杅，非。」卷五十九「鉢盂」條轉錄《玄應音義》，引《說文》云：「飯器也。」與沈濤所言同。上引何注與《說文》並舉，合《玄應音義》所引，許書原文當作「飯器也」，今大徐本不誤，小徐本誤「飯」爲「飲」。又，《古本考》認爲「杅」即「盂」字之假借，非是。「杅」與「盂」當是異體關係，和槃與盤同例，屬換旁字。

（盌）　小盂也。从皿，夗聲。

〔註147〕「宣十二年」四字今補。

濤案：《汗簡》卷下之一引《說文》盌字作，是古本《說文》此字有重文古文字，今奪。

又案：《瓦部》「甇，小盂也。从瓦，夗聲。」與皿夗之字同聲同訓，葢即一字。古本當爲盌之重文，恕先所引即此。二徐別竄於《瓦部》，轉寫複出矣。

魁案：沈濤以爲甇爲盌之重文，當是。《慧琳音義》卷三十七「一盌」條：「《說文》云：盌，小盂也。從皿夗聲。《聲類》從瓦作甇，並通。」古從皿從瓦之字可通。

（盛）　黍稷在器中以祀者也。从皿，成聲。

（齍）　黍稷在器以祀者。从皿，齊聲。

濤案：《御覽》七百五十六器物部引「盛，黍稷在器中也。齍，黍稷之器以祀者」，葢古本如是。齍爲盛黍稷之器，與粢字相通，而實不同。《周禮・天官》：「九嬪凡祭祀贊玉齍。」康成注曰：「玉齍，玉敦也。受黍稷器。」此齍之本字本義。又《春官・大宗伯》：「奉玉齍」，義亦相同，故鄭氏無注（疏云：齍謂黍稷，誤矣）。若「甸師以供齍盛大祝五日齍號」，《小宗伯》：「辨六齍之名物」，皆穼之〔註 148〕假借，故鄭注云：「齍讀爲粢」。粢乃楶字之誤，《禾部》「穧，稷也，从禾齊聲，粢穧或从次」，粢乃餈之或體，非此之用。从皿者爲器，盛禾者爲穀，部居分別較然，可知二徐不明齍、穧二字之分，因改「之器」爲「在器」，而其說遂不可通。薛氏《鐘鼎款識》有王伯齍，又有趠齍，齍葢鼎屬。

魁案：《古本考》是。《慧琳音義》卷十「極盛」條、卷三十七「盛金盔」條並引《說文》云：「黍稷在器也。」器下並無「中」字。卷八十九「盂盛酪」條引作「黍稷器也」。《希麟音義》卷五「桶盛」條引作「黍稷在器」，無「也」字。又，今小徐本作「黍稷在器中也」，合之諸引，則小徐當是許書原文，今大徐誤矣。

（𥁕）　仁也。从皿，以食囚也。官溥說。

〔註 148〕據《校勘記》，抄本「穼」字作「粢」，「之」字亦據補。

濤案：《文選・顏延年〈應詔觀北湖田收詩〉》注引「溫，仁也」，蓋即𥁕之假字。漢以後仁用此字皆假借作溫，《選》注蓋涉詩誤而誤耳。

盥（盥）　澡手也。从𦥑水臨皿。《春秋傳》曰：「奉匜沃盥。」

濤案：《御覽》三百九十五人事部引「盥，酒面也」〔註149〕，乃傳寫譌誤，非古本如是。《左氏》僖二十三年正義、《一切經音義》卷一、卷三、卷五、卷六、卷十二、卷十八，《華嚴經音義》皆引同今本可證。《後漢書・劉寬傳》注引「澡手曰盥」，可見今本不誤。

魁案：《古本考》是。《慧琳音義》所引甚豐，包括轉錄凡十八引皆作「澡手也」，足見今二徐本不誤。《類聚抄》卷十四調度部中亦引《說文》云：「盥，澡手也。」《慧琳音義》卷七十五「盥」條、卷九十二「盥手」條並引作「洗手也」，義雖同，然非許書原文。

盪（盪）　滌器也。从皿，湯聲。

濤案：《一切經音義》十六引無「器」字，乃傳寫偶奪，非古本如是。

魁案：《古本考》是。《慧琳音義》卷五十三「洗盪」條、卷七十八「盪鉢」條並《說文》作「滌器也」。卷六十四「立盪」引作「絛器也」，絛乃滌字之誤。卷四十五「盪滌」條、卷六十四「盪器」條並脫「器」字。合訂之，今二徐本不誤，許書原文如是。

血部

𧖴（𧖴）　气液也。从血，𦘒聲。

濤案：《文選・琴賦》注引「津，液也」，津即𧖴之假借，乃崇賢節引，非古本無「气」字。

衄（衄）　鼻出血也。从血，丑聲。

濤案：《文選・吳都賦》注引「衂，折傷也」，衂即衄字之別體，蓋古本一曰以下之奪文。

〔註149〕據《校勘記》，抄本「酒」字作「洒」，是。

魁案：《慧琳音義》卷四十九「鼻衄」條轉錄《玄應音義》，《類聚抄》卷三形體部「衄」下所引並《說文》與今二徐本同，許書原文如是。「折傷」爲《刀部》「剉」字之訓。張舜徽《約注》認爲「折傷」當衄之引申義。

⿱幾血（⿱幾血） 以血有所刏塗祭也。从血，幾聲。

濤案：《玉篇》「刏」引作「別」，乃傳寫之誤。

魁案：《古本考》是。今二徐本同，許書原文如是。

卹（卹） 憂也。从血，卪聲。一曰，鮮少也。

濤案：《華嚴經音義》卷六十云：「卹字《說文》云：『憂恤，从心』卹少从卪，《爾雅》通用，今按諸書依《說文》从卪爲勝。」是慧苑所據本卹字無「憂也」一訓。蓋訓憂者本《心部》之恤，經典或假借作卹，二徐妄以卹當訓憂，遂竄入「憂也」一訓爲正解，轉以「鮮少」爲一解，古本當不如是也。

魁案：《古本考》非是。《慧琳音義》卷六」濟恤」條：「《說文》作卹。卹，憂也。」慧琳明言恤字《說文》作卹，訓「憂也」，當有所本。今二徐本同，許書原文蓋當如此。

䘓（䘓） 羊凝血也。从血，臽聲。⿱贛血䘓或从贛。

濤案：《御覽》八百五十九飲食部引「羊血曰䘓」蓋傳寫奪一「凝」字，非古本如是。《玉篇》亦云「羊凝血」。

魁案：《古本考》是。今二徐本同，許書原文如是。

《說文古本考》第五卷下　嘉興沈濤纂

丹部

丹（丹）　巴越之赤石也。象采丹井，•象丹形。凡丹之屬皆从丹。㫘古文丹。彬亦古文丹。

濤案：《五經文字》上作「外象采形，內象丹形」，葢古本如是。今本義亦可通。《御覽》九百八十五藥部引無「巴」字，乃傳寫偶奪耳。

又案：《汗簡》卷上之二引《說文》作㫘，疑古本古文篆體，無內一點也〔註 150〕。《汗簡》又以彬字（與形字畧同）爲出《義雲章》，則古本無此重文。

雘（雘）　善丹也。从丹，蒦聲。《周書》曰：「惟其敗丹雘。」讀若隺。

濤案：《書・梓材》釋文作「讀與靃同」，葢古本如是。《雔部》靃音呼郭切，與雘字烏郭之音正同。《冂部》隺音胡沃切，則不得與雘同讀矣。

又案：《玉篇》引「善」作「美」，義得兩通。

魁案：今二徐本同，《類篇》卷十四、《韻會》卷二十八所引並同二徐，許書原文如是。《玉篇》作「美」者當誤，《經典釋文》卷四「雘」下云「善丹也」，當本《說文》。

青部

青（青）　東方色也。木生火，从生、丹。丹青之信言必然。凡青之屬皆从青。㐬古文青。

濤案：《止觀輔行傳宏決》五之一引「青者，美色也」，疑傳寫有誤，未必古文如是。

又案：《汗簡》卷上之二「㐬青，㐬一本作此字」，一本者，《說文》之一本也。是古本篆體亦有如是作者。

魁案：《古本考》認爲《止觀》傳寫有誤，是也。《慧琳音義》卷九十四「靑

〔註 150〕今見《汗簡》有點。

麐」條引《說文》云：「靑，東方色也。」與今二徐本同，許書原文如是。

井部

丼（井）　八家一井，象構韓形。•，罋之象也。古者伯益初作井。凡井之屬皆从井。

濤案：《初學記》七地部引「八家爲井，象構幹形」，又一引仍作「八家一井」，則作「爲井」者誤也。《御覽》百八十九居處部引作「八家一井」可證。「構韓」古本葢作「構幹」。

魁案：《古本考》認爲《初學記》一引有誤，甚是。《慧琳音義》卷三十三「市井」條引《說文》云：「八家一井，象構幹形。」又云「象壅形也」，無「•」字，則與今本異，壅當罋之誤，今小徐本作「罋象也」，蓋許書原文，大徐「之」字或衍。

阱（阱）　陷也。从𨸏、从井，井亦聲。穽阱或从穴。汬古文阱从水。

濤案：《一切經音義》卷一、卷二、卷十七、十八、十九、二十四皆引「穽，大陷也」，是古本有「大」字，今奪。

又案：《汗簡》上之二引「《說文》阱字作汬」，葢古本篆體从臥水，不从立水也。

魁案：沈濤於《玄應音義》凡六見皆引作「大陷也」，則許書原文當如此。《慧琳音義》卷七十三「坑穽」條轉錄亦同。然《慧琳音義》卷六十二「爲阱」條引作「亦陷也」，卷一百「深阱」條引作「陷也」，卷七十九「火阱」條、卷九十二「丘穽」條並引作「陷坑也」，蓋所據本不同。玄應書先於慧琳，所見當近於許書原文。

㓝（刑）　罰辠也。从井，从刀。《易》曰：「井，法也。」井亦聲。

濤案：《初學記》二十人部引「荆，刀守井也。飲之人入井，陷於川，刀守之割其情也」，又解云：「井飲人，人樂之不已，則自陷於川，故加刀謂之刑，欲人畏，愼以全命也。」此與《一切經音義》卷二十所引《春秋元命包》相合。彼曰：「荆字从刀从井，井以飲人，人入井爭水，陷於泉，以刀守之，割其情，欲人畏，愼以全命也。」視此文加詳，疑此尚有奪誤。許君解字多用緯書說，如「黍可爲酉未入水也」,「狗之爲言叩也」皆見〔註151〕,今本乃後人妄改。《韻會・九青》引同《初學記》,則小徐本尚不誤也。

鬯部

鬱(鬱)　芳艸也。十葉爲貫,百廿貫築以煮之為鬱。从臼、冂、缶、鬯。彡,其飾也。一曰,鬱鬯,百艸之華。遠方鬱人所貢芳艸,合釀之以降神。鬱,今鬱林郡也。

濤案:《藝文類聚》八十一艸部引「鬱,金芳草也」,是古本「芳艸」上有「金」字,連篆文鬱字讀,淺人不知而妄刪之。「所貢芳艸」作「所貢物芳」,芳當作「方」,言百艸之華,鬱人所貢方物耳。「方」誤爲「芳」,淺人遂改「物」爲「艸」,誤甚。《御覽》九百八十一香部引「爲鬱」作「爲鬯」,亦古本如是。陳徵君曰:「鬱,芳草名,築煮鬱乃有鬯名。《周禮・肆師》先鄭注:『築煮香艸爲鬯』,許所本也。」又「合釀之以降神」作「一合而釀之以降祼也」,詞氣亦較完備。「芳艸也」作「香艸也」,義得兩通。《類聚》「築」作「釆」,乃傳寫之誤。《周禮・肆師》注云:「築鬱艸煮之鬱人。」注云「築鬱金煮之以和鬯酒」,則作「築」爲是。

魁案:《古本考》非是。《慧琳音義》卷十八「鬱蒸」條引《說文》云:「芳草也,鬱金香也。煮之合釀鬱鬯酒以降神也。」則許書原文當有兩解。《藝文類聚》所引蓋有脫誤。又《箋注本切韻・入物》(伯3694)214鬱字下引《說文》云:「芳草也,釀酒以降神。」蓋奪一訓。

䰞(䰞)　黑黍也。一稃二米,以釀也。从鬯,矩聲。秬䰞或从禾。

濤案:《御覽》八百四十二穀部引作「所以釀鬯也」,蓋古本如是。今本奪「所」、「鬯」二字,語頗不詞。《初學記》二十七花草部亦作「所以釀鬯」。

又案:《爾雅・釋艸》釋文云:「秬音巨,《說文》作䰞,或作粔字。」是古本重文从「米」不从「禾」。今二徐改爲从「禾」,大徐轉以从米者入《新附》,誤矣。

〔註151〕下當有奪文,待考。

食部

饙（饙）　滫飯也。从食，奔聲。𩟄饙或从賁。餴饙或从奔。

濤案：《爾雅·釋言》釋文引作「脩飯也」，《御覽》八百五十飲食部引作「餐飯也」，《說文》無「餐」字，「餐」即「脩」字之別，「滫」又「餐」字之誤，古本當作「脩」。郭注《爾雅》云：「餐飯爲饙。」「餐飯」猶今人言煮飯耳。今本作「滫」非此之用。盧學士據許書以改釋文，甚誤。

又案：《詩·泂酌》正義引「饙，一蒸米也」，釋文引作《字書》，是孔氏所據本與陸氏不同。

魁案：《古本考》認爲當作「脩飯也」，非是。唐寫本《玉篇》79「饙」下云：「饙，《說文》或饋字也。饙，飧飯也。」又云：「餴，《說文》亦饋字也。」是許書原文當作「飧飯也」。張舜徽《約注》云：「以饋爲正，而以饙、餴附之，與許書異例。校者如徑據彼疑許書爲誤倒，則惑矣。本書《鼓部》鼖亦以韇爲或體。」

餾（餾）　飯气蒸也。从食，留聲。

濤案：《詩·泂酌》正義引作「飯氣流也」，葢古本如是。《爾雅·釋言》：「饋，餾稔也。」注云：「今呼餐飯爲饋，饋均熟爲餾。」《詩》正義引孫炎曰：「蒸之曰饋，均之曰餾。」飯將熟則气流，今本作「蒸」者誤。《御覽》八百五十飯食部引同今本，疑後人據今本改。

魁案：《古本考》認爲當作「飯氣流也」，非是。唐寫本《玉篇》80餾下引《說文》作「飯氣業也」。「業」乃「蒸」字之誤，寫本《玉篇》有此誤例。如，「饋」79下引《字書》云：「一曰業米也。」《慧琳音義》卷六十五「餐饋」條引《字書》作「蒸米也」。黎本亦作「蒸」字。是唐寫本《玉篇》所引與今二徐本同，許書原文如是。

飴（飴）　米蘗煎也。从食，台聲。𩛵籀文飴从異省。

濤案：《一切經音義》卷二十引無「煎」字，葢傳寫偶奪，卷十七引同今本可證。

魁案：《古本考》是。《慧琳音義》卷三十三「衣飴」條、卷七十「次飴」

條、卷七十六「飴蜜」條、卷八十四「飴之」條、卷九十八「若飴」條俱引《說文》作「米蘖煎也」，與今二徐本同。蘖同糱。《類聚抄》卷十六所飲食部飴下所引亦同。《慧琳音義》卷五十七「為飴」引作「以米蘖煎成之」，當衍「成之」，奪「也」字。卷七十六「飴蜜」條轉錄《玄應音義》所引奪「煎」字。又，唐寫本《玉篇》82饌下云「《說文》亦飴字也」，是許書原文有重文饌字。

餳（餳）　飴和饊者也。从食，易聲。

濤案：《一切經音義》卷四引作「米糱煎也」，卷十三引「以飴和饊曰餳」，「米糱煎」乃「飴」字之訓，且元應書卷十七、二十皆引為飴字之解，不應于此獨異。上文引《方言》曰：「凡飴謂之餳」，因相涉而誤，非所據本有異也。

魁案：《古本考》是。唐寫本《玉篇》81「餳」下引《說文》云：「飴饊和也。」《慧琳音義》卷五十四「蜜餳」條引《說文》云：「以飴和饊曰餳也。」卷十四「餳餔」條：「《考聲》云：飴和饊也。《說文》：米蘖煎成也。」亦有竄誤。合訂之，許書原文蓋作「飴和饊也」。寫本《玉篇》所引誤倒，今二徐本衍「者」字。

餅（餅）　麪餈也。从食，并聲。

濤案：《六書故》因〔註152〕唐本《說文》作「麮資也」，《說文》無麮字，蓋作「熬麥資也」，熬麥二字傳寫誤并耳。上文饊字解云：「熬稻粻餭也」，《米部》糗字解云：「熬米麥也」，則餅字解字云「熬麥資也」，正是其例。《初學記》二十六服食部、《御覽》八百六十飲食部皆引同今本，是古本亦有如是作者。

魁案：唐寫本《玉篇》81引《說文》：「麵餈也。」麵與麪同，則今二徐本不誤，許書原文如是。

饘（饘）　糜也。从食，亶聲。周謂之饘，宋謂之餬。

濤案：《禮記・檀弓》釋文、《初學記》二十六服食部「宋謂之餬」皆引作「宋衛謂之餬」，葢古本如是。《爾雅・釋言》訓餬為饘，而許書則釋為寄食，

〔註152〕「因」字當作「引」。

故知此處不應作餬，今本誤奪殊甚。

魁案：《古本考》可從。今二徐本同。唐寫本《玉篇》82「饘」引《說文》云：「周謂之饘，衛謂之也。」羅本有奪誤，黎本作「衛謂之餬也」，仍與今本異。張舜徽《約注》云：「蓋許書原文兼言宋衛。」可從。

（餱）　乾食也。从食，侯聲。《周書》曰：「峙乃餱粻。」

濤案：《文選・思元賦》注引「餱，乾食糧也」，是古本有「糧」字。《詩・公劉》云：「乃裹餱糧。」許引《書》「餱粻」亦即「餱糧」之義，糧字不可少。《一切經音義》卷一、《御覽》八百四十九飲食部皆引同今本，是古本亦有無此字者。

魁案：《古本考》認爲許書原文當有「糧」字，非是。唐寫本《玉篇》82餱下《說文》：云「乾食也。《周書》：『峙乃餱糧』是也。」《慧琳音義》卷四十二「餱糧」條轉錄《玄應音義》，與卷八十八「餱粮」條所引並同今二徐本，可見二徐本不誤，許書原文如是。

（籑）　具食也。从食，算聲。籑或从巽。

濤案：《一切經音義》卷一引作「備具飲食也」，蓋古本如是。今本奪「備」、「飲」二字，義不完備。卷二又引作「具美食也」，恐是傳寫有誤。元應一人所據本不應互異也。卷六、卷十四、卷二十，《御覽》八百四十九飲食部引皆同今本，疑後人據今本改。卷二十二引有「備」字，奪「飲」字，二十三有「飲」字奪「備」字。

魁案：《慧琳音義》轉錄《玄應音義》而所引有不同，卷二十「珎饌」轉錄引作「備具飲食也」，同沈濤所言。卷四十八「肴饌」條轉錄引作「備具食也。謂飲食也」，「謂」字以下當引者續申之辭，而云「謂飲食也」，據此許書原文當無「飲」字可知。卷四十九「甘饌」條引作「具飲食也」。卷七十五「饌餟」條轉錄引作「具食也。亦陳也。飲食也。」卷七十五「亦陳」當是引他書之訓而未具書名。

又，《慧琳音義》卷十四「味饌」條、卷五十四「饌具」條、卷六十四「餚饌」、卷七十九「餚饌」條俱引作「具食也」。合訂之，今二徐本不誤，許書原文如是。《慧琳音義》卷二十七「肴饌」所引又有「飲食也」一訓，當與卷四十八同，而脫「謂」。

（飤） **糧也。从人、食。**

濤案：《一切經音義》卷二引「飤，糧也。从人仰食也，謂之以食供設與人也。故从食从人意也」，葢古本作「从人仰食」。此與伐字「从人持戈」，冘字「从人出冂」一例，二徐刪去「仰」字，妄矣。謂字以下十六字乃庾氏注中語。

魁案：《古本考》是。唐寫本《玉篇》295飤下引《說文》云：「糧也。字从人仰食也。」卷七十八「飤鳥獸」條引《說文》云：「糧也。從食從人。」卷九十「飤之」條引云：「飤，糧也。從食從人。」雖以會意解之，非許書原文。卷四十一「飤猛」條，卷五十八、五十九、卷七十三「養飤」條轉錄《玄應音義》，卷八十二「以飤」俱引《說文》，所釋與今二徐本同。

（飧） **餔也。从夕、食。**

濤案：《詩・伐檀》正義引作「水澆飯也」，葢古本有「一曰水澆飯也」六字，今奪。飧从夕食餔是〔註153〕。正義、《左氏》僖二十三年傳釋文引同今本，故知《詩》疏所引爲一解耳。

又案：《釋名・釋飯食》曰：「飧，散也，投水於中解散也。」此即水「澆飯」之義。《禮記・玉藻》正義曰：「飧謂飲澆飯於器中。」《伐檀》釋文引《字林》亦如此，葢呂本許義。《列子・說符篇》注亦云：「飧，水澆飯也。」

又案：《詩》正義又申之曰：「言人旦，則食飯，飯不可停，故夕則食飧。」當是庾氏注中語。

魁案：《古本考》非是。唐寫本《玉篇》84餐下引《說文》云：「餐，餔也。《字書》：飲澆飯也。」則「澆飯」之訓非出《說文》顯然。《左傳》僖二十三年：「乃饋盤飧寘璧焉。」《正義》云：「飧音孫，《說文》云：餔也。《字林》云：水澆飯也。」是「水澆飯也」一解出自《字林》。又，《經典釋文》卷十六「盤飧」條、卷二十九「飧」字條下並曰：「《說文》云：餔也。《字林》云：水澆飯也。」《經典釋文》卷五「素飧」下曰：「《字林》云：水澆飯也。」據以上所考，今二徐本當不誤，許書原文當如是。

〔註153〕《古本考》此處蓋有奪文。

（餔） 日加申時食也。从食，甫聲。籀文餔从皿浦聲。

濤案：《廣韻・十一模》引無「日加」二字，乃陸、孫節引，非古本如是。《御覽》八百四十九引〔註 154〕飲食部所引有此二字可證。《後漢書・王符傳》注引「餔，謂日加申時也」，乃傳寫奪一「食」字。

魁案：《古本考》是。《慧琳音義》卷十四「餳餔」條：「《說文》音晡，日加申時食也。從食甫聲。」。唐寫本《玉篇》85 餔下引《說文》云：「日加申時也。」奪「食」字，誤。今二徐本同，許書原文如是。

（餜） 嘰也。从食，兼聲。讀若風溓溓。一曰，廉潔也。

濤案：「嘰」，《玉篇》引作「饑」，乃傳寫之誤。嘰爲「小食」（見《口部》）。《國語》「嗛嗛之食」，即此字之假借也。

魁案：《古本考》是。今二徐本同，《類篇》卷十四、《六書故》卷二十八所引皆同二徐，許書原文如是。

（饟） 周人謂餉曰饟。从食，襄聲。

（餉） 饟也〔註 155〕。从食，向聲。

濤案：《一切經音義》卷四云：「《說文》餉或作饟。饋餉也。」〔註 156〕卷十三引云：「餉，饋也。」葢古本餉、饟爲一字，今本則分爲二字，誤也。《漢書・食貨志》注：「饟，古餉字。」《嚴助傳》注云：「餉亦饟字。」《詩・良耜》：「其饟伊黍」，《禮記・郊特牲》注作「其餉伊黍」。《爾雅・釋詁》云：「饟，饋也。」（《漢書・高帝紀》注云：餉，饋也）本部饋字解云「餉也」（《詩》毛傳：饋，饟也。正許君所本。其餉、饟同字可知），餉、饟互訓，此解當作「周人謂饋曰饟」，「餉」字下當作「字或从向」，二徐分爲二字，遂改饋爲餉，又以饟訓餉，其謬甚矣。

魁案：《古本考》認爲「餉」爲「饟」之重文，非是。唐寫本《玉篇》86

〔註 154〕「引」字當衍。

〔註 155〕字頭刻本原缺，今補。

〔註 156〕沈濤此引出自《玄應音義》卷四「如餉」條，詞頭作「如餉」，「饋餉」二字似誤倒。

饟下引《說文》與今二徐本同。同頁餉下引《說文》云：「饟也」，又引《廣雅》云：「貴也」，「貴」字當「饋」字之誤。《慧琳音義》卷八十九「信餉」下引《說文》云：「亦饟也。」卷一百「如餉」條引《說文》云：「饟也。從食向聲。饟音餉。」皆與今二徐本同，是許書原文本分二字。《慧琳音義》卷三十四「往餉」條引《說文》云：「餉，饋也。饋，餉也。」「餉，饋也」乃慧琳誤以《廣雅》爲《說文》。合訂之，今二徐本不誤，許書原文如是。

（飽）　**猒也。从食，包聲。，古文飽从采。亦古文飽，从卯聲。**

濤案：《汗簡》卷上之二引《說文》飽字作，葢古本篆體如此，今本傳寫微誤。

（饒）　**飽也。从食，堯聲。**

濤案：《文選·王粲〈從軍詩〉》注引作「餘也」，葢古本如是。下文「餘，饒也」，饒、餘互訓，足證今本作「飽」之誤。

魁案：《古本考》非是。唐寫本《玉篇》89 饒下引《說文》云：「飽也。」《慧琳音義》卷四十「豐饒」條引《說文》云：「飽也。從食堯聲。」皆與今二徐本同，是二徐本不誤，許書原文如是。

（餞）　**送去也。从食，戔聲。《詩》曰：「顯父餞之。」**

濤案：《左氏》成八年傳釋文、《御覽》八百四十九飲食部皆引「餞，送去食」，葢古本有「食」字。《詩·大雅》傳曰：「祖而舍軷，飲酒於其側曰餞。」「食」字必不可少。《詩·崧高》釋文引《字林》亦云「送去食也」，葢本《說文》。《一切經音義》十五引同今本，乃後人據今本改。

魁案：《古本考》非是。王筠《句讀》曰：「《詩·泉水》毛傳：『祖而舍軷飲酒於其側曰餞。』《韓詩章句》鄭箋皆云：『送行飲酒。』固不當以字從食而云食矣。」張舜徽《約注》云：「自餞篆以下，若餫、館、饗、餈諸篆說解，皆不言食而食義自在其中。以諸字之義，本不限於食也。」二說是也。《慧琳音義》卷五十八「餞送」條轉錄《玄應音義》，引《說文》云：「送去也。謂以飲食送人曰餞。」「謂」字以下乃引者續申，據其意可知所引《說文》定無「食」字，否則不勞續申。合而訂之，今二徐本不誤，許書原文當如是。

館（館）　客舍也。从食，官聲。《周禮》：五十里有市，市有館，館有積，以待朝聘之客。

濤案：《一切經音義》卷五引「《周禮》：五十里有候館。」葢古本「館」上有「候」字，與《周禮》合，今本傳寫誤奪。元應書無「有市市」三字，乃櫽括節引耳。《御覽》百九十四居處部引奪「舍」字。

魁案：《古本考》是。《慧琳音義》卷三十四「入館」條轉錄《玄應音義》，引同沈濤所引。唐寫本《玉篇》90 館下引《說文》云：「客舍也。《周禮》五禮『五十里有市，市有候館，候館有積，以待朝聘之館』是也。」唐本《玉篇》「以待朝聘之館」，「館」字當「客」字之誤，今二徐本並作「以待朝聘之客」，據文意當是。合訂之，許書原文當作「客舍也。从食，官聲。《周禮》：五十里有市，市有候館，候館有積，以待朝聘之客。」

饕（饕）　貪也。从食，號聲。叨饕或从口刀聲。饕籀文饕从號省。

濤案：《一切經音義》十八云：「叨，《說文》此俗饕字也。」是古本不以爲或體，小徐本亦作「俗饕」。

魁案：《古本考》是。《慧琳音義》卷四十二「饕亂」條《轉錄音義》，云：「《說文》俗作叨字，非。」卷五十五「饕䬰」轉錄《玄應音義》，云「《說文》俗作叨」。

飻（飻）　貪也。从食，殄省聲。《春秋傳》曰：「謂之饕飻。」

濤案：《一切經音義》卷四、卷二十引「飻，貪」（卷四貪上有亦字），又「貪財曰饕，貪食曰餮也」，葢古本有「一曰貪財曰饕，貪食曰飻」十字。「貪財」云云見《左氏》文十九年傳注正義引，賈逵注亦如此，許君葢受之賈侍中也。《玉篇》云：「饕，貪財也，餮，貪食也。」其本許氏之一解與？元應書卷二十一亦引此二句。

魁案：《古本考》非是。《慧琳音義》卷三十四「貪餮」條轉錄《玄應音義》，引《說文》云：「飻，亦貪也。又曰：貪財曰饕，貪食曰餮。」卷五十八「貪飻」條亦轉錄，引《說文》云：「貪。謂貪食曰餮。」「貪」下當奪也字。

引者續申「謂貪食曰饕」，則許書原文當無此句，卷三十四「又曰」當與此同。又，唐寫本《玉篇》91 飻下引《說文》與今二徐本同，則二徐本虛無，許書原文如是。

䭼（餧）　飢也。从食，委聲。一曰，魚敗曰餧。

濤案：《論語・鄉黨》釋文云：「餒，奴罪反，《說文》云：魚敗曰餒。本又作鮾，《字書》同。」《爾雅・釋器》釋文〔註 157〕云：「餒，奴罪反。《說文》魚敗曰餒，《字書》作餧。」《華嚴經音義》卷十三云：「餒，奴罪反。《說文》曰：餒，饑也。字从食妥聲。經本有从食邊委者，於僞切，此乃餧飤之字。」據此，則古本《說文》飢餒〔註 158〕字从「妥」不从「委」矣。張參《五經文字》云：「餧，奴罪反。經典相承別作餒，爲飢餒字。以此字爲餧餉之餧，《字書》無文。」似張氏所見《說文》已同今本作餧，不作餒矣。元朗作《經典釋文》在隋時，張司業作《五經文字》在唐之中葉。《說文》傳寫謬誤已非一日。慧苑生於唐末（《杜牧集》有敦煌郡僧正慧苑除臨壇大德制，即其人也），改服緇流，而所據本與陸氏正同，遠勝於國子師之從俗謬誤，所謂「禮失而求諸野也」。

又案：《一切經音義》卷二《大般涅槃經》第二卷云：「飲餧，《說文》作萎同，於僞反。」是元應所見《說文》本無「餧」字。

魁案：《古本考》認爲元應所見《說文》無「餧」字，非是。《慧琳音義》卷三十四「身餧」條、卷七十五「餧飢」條、卷九十二「匱餧」皆引《說文》云：「從食委聲也」。又，卷九十五「懸餧」引《說文》云：「亦餓也。從食委聲。」據此許書原文有「餧」字無疑。

䮕（餟）　祭酹也。从食，叕聲。

濤案：《史記・孝武本紀》索隱引「酹」作「酎」，蓋傳寫之誤。《酉部》酎爲「三重酒」，非此之用。《後漢書・循吏王渙傳》注引同今本，惟餟字从別體作醊。《一切經音義》卷十五引作「酹祭」，蓋傳寫誤倒。

〔註 157〕「釋」字刻本原缺，今補。

〔註 158〕據《校勘記》，「餒」字抄本作「餧」，是。

魁案：《古本考》是。唐寫本《玉篇》黎本 295，羅本 92 餟下引《說文》與今二徐本同，許書原文如此。《慧琳音義》卷五十八「餟祠」條轉錄《玄應音義》，引《說文》同沈濤所引。

餘（餘）　**食馬穀也。从食，末聲。**

濤案：《漢廣》釋文言：「秣，《說文》云：食馬穀也。」許書無「秣」字，蓋「《說文》」下傳寫奪「作餘」二字，《雲漢》釋文云「不秣，音末，穀馬也。《說文》作餘」，《左氏》僖三十三年釋文云「秣馬，《說文》作餘，云：食馬穀也」可證。

魁案：《古本考》當是。唐寫本《玉篇》93餘引《說文》云：「食馬穀也。所釋與今二徐本同，許書原文如是。

補 餘

濤案：《御覽》八百五十三飲食部引「䬴，豆飴也」，《廣韻・十月》：「䬴同饕。」《玉篇》：「䬴，飴和豆也。饕，同上。」是古本有䬴篆。

亼部

舍（舍）　**市居曰舍。从亼、屮，象屋也。口象築也。**

濤案：《御覽》一百八十一居處〔註 159〕部引作「市居曰稅舍」，蓋古本如是。《周禮・廛人》：「掌斂廛布。」注引「廛布者，貨賄諸物邸舍之稅」，則「稅」字不可少。

魁案：《古本考》非是。今二徐本同，《類篇》卷十五、《六書故》卷二十六、《韻會》卷二十三所引皆同二徐，許書原文當如是。《御覽》「稅」字當是衍文。

會部

曟（曟）　**日月合宿為辰。从會，从辰，辰亦聲。**

濤案：《廣韻・十四泰》引「爲辰」作「爲曟」，蓋古本如是，今本作「辰」

〔註 159〕「一百八十一居處」七字今據《校勘記》補。

者誤。《玉篇》「辰，日月會也。今作辰。」「辰」葢「𣊫」字之省假矣。

魁案：《古本考》是。《類篇》卷十五「𣊫」下引《說文》云：「日月合宿爲𣊫。」

倉部

（倉）　穀藏也。倉黃取而藏之，故謂之倉。从食省，口象倉形。凡倉之屬皆从倉。奇字倉。

濤案：《汗簡》卷三之一引作，葢古本篆體如此。《集韻》「創，古刅」，此呰爲倉字古文之證。

又案：「取而藏之」，《御覽》百九十居處部引作「收而藏之」，葢古本如是。

（牄）　鳥獸來食聲也。从倉，爿聲。《虞書》曰：「鳥獸牄牄。」

濤案：《書・益稷》釋文「來食」引作「求食」，乃傳寫形近而誤，非古本如是也。「牄牄」今書「蹌蹌」，正義引鄭注云：「飛鳥走獸，蹌蹌然而舞。」葢鄭讀「牄」爲「蹌」，故與許異，而許云「來食聲」，則仍有聞《韶》飛舞之意。若云「求食」則與《韶》樂之九成何與乎！

魁案：《古本考》是。今二徐本同，《類篇》卷十五、《六書故》卷十六蹌下注、《韻會》卷八所引皆同二徐，許書原文如是。

入部

（仝）　完也。从入，从工。篆文仝从玉，純玉曰全。古文仝。

濤案：《五經文字》云：「全从亼，下工，或作仝，訛。」則張氏所見《說文》本从亼不从入矣。葢二徐誤从訛本，遂改入《入部》。

缶部

（缶）　瓦器。所以盛酒漿。秦人鼓之以節謌。象形。凡缶之屬皆从缶。

濤案：《史記・李斯傳》索隱、《文選・李斯上書》注「節謌」皆引作「節樂」，葢古本如是，今本作「謌」者誤。

魁案：今二徐本同，《方言》卷五郭璞注引《說文》並同二徐。又，應劭《風俗通義》卷六云：「缶者，瓦器所以盛漿，秦人鼓之以節歌。」〔註160〕當本《說文》，歌與謌同。司馬貞、李善注引葢誤，許書原文當作「節謌」，今二徐本不誤，《古本考》非是。

匋（匋）　瓦器也。从缶，包省聲。古者昆吾作匋。案：《史篇》讀與缶同。

濤案：《詩・緜》正義引作「瓦器竈也」（正義用《詩》字作陶，乃通假字），葢古本如是。《史記・鄒陽傳》索隱云：「韋昭曰：陶，燒瓦之竈。」「竈」字不可少。

魁案：《古本考》非是。《慧琳音義》卷九十五「陶鑄」條：「《說文》作匋，云：瓦器也。」則許書原文當如此，《正義》衍「竈」字，疑爲引者所足。小徐本云：「瓦器也，從缶包省聲。臣鍇曰：古者昆吾作匋。」則「古者」以下六字非是許書原文。

罌（罌）　缶也。从缶，賏聲。

濤案：《御覽》七百八十五器物部引「罌，甀也。注云：《說文》亦作缶。」甀即䍃字之別，下文「䍃，小口罌也」，是古本罌、䍃互訓，其云「亦作缶」，則與今本同矣。

罋（罋）　汲缾也。从缶，雝聲。

濤案：《御覽》七百五十八器物部引「罋，罌也」，又引「罋，壅也。汲缾也。」「壅」乃「罌」字傳寫之誤，然則今本奪「罌也」二字。《史記・李斯傳》索隱引作「汲缾也」，「缾」亦「瓶」字傳寫之誤。

又案：《易・井》釋文云：「甕，《說文》作罋，汲瓶也。」是古本有偁《易》語而今本奪之。

魁案：《古本考》認爲有稱《易》語，非也。因《易釋文》引《說文》而謂許書有稱《易》語，則稱《易》語多矣。若以此例之，則許書稱經語不知

〔註160〕應劭撰，王利器校注《風俗通義校注》，中華書局，1981年，第303頁。

幾何。

（罃）　備火，長頸缾也。从缶，熒省聲。

濤案：《一切經音義》卷五引無「備火」二字，葢古本如是。長頸瓶不必盡備火之用也。又有「或謂之儋」四字，今本亦奪。《漢書．五行志》〔註 161〕注又引作「今之長頸瓶也」，「今之」二字亦屬誤衍。

魁案：《古本考》以爲許書原文無「備火」二字，當是；認爲今奪「或謂之儋」四字，則非。《慧琳音義》卷十六「瓶罃」轉錄《玄應音義》，引同沈濤所言，云：「《說文》：罃，長頸瓶也。或謂之儋。」「或謂之儋」乃引者續申之辭，非是許書原文。卷七十八「空罃」條引作「長頸瓶也」，則許書無「備火」及「或謂之儋」可證。又，本部「𦈢」字訓「下平缶也」，乃以形質釋之，非釋功用。罃次其下，亦當只言形質，而無功用之辭。顏師古注《漢書》已有「備火」二字，則竄誤已久。合訂之，許書原文當作「長頸缾也」，今二徐本「備火」二字當衍。

（缺）　器破也。从缶，决省聲。

濤案：《六書故》引唐本作「夬聲」，則作」決省聲」者二徐妄改也。決亦从夬得聲，何必云「決省」乎！

魁案：《慧琳音義》所引《說文》分兩種情形。(1)決（或决）省聲：分屬於卷四「無缺」條，卷五、卷七、卷十六「缺減」條，卷十九「不缺」條。卷十一「缺減」條作「從缶從夬省聲」，夬字當爲決字之誤。(2)從缶夬聲：分屬於卷十九「缺崖」條，卷二十「穿缺」條，卷三十一「盈缺」條，卷三十二「缺犯」條，卷三十四「缺減」條，卷四十七「缺漏」條。慧琳所引不一。張舜徽《約注》云：「缺之爲言夬也。夬，分決也。凡瓦器破，則分決矣。《六書故》引唐本作『夬聲』是也。聲中固兼義矣。」張說是也。在上古音中，「缺」、「夬」並隸月部，不當以中古「夬」變爲去聲而改從「決省聲」。〔註 162〕綜合以上所考，許書原文當作「器破也。从缶，夬聲」。

〔註 161〕「五行志」三字今補。

〔註 162〕姚永銘《慧琳〈一切經音義〉研究》，江蘇古籍出版社，2003 年，第 36 頁。

（罅）　裂也。从缶，虖聲。缶燒善裂也。

濤案：《一切經音義》卷九、卷十四、十五引「罅，裂也，坼也」，是古本有「一曰坼也」四字。

魁案：《古本考》非是。《慧琳音義》卷四十六「石罅」條轉錄《玄應音義》，引《說文》云：「罅，裂也。㙼也。」卷五十八「孔罅」亦轉錄引云「裂也。㾖也。」㙼、㾖、坼三字同。《慧琳音義》卷八十一「門罅」條引《說文》云：「罅，㙼裂也。」卷九十一「石罅」條引云：「㙼，裂也。破也。」據玄應、慧琳所引，許書原文似有「坼也」一訓，然竊以爲並非如是。理由有二：一、本書《土部》：「坼，裂也。从土㡿聲；㙤，㙼也。从土虖聲。」坼訓「裂」，則不必復舉坼字以釋罅，正如㙤訓「㙼」，則不必再用「裂」字以釋之。二、今小徐同大徐，並云「缶燒善裂也」，此當是校語，以續申訓「裂也」之由，則許書只有「裂也」一訓可知。

（罄）　器中空也。从缶，殸聲。殸，古文磬字。《詩》云：「缾之罄矣。」

濤案：《爾雅・釋詁》釋文引作「器中盡也」，蓋古本如是。《爾雅》及毛詩傳皆云「罄，盡也」，則作「空」者誤。

魁案：《古本考》非是。《慧琳音義》卷四十六、卷四十八、卷五十七「罄竭」條，卷一百「罄佛」俱引《說文》作「器中空也」，與今二徐本同，則許書原文不誤。卷四十七「罄竭」條引奪「中」字。

補

濤案：《後漢書・孔融傳》注引《說文》云：「瓴，缶也。」是古本有瓴篆，今奪。《玉篇》以瓴爲缶之重文。

矢部

（侯）　春饗所䠶侯也。从人。从厂，象張布，矢在其下。天子䠶熊、虎、豹，服猛也；諸侯䠶熊、豕、虎；大夫射麋。麋，惑也；士䠶鹿、豕，為田除害也。其祝曰：「毋若不寧侯，不朝于王所，故伉而䠶汝也。」古文侯。

濤案：《九經字樣》「張布」下有「形」字，葢古本如是。从厂者象張布之形，非呼旱切之厂字也，此字必不可少。《廣韻・十九侯》引作「象張布之狀」。

冂部

冂（冂）　**邑外謂之郊，郊外謂之野，野外謂之林，林外謂之冂。象遠界也。凡冂之屬皆从冂。冋古文冂从口，象國邑。坰同或从土。**

濤案：《汗簡》卷上之二引《說文》「坰字从冋」，葢古本古文篆體如此。若今本則从冂，非从冂矣。

市（市）　**買賣所之也。市有垣，从冂从丨，丨，古文及，象物相及也。之省聲。**

濤案：《御覽》百九十一居處部引「所〔註163〕買賣之所也」，葢古本如是。所者，居也，處也，「買賣之所」猶言「買賣之居」，今本傳寫誤倒。八百二十七資產部又引作「買賣所也」，乃傳寫奪一「之」字。《廣韻・六止》引同今本，疑後人據今本改。

魁案：《古本考》是。《慧琳音義》卷九十一「市廛」條引《說文》云：「買賣之所也。」許書原文當如是，今二徐本「所之」二字誤倒。

冘（冘）　**淫淫，行皃。从人出冂。**

濤案：《後漢書・來歙傳》注引「冘冘，行皃也。音淫。」《馬援傳》注：「冘，行皃也。義見《說文》。」葢古本作「冘冘，行皃」，淺人不知篆文連注讀，以「冘，行皃」爲不詞，遂妄改作「淫淫」。《玉篇》別出《冘部》，云：「冘冘，行皃。」而《冂部》引《說文》與今本同，其爲後人據二徐本妄增無疑。

魁案：張舜徽《約注》云：「冘爲本字，淫爲同音假借字。許君以借字釋本字，與髟下云：『長髮猋猋也』例同。以淫釋冘，猶以猋釋髟，均用聲訓，取其通俗易曉耳。他書引《說文》者，多者冘冘，則由引用時因文立訓，改用本字，似非許書傳寫之譌。諸家議改，疑未是。」《約注》可備一說。

〔註163〕「所」字似衍。

（隺）　高至也。从隹上欲出冂。《易》曰：「夫乾隺然。」

濤案：《易·乾繫辭》釋文「確」字兩引《說文》云：「高至。」許書無「確」字，葢元朗所見《周易》本作「隺」，不作「確」，故不云「《說文》作隺」，非古本有確篆也。

𩫏部

（𩫏）　度也，民所度居也。从回，象城𩫏之重，兩亭相對也。或但从口。凡𩫏之屬皆从𩫏。

濤案：《廣韻·十九鐸》郭字注云：「案《說文》作𩫏，爲居𩫏，作鄟，鄟氏也。」鄟氏之訓見《邑部》，此解無「居𩫏」之語，葢陸氏櫽括大意，非古本如是。

（䖈）　缺也。古者城闕其南方謂之䖈。从𩫏，缺省。讀若拔物爲決引也。

濤案：《六書故》引唐本曰「夬聲」，葢古本如此。《繫傳》亦云「夬聲」，與唐本合，此小徐之勝於大徐也。

又案：《六書故》云：「徐本曰：缺省聲。」則今大徐本尚奪一「聲」字，「夬」本有「決」音，決、缺等字皆從之得聲，大徐疑夬非聲，改爲缺省聲，妄矣。《缶部》缺字唐本亦从「夬聲」。

魁案：《古本考》是。詳見「缺」字條下。

京部

（京）　人所爲絕高丘也。从高省，丨象高形。凡京之屬皆从京。

濤案：《六書故》云：「葢从高省，巾聲。蜀本亦曰巾聲。」京从巾聲無義，蜀本不可從。

又案：《九經字樣》云：「京，人所居高邱也。」是古本作「居」，不作「爲絕」字，或元度所節。

魁案：《古本考》以爲蜀本「巾聲」不可從，是；認爲古本不作「爲絕」，則非。《慧琳音義》卷十「京者」條引《說文》云：「人所爲絕高丘也。從高省，象高形也。」與今二徐本同，則許書原文當如是。

㐭部

（稟）　賜穀也。从㐭、从禾。

濤案：《一切經音義》十一、十四、十五、十八引皆無「穀」字，而《後漢書・光武紀》注引有之，此字从禾當有穀字爲是。元應書非傳寫偶奪即有所節取，古本當不如是。

魁案：《古本考》是。《慧琳音義》卷五十二「稟食」條、卷五十八「官稟」條、卷七十二「所稟」條轉錄《玄應音義》，皆引《說文》無「穀」字。卷六、卷八、卷十八「稟性」條三引《說文》有「穀」字，卷四十七「謂稟」條轉錄《玄應音義》引亦有「穀」字。無「穀」字者當脫誤。今二徐本同，許書原文如是。

嗇部

（嗇）　愛濇也。从來从㐭。來者，㐭而藏之。故田夫謂之嗇夫。凡嗇之屬皆从嗇。古文嗇从田。

濤案：《六書故》云：「古文牆旁嗇从秝，當以秝爲聲。蜀本《說文》曰：一說从棘省聲。」蜀本《說文》葢即李陽冰《廣說文》也，从二禾者爲籀文，戴氏云古文者未知何據，「从棘省聲」之說恐亦當塗肊說耳。

又案：《廣韻・二十四職》引「濇」作「澀」，又「从來㐭」下有「來麥也」三字，葢古本有之，今奪。

（牆）　垣蔽也。从嗇，爿聲。籀文从二禾。籀文亦从二來。

濤案：《御覽》百八十七居處部引作「垣蔽曰牆」，葢古本亦有如是作者。《玉篇》云：「牆，籀文，牆，古文。」則从二「來」者，非籀文也。

又案：《華嚴經音義》卷八云：「牆字籀文隸文皆爲𤖨，與今本籀文不同。」《左氏》僖公二十三年傳：「狄人伐廧咎如。」「《漢書・鄒陽傳》：「牽帷廧之制。」唐石經《春秋左氏傳》「寺人惠牆」，初刻作「惠廧」。《玉篇》亦云「廧，同上」，疑「廧」亦《說文》之或體，爲二徐所妄刪，而漢唐碑碣亦皆作廧，從無作𤖨者，䆄當爲𢉖字傳寫之誤。

魁案：《慧琳音義》卷四「垣牆」條、卷十「牆堵」條、卷十三「牆塹」、卷六十一「牆柵」條、卷七十二「牆塹」俱引《說文》作「垣蔽也」，與今二徐本同。《文選》卷三十九鄒陽《獄中上書自明》注引《說文》亦同二徐，則許書原文當如此。卷四十一「牆壁」條引《說文》云：「牆，垣也。蔽也。」蓋一本如是。《希麟音義》卷四「牆壁」條、卷「畫牆」條皆奪「蔽」字，誤。

來部

來（來） 周所受瑞麥來麰。一來二縫，象芒朿之形。天所來也，故爲行來之來。《詩》曰：「詒我來麰。」凡來之屬皆从來。

濤案：「一來二縫」，《詩・思文》正義引作「一麥二夆」，《御覽》八百三十八穀部引作「一麥二縫」，葢古本作「一麥二夆」。《廣韻・十六咍》引《埤倉》曰：「棶麰之麥，一麥二稃。」正用許說，今本「來」字誤。「象芒朿之形」《御覽》引作「象其芒朿之形」，葢古本如是。

又案：《詩・思文》正義引「來周受來麰也」，是古本「麰」下有「也」字。《詩》正義無「所瑞麥」三字，乃仲達節引之例，非古本無也。《廣韻》引《埤倉》亦云「周受此瑞麥」。

麥部

麥（麥） 芒穀，秋穜厚薶故謂之麥。麥，金也。金王而生，火王而死。从來，有穗者；从夂。凡麥之屬皆从麥。

濤案：《九經字樣》云：「麥，芒穀也。來麰之麥，自天而來，故从來，其下从夂，行來之皃也。」則今本奪誤殊甚。臣鉉等曰：「夂，足也。周受瑞麥來麰，如行來，故从夂。」二徐刪去許說，攘爲己有亦可怪矣。

又案：《齊民要術》卷二引「芒穀」作「芸穀」，乃傳寫之誤。

魁案：《古本考》非是。《慧琳音義》卷十三「麥芒」條引《說文》云：「芒穀也。秋種厚薶故謂之麥。」是今二徐本不誤，「芒穀」下只脫「也」字，餘則同。《九經字樣》「來麰」以下言所以從「來」，所以從「夂」，皆與麥無涉，非是許書原文，不足據。

[篆]（麰）　來麰，麥也。从麥，牟聲。[篆]麰或从艸。

濤案：《齊民要術》卷十引「麰，周所受瑞麥來麰也」，《初學記》二十七花艸部、《御覽》八百三十八百穀部引同，葢古本如是。今本奪「周所受」三字，又衍「麥」字，皆誤。《御覽》又有「一麥二縫，象其芒刺之形，天所來也」，則所引乃「來」字之解矣。

魁案：《古本考》可從。依沈濤所言此訓同「來」字之訓。《慧琳音義》卷三十四「麰麥」條引《說文》云：「來麥麰也。亦瑞麥也。從麥牟聲。」段玉裁於「來」下注曰：「下文云：來麰，麥也。此云瑞麥來麰，然則來麰者，以二字爲名。」據此，則「麥麰」誤倒，張舜徽《約注》云：「來、麰雙聲，蓋即一語。」合諸引及段、張所言，則所訓當無別，慧琳所引亦奪「周所受」三字。又，所訓既同，又以二字爲名且爲雙聲，竊以爲麰當側於「來」下，是爲連語。

[篆]（麩）　小麥屑皮也。从麥，夫聲。[篆]麩或从甫。

濤案：《御覽》八百五十三飲食部引作「小麥皮屑」，葢傳寫誤倒。麱爲「小麥屑之覈」（《御覽》引無「之」字），麩爲「小麥屑之皮」，今人猶言麩皮。《玉篇》亦云：「麩，麥皮也。」

魁案：《古本考》是。《慧琳音義》卷三十四「麩片」條引《說文》作「麥皮屑也」，「皮屑」二字亦誤倒，又奪「小」字。卷五十四「著麩」條云：「《蒼頡篇》：麩，麥皮也。《說文》：小麥皮也。」「皮」上奪「屑」字。

[篆]（麮）　麥甘鬻也。从麥，去聲。

濤案：《御覽》八百三十八百穀部引無「麥」字，葢傳寫偶奪，八百五十九飲食部引同今本可證。

魁案：《古本考》是。今二徐本同，《類篇》卷十五、《韻會》卷十二所引皆同二徐，許書原文如是。

補[篆]

濤案：本書《米部》「糭，麧也」，是《麥部》有麧字，本部「麪，麥末也」。《玉篇》云：「麥麧。」疑古本作麥麧，二徐奪去麧字，遂改作末。

夊部

𦤺（致）　送詣也。从夊，从至。

濤案：《文選・東京賦》注引「致，送也」，乃崇賢節取「送」字之解，非古本無「詣」字也。

魁案：《古本考》是。《慧琳音義》卷二十五「大致」條引《說文》云：「送詣曰致。」則今大二徐本不誤，許書原文如是。

𩐍（夔）　繇也舞也。樂有章。从章、从夅、从夊。《詩》曰：「夔夔舞我。」

濤案：《詩・伐木》釋文云：「坎坎如字，《說文》作夔，音同，云：舞曲也。」是古本「舞」下有「曲」字。「舞曲」即樂章，故从章。「舞我」當从《韻會》作「鼓我」，元朗不云《說文》作「舞」可證也。

畟（畟）　治稼畟畟進也。从田、人，从夊。《詩》曰：「畟畟良耜。」

濤案：《五經文字》作「从田，从儿」，蓋古本如是。儿，奇字人也。

魁案：《古本考》非是。《慧琳音義》卷六十一「畟方」條引《說文》云：「治稼畟畟。從田從人從夊。」卷九十二「畟塞」條引云：「治稼畟。從田人從夊。」二引均有脫文，然「從田人從夊」，與今大二徐本同，許書原文如是。

𡕘（㚇）　斂足也。鵲鵙醜，其飛也㚇。从夊，兇聲。

濤案：《五經文字》作「鳥斂足」，蓋古本有「鳥」字。《玉篇》「㚇，飛而斂足也。」

舛部

舝（舝）　車軸耑鍵也。兩穿相背，从舛；萬省聲。萬〔註 164〕，古文偰字。

濤案：《史記・天官書》正義引作「兩相穿背」，乃傳寫誤倒，非古本如是。

又案：《五經文字》：「舝以萬省。」是古本無「聲」字。

〔註 164〕「萬」字刻本奪，今補。

魁案：《古本考》認爲誤倒，非是。《慧琳音義》卷九十二「宗鎋」條下引《說文》云：「舝，車軸端鍵也。從舛相背。」又，本部舛下云「從夊㐄相背」。則「相背」二字相連，今二徐本同，許書原文當如是。

舜部

𩇦（舜）　艸也。楚謂之葍，秦謂之藑。蔓地連華。象形。从舛，舛亦聲。凡舜之屬皆从舜。𩇨古文舜。

濤案：《爾雅・釋艸》釋文云：「葍，方服反。《說文》云：亦名舜，楚謂之葍，秦謂之蔓。蔓地生而連花。」是古本「蔓地」下有「生而」二字，今奪。藑作蔓乃傳寫之誤，「亦名舜」三字則元朗檃括之語也。《廣韻・四十九宥》引「葍作蕾」，《艸部》「葍，蕾也」，義得兩通。

韋部

韠（韠）　韍也。所以蔽前以韋。下廣二尺，上廣一尺，其頸五寸。一命縕韠，再命赤韠。从韋，畢聲。

濤案：《廣韻・五質》引「韍」作「紱」，紱即韍字之俗，又引無「以韋」二字，葢古本如是，今本誤衍。

魁案：《古本考》非是。今二徐本同，《類篇》卷十五、《韻會》卷二十六所引皆同二徐，許書原文當如此。

韜（韜）　劒衣也。从韋，舀聲。

濤案：《初學記》二十二武部、《御覽》三百四十二兵部劒上引「韜謂之衣，亦曰襓」，有小字注曰「襓音遶」，此乃修著者檃括引之，即所謂「劒衣也」。許書無「襓」字，《禮記・少儀》曰：「劒則啓櫝，葢襲之，加夫襓與劒焉。」注曰：「夫襓，劒衣。夫或爲煩，皆發聲。」然則「襓」即「韜」字，亦曰襓者，疑古本此字重文作襓。

魁案：《慧琳音義》卷十六「皮韜」條、卷三十三「德韜」條、卷六十四「韜眞」條、卷八十「韜德」條、卷九十五「韜弓」條、卷一百「韜光」及《類聚抄》卷十三調度部上「劒韜」下俱引《說文》與今二徐本同，許書原文當如此。

沈濤以「小字注」疑古本有重文褫字，不足據。文字自東漢至六朝隋唐，異形甚多，僅《慧琳音義》所載，數量亦很大，若據以增爲《說文》重文，則不知是何面目。

（韝）　射臂決也。从韋，冓聲。

濤案：《文選・李少卿〈答蘇武書〉》注引「韝，臂衣也」，葢古本如是。《周禮・繕人》注曰：「韝，扞箸左臂，裹以韋爲之。」《漢書・東方傳》注引韋昭曰：「韝，形如射韝，以縛左右手，於事便也。」是「韝」爲「臂衣」之明證。今本涉下「韘」字之解而誤，「決箸右手大指」〔註 165〕今曰臂決，義不可通。

又案：《御覽》三百五十兵部引「韝，射臂捪也」，「臂捪」即「臂決」，與今本不同而其誤一也。

魁案：《古本考》非是。《類聚抄》卷四術藝部「射韝」條下引《說文》云：「韝，射臂沓也。」與《御覽》所引同，惟「沓」字異。本書《曰部》：「沓，語多沓沓也。」《手部》：「捪，一曰韜也。」則當以「捪」字爲是。許書原文當作「射臂捪也」。

（韓）　井垣也。从韋，取其帀也。倝聲。

濤案：《史記・孝武本紀》索隱引「垣」作「橋」，乃傳寫有誤。《莊子・秋水篇》釋文引司馬彪云：「井幹，井闌也。崔譔云：井以四邊爲幹，猶築之有楨幹。」幹即韓字之別體，是當作「垣」不當作「橋」。橋乃「桔槔」，非此之用。

弟部

（弟）　韋束之次弟也。从古字之象。凡弟之屬皆从弟。古文弟从古文韋省，丿聲。

濤案：《五經文字》「弟从韋省，象圍帀次弟之形」，葢古本如是，今本譌奪殊甚。

〔註 165〕此句出處待考。《韻會》卷三十「拾」字下引孔疏云：「決箸右手大指以鉤。」疑爲沈濤所本。

䨻（䨻）　周人謂兄曰䨻。从弟，从眔。

濤案：《一切經音義》卷八引「曰」作「爲」，義得兩通。

魁案：《慧琳音義》卷十六、卷五十二「昆弟」條並轉錄《玄應音義》，引《說文》作「周人謂兄爲昆」。雖「曰」、「爲」義得兩通，然許書多用「曰」字，少用「爲」字，今二徐本同，許書原文當如是。

夂部

夃（夃）　秦以市買多得為夃。从乃，从夂，益至也。《詩》曰：「我夃酌彼金罍。」

濤案：《玉篇》引云：「秦以市買多得爲夃。」《論語》曰：『求善價而夃諸。』」是古本《說文》此注引《論語》不引《詩》。《說文》偁《詩》毛氏，今毛《詩》作「姑」不作「夃」。傳曰：「姑，且也。」無「益至」之義，惟毛詩《卷耳》釋文云：「姑，《說文》作夃。云：秦以市價多得爲夃。」是元朗所見《說文》已引《詩》，不引《論語》矣。此六朝本之所以勝於唐本也。夃，古夃賈正字，經典皆假沽水字爲之。

《說文古本考》第六卷上　嘉興沈濤纂

木部

（木）　冒也。冒地而生。東方之行。从屮，下象其根。凡木之屬皆从木。

濤案：《五經文字》引作「下象根形」，是古本「根」下有「形」字。又《五行大義・釋五行名》引「木」下有「者」字，「冒」上有「言」字，「从」上有「字」字，皆引書者以意貫屬之，非古本如是。惟「生」作「出」，根下有「也」字，則蕭氏所據今本不同也。

魁案：《古本考》非是。《希麟音義》卷八「木槍」條引《說文》云：「木，冒也。謂冒地而生也。作𣎳，下像其根，上像枝也。」許書原文當如此。「木」字乃象形字，今本云「从屮」無義。

（柚）　條也。似橙而酢。从木，由聲。《夏書》曰：「厥包橘柚。」

濤案：《齊民要術》卷十引作「似橙實酢」，葢古本如是。《爾雅・釋木》注「似橙實酢」，正用《說文》，「似橙」言其木之形，酢言其實之味，非謂柚實似橙也。下樝「果似梨而酢」，而亦當作實。

魁案：《古本考》非是。下樝字訓「果似梨而酢」正與此語例同，「似橙」、「似梨」並非只言其形，亦言其類，今二徐本同，許書原文當如是。

（梨）　果名。从木，𥝢聲。𥝢，古文利。

濤案：《初學記》二十八果木部引「梨，果也」。以下文「杏，果也」，「柰，果也」，「李，果也」，「桃，果也」例之，則今本作「名」者誤。

（梬）　棗也，似柹。从木，甹聲。

濤案：《文選・南都賦》注引「梬棗似梗」，《子虛賦》注引「梬棗似柹而小，名曰梗，而兖切。」《齊民要術・四種棗法》引云：「梬，棗也。似柹而小。」《一切經音義》十一引「梗棗，如兖反。《說文》：似柹而小也。」是古本有「梗」篆。合諸書所引觀之，當云「梗梬，棗也，从木輭聲，似柹而小；梬，棗也，似梗，从木甹聲」。二徐本奪去「梗」篆，遂將「似柹」移於梬篆之注，又刪二「小」字，誤矣。

又案：《子虛賦》注云：「蘇林曰：梬，音郢都之郢。」然諸說雖殊而木一也。今依蘇音，似崇賢以梬、梗爲一字，梗或梬之重文。

魁案：沈濤認爲古本有「梗」篆，非是；認爲「梗或梬之重文」，可從，但非是《說文》中重文。《慧琳音義》卷五十六「梬棗」條轉錄《玄應音義》，引《說文》云：「似柿而小也。或作梗，從木耎聲。」「或作」以下乃引者續申，非許書原文。

（柹）　**赤實果。从木，𠂔聲。**

濤案：《白帖》卷一百柹〔註166〕部引作「朱實果也」，義得兩通。

（杏）　**果也。从木，可省聲。**

濤案：戴侗《六書故》引唐本「从木从口」，葢古本如是。「杏」與「可」聲甚遠，不當从以「省聲」，此二徐之謬。《六書故》又引林罕「从嘐省」，亦非。

又案：張編修惠言以爲「疑从向省聲，可即向之爛文」，是以知今本之不可通而曲爲之說，知不若從唐本之爲有據也。

（亲）　**果實如小栗。从木，辛聲。《春秋傳》曰：「女摯不過亲栗。」**

濤案：《齊民要術》四、《御覽》九百七十三果部引「榛（即亲字之假借，經典通用榛字）似梓實如小栗」，是今本奪「似梓」二字，葢亲木似楸梓之梓而實如栗而小也。《詩・鳲鳩》釋文引《字林》云：「亲似梓實如小栗。」《禮記・曲禮》釋文「榛似梓，實如小栗」，皆本許書，是古本有「似梓」二字。

（楷）　**木也。孔子冢葢樹之者。从木，皆聲。**

濤案：《廣韻・十四皆》引「楷，木名。孔子冢葢樹也。」「名」字當从今本作「也」，下句古本當如《廣韻》所引。淺人嫌兩「也」字重，因改爲「之者」，義不可通。《廣韻》又改「也」爲「名」，皆非。《十三駭》又同今本作「之者」，

〔註166〕「柹」字刻本原缺，今據《校勘記》補。

乃後人據今本改。

魁案：《慧琳音義》卷八十「楷模」條引《說文》云：「楷即模也。從木皆聲。」當是後起之義，非許書原文。

桂（桂）　江南木，百藥之長。从木，圭聲。

濤案：《御覽》九百五十七木部引「桂，江南之木，百藥之長」，是今本「南」下奪「之」字。

魁案：《慧琳音義》卷一「桂生」條引《說文》云：「江南香木也，百藥之長。從木圭聲也。」此當許書原文。

楢（楢）　柔木也。工官以為耎輪。从木，酋聲。讀若糗。

濤案：《玉篇》引「耎輪」作「輭輪」，耎、輭古今字。「讀若糗」三字《玉篇》引無，蓋古本此三字在「梎」篆下，後人不明古音，妄於梎下刪去，竄入此條，顧氏所據六朝本未誤也，說詳梎下。

檍（檍）　杶也。从木，意聲。

濤案：《爾雅・釋木》釋文引「檍，梓屬也。」今為檍篆之解，段先生曰：「《心部》意，今作憶。《艸部》蓄，今作薏。《水部》澅，今作澺。《人部》**儓**，今作億。然則經典檍字即《說文》之檍何疑。」《韻會》云「《說文》作檍，今文作檍」，則黃氏所據小徐本未誤也，此篆當刪。

魁案：《古本考》是。又，《類聚抄》卷二十艸木部檍下亦引《說文》云：「檍，梓之屬也。」可證《爾雅釋文》所引不誤。

椶（椶）　栟櫚也。可作萆。从木，嵏聲。

濤案：《御覽》九百五十九木部引「椶，一名蒲葵。」《玉篇》亦云：「椶櫚，一名蒲葵。」《廣韻》同，皆本許書為說，是古本有此四字。《南方艸木狀》云：「蒲葵如栟櫚而柔，可為簦笠，出龍川。」蓋「栟櫚」、「蒲葵」同類異名耳。

魁案：《古本考》非是。《慧琳音義》卷八十一「椶櫚」下云：「《說文》又謂之栟櫚。椶之別名也。」此當非許書原文，然意同今本。《類聚抄》卷二十艸木部「椶櫚」下引《說文》云：「栟櫚，可以爲索。」與今本稍異。《段注》云：「《艸部》曰：萆，雨衣。一名蓑衣。按『可作萆』之文，不系於栟下而系椶下者。此樹有葉無枝，其皮曰椶，可爲蓑。故不系栟下也。椶本皮名，因以爲樹名，故栟閭與椶得互訓也。」據此，許書原文當無「一名蒲葵」四字。合訂之，今二徐本不誤，許書原文如是。

（榛）　木也。从木，秦聲。一曰，菆也。

濤案：《一切經音義》卷十引作「叢木也」，卷十一引「木叢生曰榛」，卷十五引「叢木曰榛」，是古本「一曰菆也」作「一曰叢木也」。《廣雅・釋木》云：「木叢生曰榛。」《淮南・原道訓》注云：「藂木曰榛。」《詩・鳲鳩》釋文引《字林》云：「榛木叢生。」今本作菆無義，葢叢字隸變作藂（見《韓勅》等碑），俗又作藂，傳寫奪其下半遂作菆字，淺人又刪木字耳。

魁案：《古本考》可從。《慧琳音義》卷四十九「深榛」條轉錄《玄應音義》引《說文》作「叢木也」，卷五十二「榛莽」條轉錄引作「木藂生曰榛」，卷五十八「深榛」條轉錄引作「叢木曰榛」，皆同沈濤所引。《段注》云：「《邶風》『山有榛』，傳曰：『榛，木也。』《小雅》：『營營青蠅，止于榛。』傳曰：『榛所以爲藩也。』《衛風》箋曰：『樹榛栗椅桐梓漆六木於宮，可伐以爲琴瑟。』」段氏之意榛當有兩種。陸璣《草木疏》〔註167〕云：「榛有兩種：一種大小枝葉皆如栗而子小，形如橡子，味亦如栗；一種高丈餘，枝葉如水蓼，子作胡桃味。」據此，許書釋爲二義，當是。

（𣏓）　山樗也。从木，尻聲。

濤案：《毛詩艸木蟲魚疏》云：「許慎以栲讀爲糗。今人言栲，失其聲耳。」是古本尚有「讀若糗」三字，今奪。楢字解有「讀若糗」語，當即此解之奪文，誤竄於彼耳，栲即𣏓字之別。

（橁）　杶也。从木，筍聲。

濤案：《五經文字》云：「橁，木也，與杶同物而異名。」是古本作「木」

〔註167〕陸璣《毛詩草木鳥獸蟲魚疏》，《叢書集成新編》（第43冊），臺灣新文豐出版公司，1984年，第612頁。

不作「杶」。「與杶同物」句乃張司業引申之語。

魁案：《古本考》非是。《段注》云：「此杶木別名，非即杶字也。」與張參續申之意正同。櫄上「杶」上已訓「木也」，則此處不宜再舉。許書原文當如今二徐本。

（栩）　柔也。从木，羽聲。其實皁，一曰樣。

濤案：「柔也」，《廣韻・九麌》引作「杼也」。「柔，讀若杼」，非即「杼」字，許書柔、栩互訓。《玉篇》亦作「柔也」，則作「杼」者誤，非古本如是也。毛氏初刻本、宋小字本皆無「實」字，而小徐本有之，《廣韻》所引亦有實字，不得謂古本無此字也。

魁案：《古本考》是。今二徐本同，《六書故》卷二十一所引亦同二徐，許書原文如是。

（槢）　木也。从木，習聲。《書》曰：「竹箭如槢。」

濤案：《玉篇》引「也」字作「名」，以本部通例證之，當作「也」不作「名」。名字乃傳寫之誤，非古本如是。

魁案：《古本考》是。今二徐本同，《類篇》卷十七所引所引亦同今二徐，許書原文如是。

（椵）　木。可作牀几。从木，叚聲。讀若賈。

濤案：《御覽》九百六十一木部引「椵，木可作杖机」，是古本「牀」作「杖」。小徐本作「伏」，蓋「杖」字傳寫之誤，是小徐本亦作「杖」也。《玉篇》引亦作「牀几」，蓋後人據今本改。

魁案：《古本考》非是。《類篇》卷十六、《六書故》卷二十一、《韻會》卷十五所引皆同大徐本，許書原文當如此。依本部之例，「木」下當脫也字。小徐本作「可作伏几」，「伏」字當爲「牀」字形誤。

（樗）　木也。以其皮裹松脂。从木，雩聲。讀若華。或从蒦。

濤案：《御覽》九百六十木部「樓杔」條引曰：「狗杶也」，蓋即今之臭椿。古本「或从蒦」之下當有「一曰狗杶也」五字。

魁案:《古本考》非是。《慧琳音義》卷六十八「樗皮」條引《說文》云:「山木也。其皮以爲燭。從木雩聲。《聲論》作樺，亦通。」與今本異。又，《慧琳音義》卷七十二「樺木」條:「上華化反。《考聲》云:樺，木名也。《字書》作樗，又作檴。《說文》云:樺，木也。從木華聲。」卷三十五「樗木皮」條:「華卦反。《考聲》:木名也。或從蒦作檴。俗用作樺。」諸引均以檴爲樗之重文，與今二徐本《說文》同而別無他訓，是許書原文當無「狗柂」一訓。

𣟗(椵)　似茱萸。出淮南。从木，殺聲。

濤案:《御覽》九百六十木部引「出淮南」下有「揚州有茱萸樹」六字，蓋庾氏注中語也。

𣔯(楊)　木也。从木，昜聲。

濤案:《藝文類聚》八十九木部引「楊，蒲柳也」,《初學記》二十八、《御覽》九百五十七木部所引皆同，是古本如是。楊訓「蒲柳」與下文「檉，河柳」皆本《爾雅·釋木》。

𣗳(樗)　大木。可為鉏柄。从木，雩聲。

濤案:《廣韻·十八諄》引作「大木也，可以爲鉏柄」，是古本「大木」下尚有「也」字，「可」字下尚有「以」字，今奪。

𣡗(欒)　木。似欄。从木，䜌聲。《禮》:天子樹松，諸侯柏，大夫欒，士楊。

濤案:《御覽》九百六十木部引「欒，木也。似木蘭」。《止觀輔行傳》九之三引「欒，似木欄」，蓋古本如是。今本「木似」二字誤倒，又刪「木也」二字。本部無「欄」而《華嚴經音義》所引有之，「木欄」即「木蘭」。《文選·子虛賦》注郭璞曰「木蘭皮辛，可食。」欄正字，蘭假借字，《廣韻·二十六桓》引同今本，蓋後人所改。

魁案:《古本考》當是。《慧琳音義》卷十「欒棘」條引《說文》云:「欒木，似欄。」卷九十九「檀欒」條引云:「欒，似欄也。」《希麟音義》卷五「欒棘」條引云:「欒木，似欄。同卷「團圝」條:「《說文》從木作欒，木名也。《說文》似木欄也。」合諸引，許書原文蓋作「欒，木。似木欄也」。

𣏌（栘）　棠棣也。从木，多聲。

濤案：《齊民要術》十引「棠棣如李而小子如櫻桃」，是古本有「如李而小」八字，今奪。「子」疑當作「實」。

棣（棣）　白棣也。从木，隶聲。

濤案：《毛詩艸木蟲魚疏》云：「常棣，許愼曰：白棣樹也。如李而小，如櫻桃，正白今官園種之。」「如李」以下不盡許氏語，然古本當不止「白棣也」三字。

槃（槃）　楮也。从木，𣪊聲。

濤案：《五經文字》：「槃，穀，木名，上《說文》，下經典相承，隸便〔註168〕移木在左。」是古本篆文木在下矣，今本木在左，从隸變而誤。

梗（梗）　山枌榆有朿莢。可爲蕪荑者。从木，更聲。

濤案：《御覽》九百五十六木部引作「梗，山枌榆。有刺莢，可爲蕪荑」，又《藝文類聚》八十九木部引作「榆有剌夾爲蕪荑」七字，聯屬于「榆白枌也」之下，兩書不同，《御覽》所引完備，今本奪「以」字，衍「者」字。若《類聚》則有所節，并非古本原文矣。

樵（樵）　散木也。从木，焦聲。

濤案：《一切經音義》卷十五引作「樵，木也，亦薪也。字从木從焦聲。」《華嚴經》卷十三《音義》引「樵，薪也」，疑古本作「樵，木也，一曰薪也」，二徐妄刪一解，又涉「柴」字下「小木散材」之訓誤於「木」上加「散」字。《廣韻・四宵》亦引《說文》「木也」，可證古本原無「散」字。

魁案：《古本考》認爲有「薪也」一訓，非是。《慧琳音義》卷六十二「樵木」條云：「杜注《左傳》云：樵，薪也。何休注《公羊》云：以樵薪燒之故因謂之樵。《說文》：木也。從木焦聲。」據此「薪也」一訓非出許書可知。《慧琳音義》卷二十一「樵湮」條轉錄《慧苑音義》，引《說文》曰：「樵，薪也」。卷五十八「樵薪」條轉錄《玄應音義》，引《說文》同卷十五沈濤所引。卷六十一

〔註168〕「便」字當作「變」。

「販樵」條引《說文》作：「採柴薪也」，此非樵之本義，「採柴」當是引者所足。合訂之，許書原文當作「木也」。

松（松）　木也。从木，公聲。窠松或从容。

濤案：《初學記》二十八木部引「松，古文榕，从木，容聲」，葢窠乃松之古文，非或體。《篇》、《韻》松字下皆列窠字，云「古文」，是唐以前本無不以窠爲古文者。古讀松如容，《公羊》文二年傳注云：「松，猶容也。」淺人疑容非聲，遂改爲「或从容」，誤矣。此如頌、額同字。

本（本）　木下曰本。从木，一在其下。𣎵古文。

末（末）　木上曰末。从木，一在其上。

濤案：《六書故》引唐本「本，從木從下，末，從木從上」，與今本不同。然「从上」、「从下」則篆體當多一横，似未可據也。《五經文字》引同今本。

朱（朱）　赤心木。松柏屬。从木，一在其中。

濤案：《御覽》八十九木部引曰：「朱，松柏屬，故類朱，赤松也。」下六字語不可解，恐傳寫有誤。

株（株）　木根也。从木，朱聲。

濤案：《華嚴經音義》下引「株，樹根也」，葢古本亦有如是作者，義得兩通。

魁案：《慧琳音義》卷二十三「瓦礫荊棘株杌」條轉錄《慧苑音義》，引同沈濤所引。卷三、卷六、卷二十四、卷三十「株杌」條，卷十二「根株」條、「株柢」條、卷七十五「蹴株」條俱引《說文》作「木根也」，與今二徐本同，許書原文當如是。卷八「根株」條引《說文》奪「也」字。

朴（朴）　木皮也。从木，卜聲。

濤案：《一切經音義》卷十五、卷十六皆引「朴，札也」，葢古本如是。卷十五注中亦列「木皮也」之訓，別於引《說文》之外，是元應所見本不作「木皮也」明甚矣。

魁案：《慧琳音義》卷五十八「木札」條轉錄《玄應音義》，云：「木皮也。律文有作𢪀（柿），敷廢反。《說文》：削朴也。朴，札也。謂削木皮也。二形通用。」玄應所謂「二形」當指「札」與「柿」二字，《慧琳音義》卷四十八「小札」條云：「側黠反。《三蒼》：柿，札也。今江南謂斫削木片爲柿，關中謂之札，或曰柿札。」卷七十「如札」條云：「莊黠反。今江南謂斫削木片爲柿。關中謂之札，或曰柿札。」卷七十三「木柿」條：「麩癈反。《蒼頡篇》：柿，札也。《說文》：削木朴也。江南名柿，中國曰札，山東名朴。」據此三引，慧琳所謂「二形通用」蓋指當時同一詞在不同地域的稱謂，「朴，札也」語出《三蒼》非出《說文》。《慧琳音義》卷六十五「木柿」條亦轉錄《玄應音義》，與卷五十八同。許書原文當如今二徐本。《希麟音義》卷一「大朴」條引《說文》云：「木素也。」與本部樸字訓同，當是誤「朴」爲「樸」。

（枖）　**木少盛皃。从木，夭聲。《詩》曰：「桃之枖枖。」**

濤案：《廣韻·四宵》引作「木盛皃」，無「少」字。《九經字樣》及《玉篇》同，蓋古本無「少」字。《詩·桃夭》釋文引同今本，疑後人據今本改。

（欙）　**盛也。从木，𩏂聲。《逸周書》曰：「疑沮事。」闕。**

濤案：《玉篇》所引於「《逸周書》曰」下有「𩏂」字，蓋古本有之。段先生曰：「《周書·文酌解》『七事：三，聚疑沮事。』聚古讀如驟，與欙音近。𩏂疑沮事，猶云蓄疑敗謀也。淺人不解《周書》語，妄增『闕』字。」

（標）　**木杪末也。从木，票聲。**

濤案：《文選·魏都賦》注引「標，末也」，無「木杪」二字。疑古本作「木末也」，與下文「杪」字解同，無「杪標」二字，崇賢所引又節去「木」字耳。今本語不可通。

魁案：《古本考》是。《慧琳音義》卷四「幖幟」條下云：「《說文》：木末也。從木票聲也。」卷十二「標式」條：「《說文》：木也。從木票（匹遙反）聲也。或從巾作幖。」此引奪「末」字，幖蓋當時標字異體。

（杪）　**木標末也。从木，少聲。**

濤案：《文選·上林賦》注引「杪，末也」，說詳上文標字。

魁案：以本部「標」字訓「木末也」例之，許書原文當作「木末也」。

朵（朵）　樹木垂朵朵也。从木，象形。此與采同意。

濤案：《五經文字》：「朵，象樹木垂形。」當是張司業檃括引之，非古本如是。

魁案：《古本考》是。《慧琳音義》卷三十八「八十朵」條引《說文》云：「樹木垂朵朵。從木，象形垂下皃。與垂同意。」與今二徐本稍異，「垂」當作「采」。

柖（柖）　樹搖皃。从木，召聲。

濤案：《廣韻・四宵》引作「樹搖皃，又射的也」，蓋古本有「一曰射的也」五字，今奪。

朻（朻）　高木也。从木，丩聲。

濤案：《廣韻・二十幽》引「木」作「大」，葢傳寫之誤。《詩・樛木》釋文引作「木高」，「木高」、「高木」義得兩通。

橈（橈）　曲木。从木，堯聲。

濤案：《玉篇》引「曲木也」下有「《易》曰：棟橈木末弱也」八字，當亦許君稱經語而今本奪之。

枎（枎）　枎疏，四布也。从木，夫聲。

濤案：《華嚴經》卷一《音義》引「枎疏，四布也」，葢古本說解中不重「枎」字，今本乃淺人不知篆文連注之例而妄增之。

魁案：《古本考》非是。《慧琳音義》卷二十一「寶葉扶踈」條轉錄《慧苑音義》，引《說文》曰：「扶踈，四布也。」扶當作枎，踈與疏同。此引實即沈濤所引，文字稍異。許書原文當如是，《玉篇》卷十二所釋與大徐同，當本《說文》。小徐本亦重枎字，枎下奪疏字。沈濤泥於篆文連注之例，誤矣。

檹（檹）　木檹施。从木，旖聲。賈侍中說，檹即椅木，可作琴。

濤案：《廣韻・五支》引「椅木」作「椅也」，葢古本如是，「施」下亦有

「也」字。

（㮝）　木葉陊也。从木，𡿪聲。讀若薄。

濤案：《玉篇》與欂同字，引《說文》「落也。與蘀同」，《艸部》蘀字解云：「艸木凡皮葉落陊地爲蘀。」疑古本作「木皮葉落陊也，與蘀同意」，顧氏所引與今本皆有奪字，以致不相侔耳。蘀、㮝不得同字。以全書通例證之，「意」字自不可少。

（槸）　木相摩也。从木，埶聲。槸或从艸。

濤案：《五經文字》云：「槷，魚列反，楔也。又讀如涅。案《字書》無，文見《攷工記》。」似司業所據本無「从木埶聲」之字矣。然張書上聲下形，而本書作形右聲，恐非一字。

（槀）　木枯也。从木，高聲。

濤案：《文選・七發》：「向虛壑兮背槁槐。」注引《說文》曰：「槀與槁古字通。」疑古本有重文槁字矣。然《七命》：「枌栱嵯峨。」注引《說文》曰：「棼，複屋棟也。棼與枌古字通。」則「古字通」云云者，乃崇賢詮釋之語，非引《說文》語也，則此注亦應引《說文》曰：「槀，木枯也。」復申之曰：「槀與槁古字通。」傳寫奪「槀，木枯也」四字耳。

魁案：《文選》注引「槀與槁古字通」固爲李善之辭，沈濤所言與《說文》古本無涉。

（築）　擣也。从木，筑聲。古文。

濤案：《廣韻》、《玉篇》並列古文篫，而《一切經音義》卷十五「築時」注云「古文𥫽，同」，引《說文》「築，擣也」，《篇》、《韻》亦云「擣也」，三書訓同而所列古文有異，元應有𥫽無篫，《篇》、《韻》有篫無𥫽，疑古本篫、𥫽並存，今《說文》及三書皆有奪落。

魁案：《古本考》可備一說。《慧琳音義》卷四十八「或築」條轉錄《玄應音義》，云：「古文𥫽，同。陟六反。《說文》：築，擣也。」《慧琳音義》卷五十六「築搋」條、卷五十八「築時」條轉錄《玄應音義》，與卷八十九「築神廟」

三引《說文》云：「築，擣也。」所訓與今二徐本同。

榦（榦）　築牆耑木也。从木，倝聲。

濤案：《文選・魏都賦》注、《盧子諒〈贈劉琨詩〉》注兩引曰：「幹，本也。」《左傳》昭二十五年正義引「幹，脅也。」二書所據皆唐本，葢榦有數義，古本當有「一曰榦本也，一曰脅也」，今本爲二徐妄刪。《說文》無「幹」字而唐本有之，乃爲乾溼之乾正字，則《選》注、傳疏所引「幹」字皆「榦」字之假借也。

魁案：本部榦上列「築」訓「擣也」，榦訓「築牆耑木也」，以義相次，竊以爲許書原文當如此。又，《慧琳音義》卷八「莖榦」條兩出，並引《說文》作「樹枝也」。

棟（棟）　極也。从木，東聲。

濤案：《一切經音義》卷六、卷十四、卷十五皆引「棟，屋極也」，是古本有「屋」字。下文「極，棟也」，《漢書・行志》注引李奇、《文選・西京賦》薛綜注皆曰「三輔名梁爲極」，是極爲棟梁正字，而經典皆用爲極至之義，故許君加「屋」字以明之。《玉篇》亦云：「棟，屋極也。」

魁案：《古本考》是。《慧琳音義》卷五十九「櫨棟」條轉錄《玄應音義》，引同沈濤所引。卷二十七、卷三十二「梁棟」條並引《說文》作「屋極也」。卷九十七「榱棟」條引《說文》云：「棟謂屋極也。」合訂之，許書原文當作「屋極也」。

樘（樘）　衺柱也。从木，堂聲。

濤案：《一切經音義》卷一（樘誤作樽）、卷二、卷十、卷十四皆引「樘，柱也」，《龍龕手鑑》亦同，無「衺」字。又《文選・魯靈光殿賦》、《長笛賦》注皆引「橖，柱也」，橖即樘之俗體，是古本皆無「衺」字。《玉篇》亦云：「樘，柱也。」惟《廣韻・十二庚》作「衺柱也」，乃後人據今本改耳。

魁案：《古本考》是。《慧琳音義》卷十七「棖觸」條轉錄《玄應音義》，云：「《說文》作樘，柱也。」卷二十五「樘觸」條、卷七十五「樘身」條並引《說文》作「柱也」。卷三十五「輪樘」條引《說文》云：「樘，刹柱也。」刹字誤衍。卷三十七及《希麟音義》卷六「輪樘」條並引作「亦柱也」。據此，許書原文當無「衺」字。

楮（楮）　柱砥。古用木，今以石。从木，耆聲。《易》:「楮恒凶。」

濤案:《一切經音義》卷十六引作「柱下也」，葢古本作「柱下砥也」，元應所引奪「砥」字，今本奪「下」字。

魁案:《古本考》是。《慧琳音義》卷六十五「石楮」條轉錄《玄應音義》，引同沈濤所引。以下文「櫨，柱上枅也」例之，許書原文當作「柱下砥也」。

櫨（櫨）　柱上柎也。从木，盧聲。伊尹曰:「果之美者，箕山之東，青鳧之所，有櫨橘焉。夏孰也。」一曰，宅櫨木。出弘農山也。

濤案:《一切經音義》卷一、卷七、卷十四、卷十五，《文選・甘泉賦》（作薄櫨，用賦中字體）、《魯靈光殿賦》、《長門賦》注皆引「欂櫨，柱上枅也」，《魏都賦》引無「上」字，《景福殿賦》注引無「欂」字。又《一切經音義》十一引「柱上枅曰櫨」，是古本皆作「枅」，不作「柎」。《漢書・王莽傳》:「爲銅欂櫨」，師古曰:「柱上枅也。」亦本許書，薄即欂字之假借，欂又欂字之別體。上文「榙，欂櫨也」，欂、櫨同物，今欂注訓爲「壁柱」，恐亦後人改。段先生定此文曰:「欂，欂櫨，柱上枅也。櫨，欂櫨也。」與古本合，惟「欂」从木薄省聲，《文選》作「欂」，乃別體之不省耳。究當以欂爲正字，不應徑改作欂。

魁案:《古本考》是。《慧琳音義》轉錄《玄應音義》有五處，卷十七「櫨欂」條、卷五十八「櫨栱」條、卷五十九「櫨棟」皆引《說文》云:「欂櫨，柱上枅也。」以「欂櫨」爲連語做釋。又，卷五十八「櫨欂」條引作「柱上枅也」，卷五十二「櫨鎟」引作「柱上枅曰櫨」。

《慧琳音義》卷十四「櫨栱」條引作「薄櫨，柱上枅」，「薄」字當爲「欂」字形誤。卷十六「欑櫨」條引作「欂櫨，柱上枅也」。卷八十三「重櫨」條、卷九十一「欒櫨」條並引作「薄櫨，柱上枅也」。《類聚抄》卷十居處部「栭」亦引《說文》云:欂櫨，柱上枅也。」俱以「欂櫨」爲連語。又卷八十一「櫨料」條引云:「櫨，柱上枅也。」卷九十七「舍櫨」引作「櫨，柱上斗栱也」，卷一百「承櫨」條引作「櫨，柱上枓也」，二引當有譌誤。合訂之，許書原文「欂櫨」當以連語爲釋，蓋作「欂，欂櫨，柱上枅也。櫨，欂櫨也。」

栭（栭）　屋枅上標。从木，而聲。《爾雅》曰：「栭謂之格。」

濤案：《文選・魯靈光殿賦》、《王命論》注皆引作「枅上梁」，葢古本如是。標爲「木末」，非此之用，今本「屋」字亦衍。

魁案：《古本考》認爲「屋」字衍，是也。《慧琳音義》卷八十五「繡栭」條引《說文》云：「栭，枅上標也。」竊以爲許書原文當如是。

榱（榱）　秦名爲屋椽，周謂之榱，齊魯謂之桷。从木，衰聲。

濤案：《御覽》百八十八居處部引「秦謂之椽，周謂之椽，魯謂之桷」，是古本無「齊」字。「刻桓宮桷」〔註169〕，正魯而非齊也，疑古「榱」下當有「椽也」，然後曰「秦謂之椽」云云，後人刪此二字，遂不得不改文以就之。

又案：《易・漸》釋文引「秦謂榱，周謂之椽，齊魯謂之桷」，是古本亦有有「齊」字者，榱、椽互易，恐傳寫有誤。《左傳》桓十四年釋文引亦作「周謂之椽」，或所據本不同耳，《爾雅・釋宮》釋文引又與今本同。

魁案：《古本考》是。《慧琳音義》卷十四「椽柱」條引《說文》云：「榱也。秦謂之椽，周謂之榱，齊魯謂之桷。從木彖聲也。」與今本稍異。卷八十二「榱柖」條引云：「秦名爲屋椽，周人謂之榱，齊魯謂之桷。」與今二徐本，許書原文當如是。

楣（楣）　秦名屋櫋聯也。齊謂之檐，楚謂之梠。从木、眉聲〔註170〕。

濤案：《玉篇》引「名」作「謂」，義得兩通。

魁案：以上文「榱」字之訓例之，似作「名」較勝。

櫋（櫋）　屋櫋聯也。从木，邊省聲。

濤案：《廣韻・二仙》引作「屋聯櫋也」，以楣下「秦名屋聯櫋」例之，葢傳寫誤倒，非古本如是。

楯（楯）　闌檻也。从木，盾聲。

濤案：《一切經音義》卷二引有「從曰檻，橫曰楯」六字，今本奪。

〔註169〕許書桷下引《春秋傳》曰：刻桓宮之桷。

〔註170〕「从木、眉聲」今補。

魁案：《古本考》非是。《慧琳音義》卷十五「欄楯」條引《說文》云：「欄檻也。縱曰欄橫曰楯。」欄當作闌。卷五十三「欄楯」條引《說文》：「蘭檻也縱曰欄橫曰楯。」蘭當作闌。似許書有「縱曰欄橫曰楯」六字。然卷四「欄楯」條云：「《說文》：欄也，檻也。王逸注《楚辭》云：縱曰欄橫曰楯。」卷十一「欄楯」條：「《說文》：欄檻也。咸鑒反。王注《楚辭》：縱曰欄橫曰楯。」卷二十「欄楯」條：「《說文》闌檻也。」又云：「王逸注《楚辭》云：從曰檻橫曰楯。」卷二十七「楯」字：「《說文》云：楯，欄檻也。又王逸注《楚辭》云：檻，楯也。縱曰檻橫曰楯。」據此，「縱曰欄橫曰楯」六字非是許書語可知。有《慧琳音義》卷二十一「欄楯」條、卷十四「曲櫺」條下、卷三十二「闌楯」條、卷七十八「欄楯」條、卷八十一「欄楯」所引均與今本同，或有誤「闌」作「欄」者。合訂之，今二徐本不誤，許書原文如是。

櫺（櫺）　楯閒子也。从木，霝聲。

濤案：《一切經音義》卷十四、卷十八皆引作「窗楯閒子也」，葢古本如是。窗與楯皆有霝也，今本奪「窗」字，誤。卷四引「霝，楯閒子也，亦窗櫺子也」，乃後人習見今本無「窗」字，妄改如此，非許君本文如是，恐亦非元應原如是也。

又案：《文選·西都賦》注引同今本，曹植《贈徐幹詩》注引「櫺，窗閒也」，當是崇賢節引，故兩處不同。若《御覽》百八十八則後人據今本改矣。又《文選·曹植〈雜詩〉》注引作「楯欄也」，乃傳寫奪誤。

魁案：《慧琳音義》卷五十九「櫺子」條、卷七十三「櫺窗」條並轉錄《玄應音義》，引《說文》楯上有「窗」字，與沈濤所言同。卷六十二「囪櫺」條、卷九十四「櫺扇」條卷九十六「西櫺」並引作「楯閒子也」，與今二徐本同，卷九十四奪「也」字。又卷八十一「牎櫺」引作「櫺，牎櫺子也」，卷十四「曲櫺」條引作「櫺爲楯閒子也」，卷十五「欄楯」條引作「楯閒子曰櫺」，卷五十三「欄楯」條引作「楯閒子曰櫺子」。據諸引，似玄應所見與慧琳不同，玄應有「窗」字而慧琳無。以本部「櫳，房室之疏也」，「楯，闌檻也」例之，許書原文當無「窗」字，今二徐本不誤，許書原文如是。

𣙙（楣）　限也。从木，屑聲。

楔（楔）　櫼也。从木，契聲。

濤案：《華嚴經音義》下云：「楔，先結切，按《說文》作榍者，古作相形者。」是慧苑所據本有榍無楔矣。然《一切經音義》卷九云：「木榍，又作楔，《說文》楔，櫼也。今江南言櫼，中國言屆。楔，通語也。」則元應所據又似有楔無榍。榍、楔皆許書正字，解各不同，而同爲「先結切」，當是《華嚴經》假楔爲榍，《大智度論》假榍爲楔，故二釋云然。「古作相形」一語疑指榍之古文，而傳寫有誤，不可曉矣。

魁案：《慧琳音義》卷四十六「木榍」條轉錄《玄應音義》，云：「木榍，又作楔，同。《說文》楔，櫼也。今江南言櫼，中國言屆。楔，通語也。」是「又作楔」下尚有一「同」字〔註171〕。卷六十二「如榍」條：「《說文》作楔，云：櫼也。」是唐人視榍、楔爲一字，而許書區別甚明。

楗（楗）　限門也。从木，建聲。

濤案：《文選・南都賦》注引作「距門」，葢古本如是。《禮・月令》：「修鍵閉。」注曰「鍵牡閉牝」，鍵即楗之通假字，从金者即今之銅鎖，从木者即今之木鎖，所以「距門」，「限」字不可通。

又案：《文選・思玄賦》注引「揵，豎也」，許書無揵字，葢即楗字一解。

魁案：《古本考》是。唐寫本《說文解字木部殘卷》〔註172〕有此字，《唐寫本說文解字木部箋異》〔註173〕：「楗，說解第一字爛，存止旁，葢歫字。」歫與距同。《經典釋文》卷二十五楗下作「距門也」，蓋本《說文》。

柵（柵）　編樹木也。从木，从冊，冊亦聲。

濤案：《一切經音義》卷十四、十八皆引作「編豎木也」，卷十九又引作「編

〔註171〕今《一切經音義三種校本刊》之《玄應音義》此條「又作楔」三字下有「同」字，則刻本脱此字。

〔註172〕董蓮池主編《說文解字研究文獻集成》（古代卷第1冊），以下稱《木部殘卷》，作家出版社，2007年。

〔註173〕莫友芝《唐寫本說文解字木部箋異》，簡稱《箋異》，《續修四庫全書》（第227冊），上海古籍出版社，1995年。

堅木者也」，蓋古本作堅〔註 174〕不作樹。《廣韻・二十陌》引作「堅編木」，則傳寫誤「豎」爲「堅」，而又倒其文耳。《玉篇》亦云「編豎木」，可證今本「樹」字之誤。

魁案：《古本考》是。《木部殘卷》：「柵，編豎木也。」《慧琳音義》卷五十六「村柵」條、卷五十九「柵欏」條、卷七十三「寶柵」條轉錄《玄應音義》，三引《說文》皆作「編豎木也」，卷七十三脫也字。又，《慧琳音義》卷七十四「木柵」條與《類聚抄》卷十居處部「柵」下所引亦與前引同。卷六十二「牆柵」條引作「編豎木爲牆也」，「爲牆」二字衍。《希麟音義》卷九「弶柵」條引作「堅木也」，奪編字，又誤豎爲堅。合訂之，許書原文當作「編豎木也」。

𣛒（欜） 夜行所擊者。从木，橐聲。《易》曰：「重門擊欜。」

濤案：《御覽》三百三十八兵部引作「行夜所擊木也」，是古本如是。《九家易》曰：「柝者兩木相擊以行夜也。」《周禮・言正》「夕擊柝而比之」，注云：「莫行夜以比直宿者。」「修閭氏比國中宿互柝者」，先鄭云：「欜謂行夜擊柝。」是當作「行夜」，不當作「夜行」。《孟子》注亦云：「柝，行夜所擊木也。」

又案：本部「榜，判也。从木㡯聲。《易》曰：重門擊柝。」此「《易》曰」六字乃妄人所增，許君偁《易》孟氏，既于「欜」下引《易》矣，必不于「柝」下再引《易》文，自亂其例。且許以欜訓「夜行所擊木」，於柝訓「判」，截然二字異形異義，不得混而爲一。《易・繫辭》釋文云：「柝，《說文》作欜。」可見六朝舊本「柝」下其〔註 175〕《易》語矣。《玉篇》榜字注引《爾雅》「木謂之榜」，亦不引《易》，或許書本引《爾雅》，後人傳寫誤爲《易》邪。

魁案：《古本考》認爲許書原文作「行夜所擊木也」，是也。《木部殘卷》作「夜行所摼木也。从木，橐聲。《易》曰：重門摼欜」。本書《手部》：「摼，斬取也。」則摼當爲擊字之誤。「夜行」，《御覽》引作「行夜」，依古注當作「行夜」，不作「夜行」。桂馥《義證》〔註 176〕引古注甚多，足證許書原文作「行夜」。《段注》亦改作「行夜」。〔註 177〕

〔註 174〕沈濤之意作豎不作樹，刻本誤。

〔註 175〕「其」字據文意當作「有」。

〔註 176〕桂馥《說文解字義證》，上海古籍出版社，1987 年，第 495 頁。

〔註 177〕參梁光華《唐說文解字木部箋異注評》，貴州人民出版社，1998 年，第 23 頁。

楃（楃）　木帳也。从木，屋聲。

濤案：《御覽》七百服用部引曰：「幄，大帳也」，許書無幄，葢即引楃字之訓。《周禮・巾車》釋文云「賈馬皆作幄」，是楃即幄之證。葢古本作「大帳」，不作「木帳」，幕人注：「四合象宮室曰幄」，葢與帳同製而加大者爲楃，與大帳之訓合，淺人以字从木妄改爲木字耳。《廣韻・四覺》幄、楃并列于楃下，引作「木帳」，葢後人據今本改。

魁案：《古本考》非是。《木部殘卷》：「楃，木悵也。」「悵」當爲「帳」之形誤，小徐本亦作「帳」，許書原文當如是。

杠（杠）　牀前横木也。从木，工聲。

濤案：《初學記》二十五器用部引無「横」字，葢傳寫譌奪，非古本如是。《五經文字》所引正與今本同。杠之義爲「横古方橋之杠」（《孟子・离婁》音義引張音），亦以「横木」爲之，「横」字必不可去。《廣韻・四江》但云：「牀前横。」《玉篇》亦云：「杠，又牀前横也。」疑傳寫奪「木」字。

魁案：沈濤懷疑傳寫奪「木」字，非是。《木部殘卷》作「牀前撗也」。《箋異》曰：「杠，牀前撗也。横誤從扌旁。横下二徐本衍木字。《篇》、《韻》亦無。按，横，闌木也。闌，木遮也。言『牀前横』，知是木爲遮闌。《萬象名義》：杠，牀前横也。」張舜徽《約注》亦云：「今二徐本衍木字耳。杠有挺直義，故横者竪者，皆得被以是名。」合訂之，許書原文當作「牀前横也」。

牀（牀）　安身之坐者。从木，爿聲。

濤案：《初學記》器用部、《御覽》七百六服用部皆引作「牀，身之安也」，葢古本如是。《玉篇》引同今本，乃後人據今本改。

魁案：《古本考》非是。《木部殘卷》作「安身之坐也」。小徐本作「安身之几坐也」，「几」字當衍。合訂之，許書原文當如殘卷。《慧琳音義》卷四「牀榻」條、卷七「牀座」並引作「身所安也」，卷十五「施牀」條引作「安身具也」。卷六十一「杙牀」引作「身安」，皆節引。

枕（枕）　臥所薦首者。从木，冘聲。

濤案：《御覽》七百七服用部引曰：「臥爲所薦首者也。」是古本尚有「爲」

字、「也」字，今奪。

魁案：《古本考》非是。《木部殘卷》作「臥頭薦也」。《慧琳音義》引有四條，卷七十四「爲枕」條引作「臥時頭廌也」。卷七十五「作枕」條兩見，其一作「臥頭篤（薦）也」，另一作「顧野王云：臥以頭有所廌（薦）也。《說文》義同，從木冘聲。」卷八十九「相枕」條云：「下針衽反。顧野王云：枕，臥頭有所薦也。《說文》云從木冘聲。」諸引不一，蓋非許書原文。張舜徽《約注》云：「《玉篇》作『臥頭所薦也』，語意較圓，蓋本許書。」其說當是。唐本蓋奪「所」字，上引野王所云「所薦」二字相連，亦當本許書。

櫝（櫝）　匱也。从木，賣聲。一曰，木名。又曰，大梡也。

濤案：《御覽》五百五十一禮儀部引「櫃，匱也」，本書無「櫃」字，乃「櫝」字傳寫之誤。

魁案：《古本考》是。《木部殘卷》作「櫝，匱也。从木，賣聲。」與今二徐本部份相同，許書原文如是。「一曰」以下《木部殘卷》無。

櫛（櫛）　梳比之總名也。从木，節聲。

濤案：《類聚》七十服飾部、《御覽》七百十四服用部、《白帖》十四皆引作「梳枇總名也」，乃傳寫奪「之」字，《一切經音義》十三引同今本可證。

魁案：《古本考》是。《木部殘卷》與今二徐本同，許書原文如是。《慧琳音義》卷五十二「櫛梳」條轉錄《玄應音義》，引同今本。卷八十五、九十一「櫛比」條、卷九十五「櫛梳」三引亦同今二徐本。卷七十九「持櫛」及《類聚抄》卷十四調度部中所引亦奪「之」字，卷八十四「懸櫛」條梳下奪「比」字，「名」下奪「也」字。

梳（梳）　理髮也。从木，疏省聲。

濤案：《一切經音義》卷四引「梳，理髮者也」，是古本多一「者」字。葢梳之本義爲理髮之器，因而理髮亦謂之梳，乃引伸之義，淺人刪去「者」字，誤矣。又《一切經音義》卷十三、《廣韻・九魚》引皆無「者」字，乃傳寫偶奪。

魁案：《古本考》是。《木部殘卷》作「理髮者也」，許書原文當如此。《慧琳音義》卷五十二「櫛梳」條轉錄《玄應音義》，亦奪「者」字。

槈（槈）　**薅器也。从木，辱聲。鎒或从金。**

濤案：《一切經音義》卷八、卷二十一引作「除田器也」，蓋古本如是。除「讀爲糞除之除」，爲「除去田草也」。《易・繫辭》釋文引孟注云：「耨，除草。」《淮南・泛論訓》注云：「耨耨，除苗穢也。」皆與除田義合，今本作「薅器也」，案，薅訓「拔去田草」，亦即「除田」之義。《國語・晉語》注云：「耨茠（古文薅字）也。」《釋名・釋用器》云：「耨以鋤嫗薅禾也。」耨與薅皆从辱，同聲，薅器之訓，其義甚精。《玉篇》及《廣韻・五十候》亦引云：「薅器也。」與今本同，亦必古本如是，非二徐妄改，乃元應所據本不同，義得兩通。《玉篇》又有「《國語》曰：挾其槍刈耨鎛」九字，亦許書引外傳語而今本奪之。

魁案：《古本考》非是。《木部殘卷》作「槈，薅器也。」《慧琳音義》卷七十六「耰耨」條引《說文》云：「薅器也。從耒辱聲也。」《說文・耒部》無「耨」篆，慧琳此釋「耨」字當爲從木之「槈」字。《廣韻・候韻》以槈、鎒、耨爲異體，槈下釋云：「《說文》曰：薅器也。」「耨」下引《五經文字》云：「經典相承从耒久故不可改。」據此，慧琳所釋當爲槈字。今二徐本亦同，許書原文當如此。

枱（枱）　**耒耑也。从木，台聲。鈶或从金。辝籀文从辝。**

濤案：《齊民要術》引「耜（即枱之別，經典通用耜字），耒端木也」，是古本多一「木」字。《禮・月令》注云：「耜者耒之金也。」《周禮・匠人》注云：「今之耜，歧頭兩金，象古之耦也。」《莊子》釋文引《三蒼》云：「耜，耒頭鐵也。」是耜皆用金，許何以云「耒耑木」，蓋古人制器之始田器皆用木，後乃易之以金，故耨爲「鉏屬」，而字从木，耜訓爲臿而字从木，苿爲兩刃臿，而字从木，欘訓爲斫而字从木。造字厥初，其義如是，故《易》稱「斲木爲耜」，明古耜本用木也，其从金之鎒，从金从于之釪，从金之鈶皆後起之字，故許君稱「或體」以別之，後人疑耜無用木者，遂刪去注中「木」字，誤矣，二徐之無識如此。

又案：本部「梠，臿也。从木目聲。一曰徙土輂，齊人語也。臣鉉等曰：今俗作耜。」似耜非枱之別體矣。然耜雖「臿屬」（《淮南・泛論訓》注）而耒端實爲耜之本訓，大徐雖無識，不應不知耒、耜同物。竊意訓耒耑者「从木㠯聲」，訓臿者从木台聲，後人傳寫二篆互易，遂將大徐案語移於彼注之下，而其說不可通矣。重文亦當从金㠯聲。《廣雅・釋器》：「鋁謂之鋌。」即此字也。

魁案：《古本考》甚是。《木部殘卷》正作「耒端木也」，端同耑。許書原文當如是。

欘（欘）　斫也，齊謂之鎡錤。一曰，斤柄，性自曲者。从木，屬聲。

濤案：「鎡錤」俗字，《爾雅・釋器》釋文引作「茲箕」，《御覽》八百二十三資產部引作「茲基」，是古本皆不作「鎡錤」。《說文》無錤字，箕即其字之重文。《國語・周語》注云「耨，茲其也」，是正當作「茲其」，《孟子》作「茲基」，乃「茲其」之假借。《御覽》引作「基」字，亦涉《孟子》而誤也。《齊民要術》引作「鎡其」，亦係傳寫之誤，非古本如是。

又案：《爾雅・釋器》：「斪斸謂之定。」釋文云：「斸，本或作欘。《說文》：齊謂之茲箕。一曰斤柄自曲。」段先生曰：「據陸氏以《說文》語系之『或作欘』之下，則《說文》有欘無斸可知。今本《斤部》出斪、斸二篆，皆云『斫也』。夫《爾雅》斪、斸本一物，安得二之。且《攷工記》注引《爾雅》作『句欘』，又《爾雅音義》云：『斪本或作拘。』是則句、拘皆訓曲，不爲別一器名也。《斤部》斪、斸二篆，淺人依俗本《爾雅》增之。」濤案，《說文》即有「斸」字，亦應爲「欘」之重文，不應別出《斤部》，段先生之論確不可易。《齊民要術》引「斸，斫也」，乃後人以通用字傳寫，猶梠之作耜，非北魏本如是。又《齊民要術》引「者」下有「也」字，葢古本如是。元朗引「斤柄自曲」四字乃檃括之語，非全文也。

魁案：《木部殘卷》同今二徐本，許書原文當如是。「鎡錤」二字古音均在之部〔註178〕，屬疊韻連綿詞，字無定寫。

柶（柶）　《禮》有柶。柶，匕也。从木，四聲。

濤案：《御覽》七百六十器物部引《說文》：「柶，匕也，所以取飯。」攷柶

〔註178〕郭錫良《漢字古音手冊》（增訂本），商務印書館，2010年，第92、106頁。

之製有木有角，「士喪禮」用「木柶」，「士冠禮」用「角柶」（士喪禮亦有角柶，其形與扱醴角柶制別，非士冠禮之角柶也）木柶列東方之饌，中即所云「所以取飯」者也。許書古本有此四字，「木柶」用取飯，「角柶」則否，柶之本義爲「木柶」，許君著此四字者，釋所以从木之恉也。

魁案：《古本考》是。《類聚抄》卷十四調度部中匙下引《說文》云：「匕，所以取飯也。」《木部殘卷》作「柶，《禮》有柶。柶，上也。从木，四聲。」「上也」當是「匕也」之誤。合訂之，許書原文當作「柶，《禮》有柶。柶，匕也。所以取飯也。」

（桮）　**䃺也。从木，否聲。籒文桮。**

濤案：《御覽》七百五十九器物部引《說文》曰：「桮、䃺，小桮也。」本書《匚部》「䃺，小桮也」，此《御覽》因桮、䃺同物，故取《木部》桮、《匚部》䃺兩訓合并引之，非古本如是也。《篇》、《韻》所引皆同今本可證。

魁案：《古本考》是。《木部殘卷》作「桮，一䃺也。」較今本多一「一」字，張文虎在《木部箋異》跋中注曰：「唐本『桮，一䃺也。』今本及《篇》、《韻》皆無『一』。『一䃺』無義。《匚部》：『䃺，小桮也。』則桮爲大䃺，疑有脫畫。」此說有一定道理。

（枓）　**勺也。从木，从斗。**

濤案：《史記・趙世家》正義引作「鉤也」，蓋「勺」字傳寫誤爲「句」，又因「句」誤爲「鉤」耳，非古本如是。

魁案：《古本考》是。《木部殘卷》作「枓，勺也。从木，斗聲。」「斗聲」大徐作「從斗」，小徐本與《韻會・七麌》所引同，作「斗聲」。合訂之，許書原文當作「勺也。从木斗聲」。

（杓）　**枓柄也。从木，从勺。**

濤案：《一切經音義》卷四引作「北斗柄也」，北字恐是誤衍，非古本如是。《史記・天官書》索隱引無北字可證。《史》、《漢》皆云：「杓槜龍角，魁枕參首。」北斗一至四爲魁，象羹枓，五至七爲杓，象枓柄，是北斗星柄之名爲杓者，以象羹枓之柄而言，是杓之本義爲羹枓之柄，而非星斗之柄明矣。且《詩》

言「維北有斗」，古人言北斗者，但謂之斗，是即以星斗而言，亦不應有「北」字。

魁案：《古本考》認為「北」字誤衍，是也。《慧琳音義》卷九十八「斗杓」條引《說文》云：「亦斗柄也。從木勺聲。」斗與枓同。《木部殘卷》亦作「杓，枓柄也。从木勺聲。」無「北」字。又，今本「從勺」，唐本、小徐本、慧琳與《韻會》卷六所引均作「勺聲」，則今本大徐非是。合訂之，許書原文當作「杓，枓柄也。从木勺聲。」

（櫑）　龜目酒尊，刻木作雲雷象。象施不窮也。从木，畾聲。罍櫑或从缶。𥁎櫑或从皿。𤮚籀文櫑。

濤案：《御覽》七百六十一器物部引《說文》：「罍，龜目酒尊也。刻木為雲雷，象其施不窮。」蓋古本不重「象」字，施上有「其」字，此文本以雷（《御覽》作罍）字絕句，後人誤以「象」字絕句，以「其施不窮」語為不詞，遂妄重「象」字，刪一「其」字，又以「尊」下「也」字加「窮」字之下，皆誤。又《廣韻・十五灰》引「雲雷」下尚有「之」字，餘皆同今本。如有「之」字則仍以「象」字絕句，而重「象」下「其」字亦不可少。《廣韻》為宋人所修，非盡陸氏、孫氏之舊，終當以《御覽》所引為可據。

魁案：《古本考》可從。《木部殘卷》作「櫑，龜目酒罇，刻木為雲雷，象施不窮。从木畾，畾亦聲。罍，櫑或從缶。𥁎，櫑或從皿。𤮚，籀文櫑或從缶回。」《箋異》云：「罇，小徐作『樽』；大徐作『尊』，是。《說文》無罇、樽。『為』，二徐作『作』。『象』下大徐多一『象』字。『不窮』下二徐有『也』。『畾亦聲』，小徐少『畾』字，大徐少『畾亦』二字。」莫氏肯定大徐作「尊」，言之有理。「為」字二徐作「作」，竊以為唐本是，許書少言作字。大徐衍象字，小徐與唐本同。二徐「不窮」下均有也字，可從。「畾亦聲」當從唐本。合訂之，許書原文當作「櫑，龜目酒尊，刻木為雲雷。象施不窮也。从木畾，畾亦聲。」

（櫎）　所以几器。从木，廣聲。一曰，帷，屏風之屬。

濤案：《文選・吳都賦》注引無「風之」二字，乃傳寫偶奪，《御覽》六百九十九服用部引同今本可證。

魁案：《古本考》是。《木部殘卷》作「櫎，所以几器也。从木，廣聲。一曰帷也，屏風屬。」今本器下少「也」字，許書原文當以唐本爲是。唐本「帷」字當「帷」字之誤。

（檷）　絡絲檷。从木，爾聲。讀若柅。

濤案：《易・姤》釋文云：「柅，《說文》作檷，云：絡絲趺也。讀若昵。」《篇》、《韻》皆作「絡絲柎也」，「柎」即」趺」字，是古本檷作柎，昵作昵，又當有引《易》語，今多誤奪。《御覽》八百二十五資產部引與今本同，葢後人據今本改。

又案：古《周易音訓》引鼂氏曰：「陰云：（謂唐陰宏道，宏道有《周易新傳疏》十卷，見《唐書藝文志》）許氏《說文》、呂氏《字林》曰：檷，絲趺也。」乃傳寫奪一「絡」字，而其作「趺」不作「檷」則同。下文云：「案絡絲之器，今關西謂之絡垛，梁益之間謂之絲登，其下柎即柅也」，是陰氏引《說文》本有「絡」字之證。

（機）　主發謂之機。从木，幾聲。

濤案：《一切經音義》卷七引「機，射發也。機，主發之機也」，卷九、卷十一〔註179〕引「機，主發之機也」，《文選》、《後漢書・光武紀贊》注引「機，主發之器也」，皆與今本不同。《廣韻・八微》引與今本同，葢古本作「機，射發也，主發謂之機」。《音義》十一引「主發謂之機也」，今本奪「射發也」三字耳。元應書卷七所引爲備，餘皆有所節取。《易・繫傳》釋文引李注亦云：「弩牙曰機。」是機本射發之機，而凡主放發者皆謂之機，如門戶之樞機，織具之機杼，皆以「放發」而名，乃引申之也。

魁案：《古本考》非是。《慧琳音義》所引分兩類：(1)慧琳轉錄《玄應音義》：卷四十六「機會」條引《說文》作「主發之機也」。卷五十六「機發」條引同《玄應音義》卷七沈濤所引。(2)慧琳所引：卷三、卷七「機關」條、卷四「稱機」、卷十一「循機」條、卷六十六「機黠」俱引《說文》與今二徐本同。合訂之，今二徐本不誤，許書原文當如是。《慧琳音義》卷二十九「根機」條、卷三十三

〔註179〕「十一」二字今補。

「機關」引作「主發動者謂之機」，當衍「動者」二字。卷三十一「機發」條引作「射發。機音機發之機也。」亦有譌誤。卷八十三「逗機」條引作「發也」、卷九十一「扣玄機」條引作「生（主）發也」，皆節引。

杼（杼）　機之持緯者。从木，予聲。

濤案：《一切經音義》卷十五、卷十七皆引作「機持緯者」，是古本無「之」字。上文「滕，機持經者」，下文「椱，機持繒者」皆無之字，則此處「之」字誤衍。《詩・大東》正義引作「持緯者也」，奪一「機」字，釋文引作「盛緯器」，恐是傳寫有誤，非所據本不同也。

魁案：《古本考》是。《木部殘卷》作「杼，機持緯者也。从木，予聲。一曰柧削木」。許書原文當如是。《慧琳音義》卷四十三「機杼」引作「機持緯也」，奪者字。卷七十四「以杼」條轉錄《玄應音義》，引作「機緯者」奪持字也字。卷八十二「杼軸」條引作「持機緯也」，「持機」誤倒又奪者字。《希麟音義》卷五「機杼」條引作「持縷也」，乃奪機字者字，又誤緯爲縷。《類聚抄》卷十四調度部中「杼」下所引亦衍「之」字。《木部殘卷》又有「一曰柧削木」五字，此二徐並無。莫氏《箋異》考證後認爲「二徐逸之，他徵引亦不及，尤可貴」，可從。

棧（棧）　棚也。竹木之車曰棧。从木，戔聲。

濤案：《玉篇》引「棚也」下有「一曰」二字，蓋古文如是〔註 180〕。上文「棚，棧也」，棚、棧互訓。《廣韻》「棧，閣也」，《通俗文》曰「板閣曰棧，連閣曰棚」，皆與「竹木之車」無涉，故許稱一曰以通異義。《玉篇》此下又引「《詩》曰：有棧之車」，疑亦許書本文。《周禮・攷工記》注：「不革輓而桼之曰棧車。」即竹木之謂，淺人妄刪「一曰」二字，並刪偁《詩》之語，幾疑「竹木之車」即棚矣。

又案：《文選・赭白馬賦》注引「棧，櫪也」，是又一訓，今奪。

魁案：《古本考》認爲《玉篇》所引爲許書原文，是。《木部殘卷》與今二徐本同。莫氏《箋異》曰：「棧，《玉篇》引云：『棧，棚也。一曰竹木之車曰棧。

〔註 180〕「文」字當作「本」。

《詩》曰：有棧之車。』比二徐及《唐本》多『一曰』及引《詩》凡八字。蓋梁本也，可據補。」此說是也。《慧琳音義》卷五十八「食棧」條、「葦棧」條、卷六十三「棧之」條、卷七十四「梁棧」條俱引只有「棚也」一訓。《文選》注引不足據。

𣓃（栫）　以柴木壅也。从木，存聲。

濤案：《文選・江賦》注引曰：「栫，以柴木壅水也。」蓋古本有「水」字，今奪。《玉篇》亦云：「以柴木壅水也」。

魁案：《古本考》非是，許書原文無「水」字。《木部殘卷》作「栫，以柴木𩀌也。从木，存聲。」無水字。《類聚抄》卷十居處部籬下附栫字引《說文》云：「栫，以柴壅之。」亦無「水」字。《段注》云：「此不獨施於水，無水爲長也。」唐本「𩀌」字與大徐不同，小徐作壅。《箋異》云：「𩀌，壅之隸變。」《集韻・鍾韻》：「壅，通作雝。壅，通作邕雝。」《段注》亦云：「雝者，今之壅字也。」

𣓃（棖）　杖也。从木，長聲。一曰，法也。

濤案：《一切經音義》卷十九引「杖」作「材」，乃傳寫之誤。

魁案：《古本考》是。《慧琳音義》卷四十九「棖上」條、卷七十四「塔棖」並轉錄《玄應音義》，引《說文》作「材也」，皆非。《木部殘卷》作「棖，杖也。从木，長聲。一曰法。」《文選・靈光殿賦》李善注引《說文》亦作「棖，杖也」。《木部殘卷》法下當脫「也」字，今二徐本同，許書原文如是。

𣓃（桊）　牛鼻中環也。从木，𠔉聲。

濤案：《一切經音義》卷四、卷十二、卷十三引作「牛鼻環也」，蓋古本無「中」字。《玉篇》亦云「牛鼻環也」。

魁案：《古本考》非是。《慧琳音義》卷三十一「牛桊」條轉錄《玄應音義》，引同沈濤所引。卷五十二「拘紖」亦轉錄，亦同沈濤所引。《木部殘卷》與二徐同，當爲許書原文。

𣓃（椯）　箠也。从木，耑聲。一曰，椯度也。一曰，剟也。

濤案：《五經文字》「箠」作「捶」。案，《手部》「揣，一曰捶之」，則「捶」乃假借字，今本作箠用正字也。古人从木从手之字每相亂。《手部》「揣，量也，度高曰揣」，則「揣度」乃从手之訓，淺人見當時揣度字有从木者，因妄竄五字於此，應刪。

魁案：《古本考》認爲「一曰椯度也」五字妄竄於此，非是。《木部殘卷》作「椯，箠也。从木，耑聲。一曰椯度高下。一曰剟。」今二徐本同，唯奪「高下」二字，唐本剟下當有「也」字。合訂之，許書原文當作「椯，箠也。从木，耑聲。一曰椯度高下。一曰剟也。」

橜（橜）　弋也。从木，厥聲。一曰，門梱也。

濤案：《一切經音義》卷□、《廣韻・十月》皆引「橜，杙也」，是古本有作「杙」者。杙爲「劉杙」本字，而經典通假爲「橜弋」之弋。猶樴訓爲弋，而《爾雅・釋宮》亦作「杙也」，弋、橜互訓（弋下曰橜也），究當以作弋爲正。

又案：《列子》釋文引「厥，木本也」，是古本有「一曰木本也」五字。《列子・皇帝篇》〔註181〕：「吾處也，若橛株駒。」注引崔譔云：「橜株駒，斷樹也。」斷樹正木本之義，今人猶以斷木爲橜。

又案：《莊子・達生篇》作「橛株拘」，釋文云「本或作橛」，又引李注云「厥，豎也，豎若株拘也」，是李本作厥，故訓爲豎，若作橛即不得訓豎。其實厥即橛之省文，橛株雙聲（《玉篇》橛株，山名），自當是從崔注訓「斷樹」爲是。

魁案：《古本考》認爲當以作「弋」爲正，是；認爲有「一曰木本也」五字則非。《木部殘卷》亦作「橜，弋也。从木，厥聲。一曰門梱」，與今二徐本同，梱下當有「也」字。《慧琳音義》卷三十八「鐵橛」條引《說文》亦作「弋也」。卷四十二「鐵橜」條引作「杙也」，非本字。合訂之許書原文當作「橜，弋也。从木，厥聲。一曰門梱也。」又，沈濤《古本考》所引《玄應音義》卷次原闕，今檢《玄應音義》卷八「剛橜」下引《爾雅》云：「橜謂之杙。」

棓（棓）　棁也。从木，音聲。

〔註181〕據《校勘記》，「皇」字抄本作「黃」。

濤案：《一切經音義》卷十六云「大棒，又作棓，《說文》：棒，大杖也。」許書無棒字，棒乃棓之誤。卷二引「棓，棁也。謂大杖也」，此處亦應如是，傳寫奪「棁也謂」三字耳。卷二十引「棓，棁也」，知元應所見與今本同。「謂大杖也」四字當是庾氏注中語，棁本訓「大杖」，說詳棁字下。

魁案：《古本考》是。《木部殘卷》作「棓，棁也。」與今二徐本同。《慧琳音義》卷七十五「棓木」條轉錄《玄應音義》引同今二徐本，則今二徐本不誤，許書原文如是。卷三十八「晝焰摩羅棓」作「大杖也」，當他書所訓冠以許書之名，非許書之辭。

椎（椎）　擊也。齊謂之終葵。从木，隹聲。

濤案：《御覽》七百六十三器物部引「終葵」作「柊楑」，注曰：「音終音葵」，似古本作「柊楑」矣。然本書無「柊楑」字，《考工記》亦作「終葵」不作「柊楑」。惟《廣雅·釋器》云：「柊楑，椎也。」是「柊楑」乃晉以後俗字，六朝《說文》本或有从俗作「柊楑」者，故修文殿書引之（《御覽》所引唐以前書皆本修文殿《御覽》），不可從《禮記·玉藻》正義引作「玉椎擊也，齊人謂之終葵首」，「玉」字誤，「首」字亦涉注文而衍。

魁案：《慧琳音義》卷十、卷四十一「椎打」條、卷十六、卷二十七「椎鍾」條、卷六十一「椎葦」條及《希麟音義》卷四「棱椎」條俱引《說文》作「擊也」，與今二徐本同，許書原文如是。卷七十九「椎拍」條引作「擊物椎也」，當有衍文。又，「終葵」當是連綿詞，詞無定字，以音表意。

棁（棁）　木杖也。从木，兑聲。

濤案：《後漢書·禰衡傳》注引作「棁，大杖也」，葢古本如是。今本作木者誤。上文「棓，大杖也」，《淮南·詮言訓》「羿死于桃棓」，《御覽》三百五十七兵部引許慎注云「棓，大杖也」，是棓、棁皆爲「大杖」，顏師古《急就篇》注「棁，小棓」，誤也。

魁案：《古本考》認爲許書原文作「大杖也」，是。《木部殘卷》作「大杖也」，《玄應音義》卷十六，《韻會》並引作「大杖」。《古本考》認爲棓亦爲「大杖」則非。見上棓字條。

（櫽）　括也。从木，隱省聲。

濤案：《玉篇》及《廣韻・十九隱》引篆體作「檃」，不省「心」字，葢古本如是。《韻會》亦作檃，引作「隱聲」，無「省」字，則小徐本尚不誤也。

魁案：《木部殘卷》與今二徐本同，則許書原文當如此。

（臬）　射準的也。从木、从自。

濤案：《文選・東京賦》注引「臬，射埻的也」，葢古本如是。《土部》「埻，射臬也」，二字互訓，今本作「準」，誤。

又案：大徐引李陽冰曰：「自非聲，从劓省。」是古本作「自聲」矣。今本葢大徐以爲非聲而改之。

魁案：《古本考》認爲許書原文作「自聲」，是也。《木部殘卷》作「臬，䠶準的也。从木自聲。」小徐本作「射準的也。從木自聲」，並作「自聲」，則今大徐作「从自」者誤。射字，《木部殘卷》作「䠶」，同。準字，唐本及二徐本同，唯《文選》注所引作「埻」，沈濤以互訓之例認爲乃許書原文，可備一說。又，《六書故》卷二十一所引亦作「準」，似作準較勝。《類聚抄》卷四術藝部「的」字下引《說文》云：「臬，射的也。」當有脫誤。

（櫓）　大盾也。从木，魯聲。樐或从鹵。

濤案：《史記・陳涉世家》索隱引「櫓，大楯也」，乃傳寫誤加「木」旁，非古本如是。楯爲「欄楯」，非此之用。

又案：《後漢書・公孫瓚傳》注引「櫓，露也，上無覆室」，乃《釋名・釋宮》語，傳寫誤爲《說文》。

又案：《左氏》成十六年傳正義引「櫓，澤中守草樓也」，此乃「樔」字之說解，傳寫誤「樔」爲「櫓」耳。杜注云：「巢車車上爲櫓」，亦當作「車上爲樔」，惟「車上爲樔」所以謂之「巢車」，巢即轈字之省。《正義》「巢與櫓俱是樓之別名」當作「轈與樔俱是樓之別名」，或據以疑今本有誤，非也。

魁案：《古本考》是。《木部殘卷》作「櫓，大盾也。从木，魯聲。樐，櫓或从鹵聲。」許書原文當如此，今大徐本或體下當奪「櫓」、「聲」二字。又，《慧琳音義》卷二十「樓櫓」條、卷五十三「樓櫓」條並引作「大盾也」。卷三十八「樓櫓」條引作「楯也」，非是。

樂（樂）　五聲八音總名。象鼓鞞。木，虡也。

濤案：《爾雅·釋樂》釋文云：「樂，《說文》云：總五聲八音之名。象鼓鞞之形。木其虡也。」蓋古本如是。今本奪「之」「形」「其」三字，誤。「總五聲八音之名」疑當作「五聲八音之總名」，傳寫誤倒。今本亦奪「之」字，《一切經音義》卷六亦引「五聲八音總名樂也」，知「總」字不得在「五」字之上。

又案：《御覽》四百六十八人事部引「樂，極也，歡也」，此蓋傳寫譌誤，當作「樂，歡極也」，樂本音樂總名，引申之則爲歡樂之樂，故古本有「一曰歡極也」五字。

又案：《類聚》四十一樂部、《書鈔》樂部皆引作「五聲八音總也」，乃檃括節引，非古本如是。

魁案：《古本考》認爲許書原文當作「五聲八音之總名。象鼓鞞之形。其虡也」，可從。《木部殘卷》作「樂，五聲八音愡名。象鼓鼙之形；木，其虡也。」許書原文當如是，愡與總同。今二徐本並誤「鼙」作「鞞」，又奪「之形」、「木」、「其」四字。《慧琳音義》卷二十七「作樂」條引作「五聲八音總名爲樂」，亦非許書原文。

枹（枹）　擊鼓杖也。从木，包聲。

濤案：《文選·西征賦》注引「枹，鼓椎也」，《王元長〈曲水詩序〉》注引「桴，鼓柄也」，《一切經音義》卷三、卷四引「桴，擊鼓柄也」，卷十八及《左氏》成二年正義又引同今本。桴即枹之假借，椎、杖義得兩通，「柄」字恐傳寫有誤。

魁案：《古本考》非是。《木部殘卷》作「枹，繫鼓柄也」，繫乃擊字之誤。《慧琳音義》卷三十一、八十四「枹鼓」條、卷三十三「枹打鼓」條、卷九十五「枹加」條俱引《說文》作「擊鼓柄也」，當是許書原文，今大小徐作「杖」者非。《慧琳音義》卷二十九「以枹」條引作「擊鼓椎也」，卷九十四「操枹」條引作「擊鼓搥也」並誤。卷一百「以枹」條作「擊鼓杖柄也」，乃衍杖字。

槧（槧）　牘樸也。从木，斬聲。

濤案：《御覽》六百六文部引作「牘，牒也」。案，《片部》「牘，書板也」，

「牒，札也」，古槧、牘、牒、札同物，大者爲槧爲牘，小者爲札爲牒。下文札訓爲牒，則槧應訓爲牘，不應兼訓爲牒，是《御覽》「牒」字乃傳寫之誤，今本「樸」字不誤。樸訓素、牘樸云者，葢書板之未書者耳。

魁案：《古本考》是。《木部殘卷》、《慧琳音義》卷十「握槧」條、卷八十七「之槧」條及《希麟音義》卷五「握槧」所引《說文》俱同今二徐本。卷八十二「握槧」條所引誤樸爲「獛」，卷九十「鈆槧」條、卷九十九「鉛槧」條並誤樸爲「撲」，皆形似而誤。

（檄）　**二尺書也。从木，敫聲。**

濤案：《後漢書·光武紀》注引云「檄，以木簡爲書，長尺二寸謂之檄，以徵召也」，葢古本如是。今本妄加刪節，又改「尺二」爲「二尺」，尤不可通矣。《韻會》據小徐本作「尺二」，可見古本不作「二尺」。又《史記》張儀、淮陰二傳索隱、《一切經音義》卷十、《御覽》五百九十七文部、《類聚》五十八雜文部、《廣韻·二十三錫》、《玉篇》皆引同今本，疑後人據今本改。

又案：《龍龕手鑑》引「二尺」作「三尺」，乃傳寫之誤，惟《手鑑》載入《手部》云：「又苦弔反，旁擊也。」葢六朝唐人从木从手之字每相亂，行均所見之本、此本从手，遂誤認檄、擻爲一字，不可從。

魁案：《古本考》非是。《木部殘卷》及《慧琳音義》卷四十九「符擻」並與今二徐本作「二尺書」，少一「也」字，則許書原文當如此。《希麟音義》卷十「羽檄」條引作「三尺書也」，乃誤二爲三。

（棨）　**車歷錄束交也。从木，敊聲。《書》**〔註 182〕**曰：「五棨梁輈。」**

濤案：《玉篇》引無「束交」二字，葢古本如是。《詩·秦風》毛傳曰：「棨，歷錄也。」正許君所本。傳又曰：「一輈五束，束有歷錄。」正義曰：「恐易折以皮束之，因以爲飾也。」「歷錄」葢即文飾之意，漢時恒語，不必更言「束交」以明之。或謂「束交」上當重「歷錄」二字，亦知此二字誤衍之，不可通耳。

魁案：《古本考》作「車歷錄束交也」，從小徐本；大徐本「束交」作「束

〔註 182〕據《校勘記》，「書」字抄本作「詩」，是。

文」。《木部殘卷》與小徐本同，《韻會》卷二十五所引與大徐同。沈濤據《玉篇》所引認爲許書原文無「柬交」二字，似可從。張舜徽《約注》認爲此「二字初爲後人附注之辭，輾轉傳寫，遂竄入正文耳」。

榷（榷）　水上橫木，所以渡者也。从木，隺聲。

濤案：《御覽》卷七十三地部引《說文》「水上橫木，所以度也」，亦曰：「彴，今謂之署彴」，葢古本如是，今本譌奪殊甚。

魁案：《古本考》非是。《木部殘卷》與《慧琳音義》卷八十四「楊榷」條所引並作「水上橫木，所以渡也」，許書原文當如是。今二徐本同，並衍「者」字。《御覽》「亦曰」之辭與許書此訓無涉。《類聚抄》卷十居處部橋下引《說文》云：「水上橫木，所以渡也。」當是榷字之訓。

橋（橋）　水梁也。从木，喬聲。

濤案：《類聚》九水部引作「水橋也」，乃傳寫有誤，非古本如是。下文「梁，水橋也」，二字互訓，則此解不應作水橋，今本不誤。

魁案：《古本考》是。《木部殘卷》與今二徐本同，許書原文如是。《慧琳音義》卷二十九「橋�院」條引《說文》奪一「水」字。

梁（梁）　水橋也。从木，从水，刅聲。古文。

濤案：《白帖》十屋室〔註183〕部引「梁，欂櫨也」，「欂櫨」乃本部「格」字之解，而白氏引于梁條下，則非傳寫之誤，當是古本一曰以下之奪文。

魁案：《古本考》非是。《木部殘卷》與今二徐本同，許書原文當如此。《白帖》所引蓋有竄誤。

椶（椶）　船總名。从木，叜聲。

濤案：《初學記》二十五〔註184〕器用部引「總名船曰艘」，即臣鉉等所謂「今俗別作艘也」，《文選・吳都賦》注引亦作「艘」，皆別字。

又案：《初學記》此條前引「舟言周流也，船言循也，循水而行也。其上屋

〔註183〕「屋室」二字刻本缺，據《校勘記》補。

〔註184〕「二十五」三字今補。

曰廬，重室曰飛廬。又在其上曰雀室，言於中候望若鳥雀之驚視也」，皆《釋名·釋船》之文。惟「總名船曰艘」一語乃引《說文》耳，徐氏書往往將《爾雅》、《釋名》、《說文》等書一條并引，致傳寫者皆誤爲《說文》。

魁案：《古本考》是。《木部殘卷》作「梭，船揔名也。从木，叜聲。」揔與總同。《慧琳音義》卷六十一「船艘」條：「正體從木作梭，《說文》船之總名也。從木叜聲也。」卷八十三「万梭」條引作「船總名也」。合訂之，許書原文當作「船總名也」，今二徐本奪「也」字，《慧琳音義》卷六十一衍「之」字。

欚（欚）　江中大船名。从木，蠡聲。

濤案：《初學記》二十五器用部引「江中舟曰艬」，艬亦欚字之俗。

魁案：《古本考》認爲艬乃欚字之俗，是。此與梭作艘同。《木部殘卷》作「欚，江中大船也」，本部「橃」二徐本並訓「海中大船」，《木部殘卷》作「海中大船也」，以此例之，許書原文當如唐本《殘卷》，二徐本作「名」者誤。

校（校）　木囚也。从木，交聲。

濤案：《漢書·趙充國傳》注師古引《說文》云：「校，木囚也」，亦謂「以木相貫遮闌禽獸也」，是古本有「一曰以木相貫」云云，今本奪。

魁案：《古本考》非是。「以木」以下乃師古續申之辭，非許書之文。又，《木部殘卷》作「校，木田也」，莫氏《箋異·謹述》詳加考證，認爲唐本較勝，可從。

采（采）　捋取也。从木，从爪。

濤案：《五經文字》作「從爪下木」，蓋古本如是，今本微誤。

魁案：《古本考》非是。《慧琳音義》卷三十四「采蓮」條引《說文》作「從爪從木」，與今大徐本同。今小徐本作「從木爪」，《木部殘卷》作「从爪木」。張舜徽《約注》云：「此篆從爪在木上，與『采』從爪在禾上同意。《唐寫本木部殘卷》作『從爪木』，與《禾部》『采』下所云『從爪禾』，語例正同。今本大徐本作『从木从爪』，小徐本作『從木爪』，皆不如《唐寫本》『從爪木』於義爲長，宜據改正。」張氏此說甚確。《五經文字》雖於意無別，但非許書原文。

𣏟（柿）　削木札樸也。从木，市聲。陳楚謂櫝爲柿。

濤案：《一切經音義》卷十三引「削朴」，卷十五、卷十六引「削朴也」，卷十八引「削木朴也」，三引微有不同，以卷十八所引爲完具，樸皆作朴，葢古本如是。柿之義謂木皮，於字當作朴，「樸，木素也」，非此之用。今本札字亦衍。元應書卷十三引《說文》後又引《蒼頡篇》：「柿，札也」，則訓札者乃《蒼頡》非《說文》，朴本訓札（《一切經音義》引《說文》，說詳朴字下），言朴不必更言札矣。

又案：《文選・馬汧督誄》注引作「削柿也」，恐傳寫有誤，非崇賢所據本不同。

又案：元應書卷十八引「木朴也」下有「江南名柿，中國曰札，山東名朴」十二字，當是庾氏《演說文》語。

魁案：《慧琳音義》卷五十八「木札」條、卷六十五「木柿」條並轉錄《玄應音義》，下引《說文》並作「削朴也」，卷七十三「木柿」條亦轉錄，引《說文》作「削木朴也」，與沈濤所言同。《木部殘卷》作「柿，削木朴也。从木，市聲。陳楚謂之櫝柿。」則許書原文當作「削木朴也」，《古本考》是。又，唐本「謂之櫝柿」，大徐、《集韻》作「謂櫝爲柿」，小徐、《韻會》卷二十作「謂之札柿」。徐鍇在「陳楚謂之札柿」下注云：「札即木牘也。」張舜徽《約注》云：「今大徐本牘譌爲櫝。《六書故》猶未誤也，可據訂正。削木之柿，今爲木皮，形與簡牘相似，故陳楚即謂牘爲柿。」此說有據。合訂之，許書原文此訓當作「陳楚謂牘爲柿」。

𣞀（横）　闌木也。从木，黃聲。

濤案：《後漢書・儒林傳》注引《說文》曰：「黌，學也。」黌與横同，今許書無黌字，疑古本黌爲横之重文，其訓在重文黌下，作「一曰學也」，今本爲二徐妄刪之矣。

魁案：《古本考》非是。《木部殘卷》作「横，闌木也。从木，黃聲。」《慧琳音義》卷五十九「横郭」條引《說文》作「闌木也」，皆與今二徐本同，許書原文當如是。卷十一「縱横」條引作「横，欄木也，從木黃聲也」，欄字當作闌。

朾（朾）　橦也。从木，丁聲。

濤案：《一切經音義》卷六引《說文》：「打以杖擊之也。」《手部》無打字，疑即朾字之別體，葢六朝从手从木之字相亂也。嚴孝廉曰：「橦字必誤，橦，帳極也。非字次，據言以杖，知必從木。」其說甚確。

魁案：《古本考》是。《木部殘卷》作「朾，撞也。从木，丁聲。」許書原文當如此。

柮（柮）　斷也。从木，出聲。讀若《爾雅》「貀無前足」之「貀」。

濤案：《玉篇》引作「斷也，一曰給也」，葢古本尚有四字，今奪。

魁案：《古本考》認爲有奪文，是。《木部殘卷》作「柮，斷也。从木，出聲。讀若《尒疋》『貀無前足』之『貀』。一曰絡。」「一曰絡」《玉篇》作「一曰給也」。莫氏《箋異》曰：「《糸部》：絡，絮也。一曰庥未漚也；給，相足也。『相足』義不近，當是『庥未漚』者亦謂之柮。斷庥斷木，假借謂稱，『給』則形近誤耳。」此說是也。唐本「絡」下當有「也」字。許書原文當從沈濤所訂。

析（析）　破木也。一曰，折也。从木，从斤。

濤案：《文選・魏都賦》注引《說文》曰：「析，量也。」《一切經音義》卷十五引《說文》：「破木也，亦分也。字从木斤意也。」皆與今本不同，葢古本當作「析，破木也，亦分也。一曰析，量也」。今本折字乃析字之誤，又奪「量」字耳。

魁案：《古本考》非是。《慧琳音義》卷五十八「中析」條轉錄《玄應音義》，引《說文》云：「破木也。亦分也。字從木斤，會意字也。」是沈濤所引《玄應音義》「意也」當作「會意字也」，乃引者續申，非許書原文。「析」之本訓當爲「破木」，今檢《慧琳音義》所引凡二十條均作「破木」。「亦分也」僅見《玄應音義》，不可爲據，《木部殘卷》作「析，破木也。从木斤。一曰折。」《文選》注引作「量也」，乃引申義，非許書原文。「一曰折也」，小徐與大徐同，唐本折下當有也字。「从木从斤」，小徐作「从木斤聲」，唐本作「从木斤」，今檢得《慧琳音義》引作「從木從斤」「從木斤」或言「會意字也」凡十余見，小徐及《慧琳音義》他引作「斤聲」者誤。竊以爲唐本作「從木斤」較勝。《慧琳音義》卷八十一「剖析」引有「一云削也」，亦當非許書原文。合訂之，許書原文當作「析，破木也。从木斤。一曰折也。」

楄（楄）　楄部，方木也。从木，扁聲。《春秋傳》曰：「楄部薦榦。」

濤案：《左傳·昭二十五年》正義引云：「楄，方木也。」是古本無「楄部」二字，今本乃涉傳文而誤。

魁案：《古本考》非是。《木部殘卷》作「楄，楄部，方木也。从木，扁聲。《春秋傳》曰：『楄部薦榦者。』」《集韻·先韻》、《類篇·木部》並引《說文》作「楄部，方木也」。張舜徽《約注》云：「楄部雙聲連語。」是也。合訂之，許書原文當如唐本《說文》，今二徐本引《春秋傳》脫「者」字。

休（休）　息止也。从人依木。庥休或从广。

濤案：《五經文字》云：「休，象人息木陰。」義得兩通。

魁案：《木部殘卷》作：休，止息也。从人依木。庥，休或从广。」張舜徽《約注》云：「今二徐本作『息止』誤倒二字矣。《詩·大雅·民勞篇》：『汔可小休。』鄭箋云：『休，止息也。』蓋古人常語，謂暫止是處小息也。若云『息止』，則有永停之意，故知作『止息』者是。」張說甚是。許書原文當從唐本。

械（械）　桎梏也。从木，戒聲。一曰，器之總名。一曰，持也。一曰，有盛爲械，無盛爲器。

濤案：《文選·馬融〈長笛賦〉》注引作「治也」，葢古本如是。今本作「持」乃後人避唐諱改，猶「治書侍御史」之爲「持書侍御史」耳。《詩·小雅·車工》釋文引作「無所盛曰械」，是古本下二句作「有所盛曰器，無所盛曰械」。楊注《荀子·榮辱篇》注引與今本同，義得兩通。

又案：《六書故》二十二引唐本作「或說內盛爲器，外盛爲械」，「內盛」、「外盛」之義不可曉，疑傳寫有誤。

魁案：《古本考》非是。今小徐本殆同大徐，唯「持」下少一「也」字。《木部殘卷》作「械，桎梏也。从木，戒聲。一曰器之總名。一曰有盛爲械，無盛爲器。」無「一曰持也」四字。張舜徽《約注》云：「今二徐本有之，疑爲後人所增。」。梁光華《唐寫本木部殘卷箋異注評》曰：「在沒有唐以前的《說文》版本材料證實之前，竊以爲張氏此注不誣。」梁教授對此有詳細論述，且從之〔註 185〕。《慧琳音義》卷四十三「鎖械」條與卷八十六「杅械」條並節引「桎梏也」三字。

桎（桎） 足械也。从木，至聲。

梏（梏） 手械也。从木，告聲。

濤案：《周禮・掌囚》釋文引「梏，手械也。所以告天；桎，足械也，所以質地」，《御覽》六百四十四刑法部引同。是古本有「所以告天，所以質地」八字，此葢申明从告从至之意，所謂聲亦兼義也。二徐不知而妄刪之，誤矣。

又案：《詩・節南山》正義引「桎，車鎋也」，則此解當有「車鎋」一義，今奪。《說文》無「鎋」字，當作轄。

魁案：《古本考》認爲古本有「所以告天，所以質地」八字，是。《慧琳音義》卷十三、卷八十四「桎梏」條兩引《說文》並作「桎，足械也，所以桎地也；梏，手械也，所以告天也。」又，卷十八「杻械」條：「械，桎梏也。桎者，足械也，所以質於地也。梏者，手械也，所以告於天也。」此雖非明言《說文》而實本之，「桎地」與「質於地」用字異。《木部殘卷》作「桎，足械也，所以質地。从木，至聲」；「梏，手械也，所以告天。从木，告聲。」據此當以「質地」爲是。《慧琳音義》所引二「也」字重複，竊以爲許書以爲當從唐本。《古本考》認爲有「車鎋」一義似非，然無據，且存疑。

櫳（櫳） 檻也。从木，龍聲。

濤案：《華嚴經音義》上引「櫳，牢也」，《一切經音義》十四引「櫳，牢也。一曰圈也」，葢古本如此。《廣雅・釋器》「欄、檻、櫳」皆訓爲「牢」，本書欄、檻互訓，而以牢訓櫳。牢、籠本雙聲字，籠即櫳字之別，二徐奪去「欄」篆，

〔註 185〕梁光華《唐寫本木部殘卷箋異注評》，貴州人民出版社，1998 年，第 296～297 頁。

遂移「檻也」之解於櫳字，又奪去一訓，誤矣。《一切經音義》卷一引《三蒼》云「櫳，所以盛禽獸」，此正牢字之義。元應書卷十又引「櫳，檻也」，乃後人據今本改。

魁案：《古本考》非是。《木部殘卷》及小徐本並作「櫳，檻也」，《慧琳音義》卷四十七「後櫳」條轉錄《玄應音義》亦引作「檻也」。《類篇》卷十六引《說文》作「檻也。一曰所以養獸。」《集韻・東韻》同《類篇》，則許書原文當作「檻也」，今大徐不誤。又，據《類篇》《集韻》所引，許書原文似有「一曰所以養獸」之訓。《慧琳音義》卷二十二「入苦籠檻」條轉錄《慧苑音義》，引同沈濤所引。卷五十九「鼠檻」條轉錄《玄應音義》，引同沈濤引《玄應音義》卷十四。卷九十七「轞車」下引作「櫳，圈也」。此皆與今本不同者，當因檻、櫳、牢義近而引者混淆。合訂之，竊以爲許書原文當作「檻也。从木，龍聲。一曰所以養獸」。

（柙）　檻也。以藏虎兕。从木，甲聲。古文柙。

濤案：《一切經音義》卷六引「柙，檻也」，下有「《論語》：『虎兕出於柙』是也」九字，而無「以藏虎兕」四字，是古本如是。許君引經以證柙之爲檻，而非謂柙之專藏虎兕也。「是也」二字乃元應所足，亦非許君本文。《廣韻・三十二狎》引「檻也，所以藏虎兕也」，則是淺人據今本改矣。

又案：《汗簡》卷中之一引《說文》柙字作，是古本篆體如此。郭氏書載於《口部》，字必从口，其爲今本譌誤無疑。

魁案：《古本考》認爲許書原文無「以藏虎兕」四字，非是。《木部殘卷》作「柙，檻也。可以盛藏虎兕。从木，甲聲。古文柙，從口。」張舜徽《約注》云：「周雲青曰：《唐寫本唐韻》二十五《狎》：柙字下引《說文》：『檻也。可以盛藏虎兕。』與《唐寫本木部殘卷》悉合。二徐本奪『可、盛』二字，宜據補。兕、兕正俗字。」則許書原文當作「可以盛藏虎兕」。今所見《唐寫本唐韻・入狎》718柙字下云：「柙，檻也。以盛藏虎光，出《說文》。」當脫「可」字，「光」當是兕字之誤。又，《慧琳音義》卷二十七「墜油」條下引有「《說文》：柙，檻也。《論語》：『虎兕出於柙。』字從木。」與沈濤引同，則許書當有此句，正是對「可以盛藏虎兕」註腳。合訂之，許書原文當作「柙，檻也。可以盛藏虎兕。《論語》：虎兕出於柙。从木，甲聲。」

（棺） 關也。所以掩尸。从木，官聲。

濤案：《初學記》卷十四禮部〔註 186〕、《御覽》五百五十一禮儀部皆引作「關也，可以掩尸」，「所」作「可」乃傳寫之誤，非古本如是。《廣韻・二十六桓》引作「所以掩尸」可證。

魁案：《古本考》認爲「所」作「可」乃傳寫之誤，是。小徐本、《木部殘卷》與今大徐本同。又唐本作「所以掩屍」，桂馥《義證》「棺「下曰：「『尸』當作『屍』。《初學記》、《御覽》並引作『屍』。」則許書原文當從唐本。

（櫬） 棺也。从木，親聲。《春秋傳》曰：「士輿櫬。」

濤案：《御覽》五百五十一禮儀部引：「櫬，附身棺也。」是古本有「附身」二字。《玉篇》云：「親身棺也。」「親身」亦「附身」之義。許加「附身」二字以明从親之意，此亦聲亦兼義之例，淺人刪之，妄矣。

魁案：《古本考》非是。《木部殘卷》作「櫬，棺也。从木，親聲。《春秋傳》曰：『士舁櫬。』」《慧琳音義》卷九十六「輿櫬」條引《說文》云：「櫬，棺也。從木親聲。」無「附身」二字。小徐本、《集韻・稕韻》所引同今大徐，則「棺也」一訓當是許書原文。二徐本引《春秋傳》〔註 187〕「士輿櫬」，《木部殘卷》作「士舁櫬」。本部《舁部》：「舁，共舉也。從臼從廾。」《車部》：「輿，車輿也。從車舁聲。」「車輿」與「士舁櫬」所需之抬舉義不直接相聯，古本《左傳》當如唐本《說文》所引〔註 188〕。合訂之，許書原文當從唐本。

（槥） 棺櫝也。从木，彗聲。

濤案：《御覽》五百五十一禮儀部引「槥，櫝也」，是古本無「棺」字。《初學記》禮部引「小棺曰槥」，葢古本尚有「一曰」以下云云。

魁案：《古本考》非是。《木部殘卷》與今二徐本同，許書原文當如此。

（楬） 楬桀也。从木，曷聲。《春秋傳》曰：「楬而書之。」

〔註 186〕「卷十四」今補，「禮部」刻本作「禮記」，今正。

〔註 187〕指《春秋左氏傳》。

〔註 188〕參梁光華《唐寫本木部殘卷箋異注評》，貴州人民出版社，1998 年，第 325 頁。

濤案：《一切經音義》卷十四引作「楬櫫杙也」葢古本如是。《周禮・職金》注：「今時之書，有所表著謂之楬櫫。」《廣雅・釋室》〔註189〕：「楬櫫，杙也。」「楬櫫」二文連文，《漢書・酷吏傳》：「楬著其姓名。」「楬著」即「楬櫫」，師古注云：「楬，杙也」，正本許書爲說。今本爲二徐妄改，義不可通。《說文》無「櫫」字，「櫫」當作「藸」。

魁案：《木部殘卷》作「楬，楬桀也。从木，曷聲。《周禮》曰：楬而書之」，與二徐本有兩異：唐本「《周禮》」，二徐並作「《春秋傳》」。徐鍇《繫傳》注曰：「《周禮》：『遺物者楬而書之。』此言『《春秋傳》』，寫之誤。」作《周禮》者是。唐本「楬桀」，二徐並作「楬桀」；《段注》云：「作桀不可通。『楬櫫』見《周禮注》。職金：『楬而璽之。』注曰：楬，書其數量以著其物也。今時之書有所表識，謂之楬櫫。《廣雅》曰：楬櫫，杙也。《廣韵》曰：楬櫫，有所表識也。楬櫫，漢人語。許以漢人常語爲訓。」據唐本及段氏所言，許書原文當以「楬桀」爲是。沈濤據《玄應音義》作「楬櫫杙也」，當衍「杙」字。

𣡌（梟）　不孝鳥也。日至，捕梟磔之。从鳥頭在木上。

濤案：《一切經音義》卷十三、卷二十「日至」二字皆引作「冬至日」，葢古本如是。《御覽》九百二十七羽族部引作「至日」，奪一「冬」字，《廣韻・三蕭》引作「故至日」，「故」乃「冬」字之誤。可見古本無作「日至」者也。又《嶺表錄異》卷中引有「食母而後能飛」六字，當亦古本有之。《御覽》引《淮南》許注云：「梟，子大食其母也。」許君注《淮南》往往與《解字》相同。

魁案：《慧琳音義》引《說文》甚豐，包括轉錄凡十一條均作「不孝鳥也」，於此訓無歧。《慧琳音義》卷五十二「當県」條與卷七十四「県其首」條並轉錄《玄應音義》，云：「字或作梟《說文》不孝鳥也。冬至日捕梟磔之。從鳥頭在木上。」卷五十三「梟磔」條轉錄引作「不孝鳥也。冬至日捕磔之。」卷七十六「梟汝」條引作「不孝鳥也。冬至日捕梟磔之。鳥頭在木上也。」較轉錄前兩引少一「從」字，多一「也」字。三引皆作「冬至日」。卷八十六「梟鏡」條引作「不孝鳥也。夏至之日捕梟斬磔。」卷九十七「梟鴟」條引作「不孝鳥也。

〔註189〕「室」字今補。

夏至之日捕斬梟首懸於木上。」並引作「夏至之日」，與《玄應音義》引異。小徐本與大徐同，徐鍇曰：「漢儀以夏至爲梟羹，以賜百官，欲絕其類也。夏至微陰始起，育萬物，梟害其母，故以此日殺之也。」小徐以「夏至」解之。《段注》云：「漢儀：夏至百官梟羹。《漢書音義》孟康曰：梟，鳥名，食母。破鏡，獸名，食父。黃帝欲絕其類，使百吏祠皆用之。如淳曰：漢使東郡送梟，五月五日作梟羹以賜百官，以其惡鳥故食之也。」據此，當以「夏至」爲是，玄應三引作「冬至日」與漢時朝中習俗不合。慧琳所引衍之字。合訂之，竊以爲許書原文當作「梟不孝鳥也。夏至日捕梟磔之。从鳥頭在木上。」

補 欄

濤案：《華嚴經音義》上引《說文》云：「欄，檻也」，是古本有欄字。《本部》「檻，闌也」，闌即欄字之省，欄、檻互訓，正許書之例。闌爲「門遮」，非此之用也。本部「欒，木似欄」（當作似木欄，說詳欒字下），不得謂許書無欄字，古本疑當作「欄，木欄也，一曰檻也」，《玉篇》木欄之許〔註 190〕當本《說文》。

魁案：《古本考》是。「欄楯」條於《慧琳音義》卷十一、十五、二十、二十一、五十三、七十八與《希麟音義》卷二凡見七次並引《說文》作「檻也」。《慧琳音義》卷四「欄楯」條引作「欄也，檻也」，則許書確有「欄」字。卷二十七「欄」下引作「門遮也」，乃本書《門部》「闌」字之訓。

補 櫚

濤案：《史記・賈誼傳》索隱引「櫚，大木柵也」，是古本有櫚篆，今奪。

又案：《史記》本或從手作擱，然訓爲大木柵，則當从木。葢六朝時，从木从手之字每相亂，櫚之爲擱，猶楊之爲揚也。

東部

棘（棘）　二東，曹从此。闕。

濤案：《汗簡》卷中之一云：「棘曹，出《演說文》。」是古本無此字矣，

〔註 190〕「許」疑當作「訓」。

然曹字从此，許書不應無。疑《汗簡》傳寫之譌，諦視刊本，「演」字乃後來孱入也。

林部

（鬱）　木叢生者。从林，鬱省聲。

濤案：《九經字樣》作「木叢生也」，《文選・甘泉賦》注亦引作「木叢生也」，是古本不作「者」字。

魁案：《古本考》是。《慧琳音義》卷八十「鬱峙」條引《說文》云：「鬱，木叢生也。」卷八十二「蓊鬱」條引作「草木叢生也」，草字蓋涉木字而衍。卷四十六「蔚茂」條下引作「木叢生曰鬱」。卷十七「轟鬱」條引作「木叢生者」，「者」字亦當作「也」。許書原文當從沈濤所訂。

（棽）　木枝條棽儷皃。从林，今聲。

濤案：《文選・東都賦》注引「木」作「大」，葢傳寫之誤，非古本如是。《玉篇》引無「木」字，亦傳寫偶誤。

魁案：《古本考》是。《希麟音義》卷三「棽儷」條引《說文》作「木長儷也」，當有奪誤，仍有木字。今二徐本同，《六書故》卷二十一所引亦同二徐，許書原文如此。

（楙）　木盛也。从林，矛聲。

濤案：《文選・西征賦》、《赭白馬賦》注引作「盛也」，乃節取盛字之義，非古本無木字也。

魁案：《古本考》是。今二徐本同，《類篇》卷十七、《六書故》卷二十一所引皆同二徐，許書原文如是。《慧琳音義》卷二十「爰懋」條引《說文》云：「懋，盛也。」本書《心部》：「懋，勉也。」則此處懋字當爲「楙」字，所引《說文》亦奪木字。

（麓）　守山林吏也。从林，鹿聲。一曰，林屬於山爲麓。《春秋傳》曰：「沙麓崩。」古文从録。

濤案：《御覽》五十七地部引作「林屬於山曰麓，一曰麓者守山林吏也」，是古本以「林屬於山」爲正解，「守山林吏」爲一解。蓋麓本林屬於山之名，因而守山林之吏即名爲麓，義有後先，足徵今本之倒置矣。《玉篇》「山林」下有「之」字，詞氣較完。

魁案：《古本考》是。《慧琳音義》卷五十一「襄麓」條云：「《詩》傳曰：麓，山足也。《穀梁傳》云：林屬於山爲麓。《說文》從林鹿聲。」慧琳引書之例，凡他解與《說文》同者，一般不再引出《說文》之語，或曰「《說文》義同」，或曰「《說文》從某某聲」等，此例即是。又卷二十八「林麓」條：「謂林屬於山曰麓。《詩》云：瞻彼早麓。傳曰：山足也。」又麓從林，本訓當與林木相關，「守山林吏」當是引申義。《類聚抄》卷一地部「麓」下引《說文》作「山足也」，乃竄《毛傳》爲《說文》。

𣡕（棼）　複屋棟也。从林，分聲。

濤案：《後漢書・班固傳》注一引「棼，複屋之棟」，一引「棼，棟也」，蓋古本「屋」下有「之」字，今奪。其一引則章懷有所節取矣。《文選・西京賦》注引「棼，屋棟也」，是崇賢節引，非古本無「複」字。

𣡗（森）　木多皃。从林，从木。讀若曾參之參。

濤案：《一切經音義》卷十一、十二、十三，卷二十兩〔註191〕引皆引作「多木長皃也」，蓋古本如是。《文選・文賦》注引《字林》曰：「多木長皃。」呂氏正本《說文》，《音義》卷十八引作「木長皃也」，乃傳寫奪一「多」字。

又案：《文選・張景陽〈雜詩〉》注引「森，林叢木也」，森無「叢木」之訓，他書引《說文》亦不如是。本部「平土有叢木曰林」，疑《文選》本作「蕭林」，故崇賢節引許書以訓之。後人傳寫誤林爲森，因於注中妄加一森字，非古本有此一解。

魁案：《慧琳音義》卷三十三「森然」條、卷五十二「森森」條、卷五十七「蕭森」條轉錄《玄應音義》，引同沈濤所言。卷七十三「森森」條轉錄少「多」字，亦同沈濤所言。卷二十四「森蔚」條引云：「木多而長貌也。從三木會意字也。」「從三木」以下乃引者之辭。「木多」與二徐語序同。卷六十二「森竦」

〔註191〕「兩」當作「四」。

條引云：「多木長皃。從林木。讀若上黨人參也。」讀若與二徐不同。卷十四「森竦」條引作「多木高皃也」，據前引，「高」當爲「長」字之誤。諸引歧義之一爲「多木」語序，本部「楙，木盛也」、「棽，木枝條棽儷皃」、「鬱，木叢生也」，以此例之，當以「木多」爲長，且二徐並作「木多」。歧義之二爲讀若，今二徐同，《韻會》卷十所引亦同二徐，當是許書原文。合訂之，許書原文當作「木多長皃也。从林从木。讀若曾參之參。」

才部

才（才）　艸木之初也。从丨上貫一，將生枝葉。一，地也。凡才之屬皆从才。

濤案：《五經文字》上作「才，草木之初生也，从丨上貫二，丨象將生枝葉，一象地」，葢古本如此。今本「初」下奪「生」字，「貫」下奪「二」字，又誤丨爲一，皆非。徐鍇曰：「上一，初生歧枝也，下一，地也」，是貫〔註192〕非貫一矣。《篇》、《韻》引皆無「生」字，當是後人據今本改。

〔註192〕據《校勘記》，抄本「貫」字下有「二」字。

《說文古本考》第六卷下　嘉興沈濤纂

叒部

叒（叒）　**日初出東方暘谷，所登榑桑，叒木也。象形。凡叒之屬皆从叒。𣝗籀文。**

濤案：《玉篇》引作「日出東方湯谷，所登榑桑，叒木也」，葢古本無「初」字。「暘谷」作「湯谷」，宋本、葉本皆作「湯谷」，毛本初刻亦作「湯谷」後乃剜改作「暘谷」，誤矣。《楚辭》、《淮南》皆云：「日出湯谷。」《山海經》云：「湯谷上有扶桑。」《尚書》「暘谷」古文本作「湯」，說詳《十經齋眞古文尚書學》中。

魁案：《古本考》認爲許書原文無「初」字，當是。裴務齊《正字本刊謬補闕切韻・入藥》607 叒字下引《說文》云：「日出博桑。」乃節引，亦無「初」字，博當作榑。

出部

賣（賣）　**出物貨也。从出，从買。**

濤案：《廣韻・十五卦》引無「貨」字，乃傳寫仍奪，非古本如是。

魁案：《古本考》非是。《慧琳音義》卷十四「衒賣」條、卷六十五「販賣」條並引《說文》云：「出物也。從出買聲也。」卷三十六「衒賣」條引作「出物也。從出賈聲。」三引同，無「貨」字。本部「糶，出穀也」，以此例之，許書原文當無「貨」字。又，三引皆以形聲字析之，與小徐本同，今大徐解作會意字，當非許書原文。卷三十六「賈聲」當作「買聲」。合訂之，許書原文當作「賣，出物也。从出買聲。」

䊮（䊮）　**槷䊮，不安也。从出，臬聲。《易》曰：「槷䊮。」**

濤案：《易・困》上六「困于臲卼」，釋文云：「臲，《說文》作劓。卼，《說文》作䊮。云：䊮，不安也。」是古本作劓，不作槷。小徐本亦作劓，与元朗所見本同。惟淺人妄增「困于赤芾」四字，誤以爲九五劓刖之異文耳，許君偁經無此例也。據陸氏所引，則說解中「槷䊮」二字亦衍。

𣎵部

（𣎵）　**艸木盛𣎵𣎵然。象形，八聲。凡𣎵之屬皆从𣎵。讀若輩。**

濤案：《玉篇》引無「盛」字，葢傳寫偶奪。

（南）　**艸木至南方，有枝任也。从𣎵，羊聲。𡴀，古文。**

濤案：《汗簡》卷上之一屮部𡴀云：「南，見《說文》。」是古本南字古文从屮不从𣎵也，且下體亦異。若如今本，則仍从𣎵从羊，許又何必重列乎？

生部

（丰）　**艸盛丰丰也。从生，上下達也。**

濤案：《廣韻・三鍾》引作「艸盛丰也」，乃傳寫偶奪一「丰」字。

魁案：《古本考》是。今二徐本同，《類篇》卷十八、《六書故》卷四、《韻會》卷一所引皆同二徐，許書原文如是。《廣韻》奪一「丰」字無疑。

華部

（皣）　**艸木白華也。从華，从白。**

濤案：《文選・西都賦》注引作「艸木白華皃」，是古本不作「也」。

稽部

（䅵）　**䅵穊而止也。从稽省，咎聲。讀若皓。賈侍中說：稽、𥠢、䅵三字皆木名。**

濤案：《玉篇》引作「䅵跙而止也」，《足部》無跙字，恐傳寫有誤。

桼部

（桼）　**木汁。可以髤物。象形。桼如水滴而下。凡桼之屬皆从桼。**

濤案：《廣韻・五質》引「髤物」下有「从木」二字，葢古本如是。八穴乃象水滴下之形，今本奪此二字，誤。

東部

𣠔（柬）　分別簡之也。从束，从八。八，分別也。

濤案：《廣韻・二十六產》引「八，分也」，無「別」字，葢古本如是。八或訓分或訓別，分亦訓別（皆見八部），分、別同義，言分不必再言別矣。

魁案：《古本考》非是。《慧琳音義》卷一百「敹柬」條引《說文》云：「分別柬之也。從束從八。八者，分別也。」今小徐本亦作「八，分別也」，則許書原文如此。「柬」當作簡。卷三十八「柬擇」條引作「柬，分別簡之也。從柬八分之也」，卷四十一「不楝」條引作「柬，分別簡之也。從八從柬。八象八方。」皆非許書原文。

㯻部

𣝣（囊）　橐也。从㯻省，襄省聲。

濤案：《詩・公劉》釋文引《說文》云：「無底曰囊，有底曰橐。」葢古本一曰下之奪文。《史記・陸賈傳》索隱引《碑蒼》〔註193〕云：「有底曰囊，無底曰橐。」《一切經音義》卷十二〔註194〕引《倉頡篇》：「橐，囊之無底者也。」《釋文》「有」「無」二字，當是傳寫互誤。《御覽》七百四服用部引「囊謂橐」，謂字乃引者足成，非古本有之。

魁案：《古本考》可從。《慧琳音義》卷六十四「浮囊」條引《說文》云：「有底曰囊。」

𣝣（櫜）　車上大橐。从㯻省，咎聲。《詩》曰：「載櫜弓矢。」

濤案：《御覽》七百四服用部引「櫜，車上大囊也」，囊、橐同物，葢古本亦有如是作者，今本奪「也」字。

囗部

圛（圛）　回行也。从囗，睪聲。《尚書》：「曰圛。」圛，升雲半有半無。

〔註193〕據《校勘記》，抄本「碑」字作「埤」，是。

〔註194〕「十二」二字今補。

讀若驛。

濤案：《玉篇》引「《尚書》」作「《商書》」，葢古本如是，許書引壁中經無作《尚書》者。「升雲」下有「者」字，古本當在「升」字之上。許君本引《洪範》「曰圛」二字而又釋之曰「圛者，升雲半有半無」，傳寫奪一「者」字，淺人遂以「圛圛升雲半有半無」爲《逸書》之語，誤矣。希馮書倒「者」字於「雲」字之下，亦係傳寫之誤，可見古本之有「者」字也。又《廣韻・二十二昔》引「升」上有「者」字，古本正如是。

魁案：《古本考》認爲《尚書》當作《商書》，是。《唐寫本唐韻・入昔》711圛字下引《說文》云：「迴也，《商書》：曰圛，升雲半有半無。」

（囷）　廩之圜者。从禾在囗中。圜謂之囷，方謂之京。

濤案：《史記・龜策傳》正義引「圜者謂之囷，方者謂之廩」，葢古本如是。今本奪兩「者」字，又誤廩爲京，皆非。

（圈）　養畜之閑也。从囗，卷聲。

濤案：《文選・求自試表注》引作「養獸閑也」，《一切經音義》卷二十引作「養畜閑也」，畜、獸義得兩通，可見古本無「之」字。《西京賦》注引作「畜閑也」，乃傳寫奪一「養」字，《赭白馬賦》注亦作「養畜閑也」，《廣韻・二十八獮》亦無「之」字。

魁案：《古本考》是。《慧琳音義》卷三十九「圈牛」條、卷六十八「圈門」條並引《說文》作：「養畜闌也。從囗卷聲。」闌乃閑字之誤。卷四十三「闌圈」條引作「養畜閑也。閑，闌也。」卷七十四「如圈」條轉錄《玄應音義》，引作「養畜閇也。閑，闌也。」閇當作閑。據諸引許書原文當作「圈，養畜閑也。从囗，卷聲。」

（囿）　苑有垣也。从囗，有聲。一曰，禽獸曰囿。籒文囿。

濤案：《初學記》二十四、《御覽》百九十七居處部引作「苑有園曰囿」，葢古本亦有如此作者。《初學記》又引「囿，猶有也」，今本奪此四字。《初學記》、《御覽》又引「一曰養禽獸曰囿」，是古本「禽獸」上有「養」字。

魁案：《古本考》認爲「禽獸」上有「養」字，是。《慧琳音義》卷三十「苑囿」條引《說文》云：「囿，有垣也。又云：養獸曰囿也。從囗有聲也。」「有」上當脫「苑」字，獸上較今本少一「禽」字。卷八十八「辯囿」條引作「苑有垣者」，卷一百「苑囿」條引作「苑囿有垣者也」。「囿」字當衍。小徐本作「苑有垣也。从囗，有聲。又禽獸有囿。」與大徐不全同。合訂之，許書原文當作「苑有垣也。从囗，有聲。一曰養禽獸曰囿。」

（園）　所以樹果也。从囗，袁聲。

（圃）　種菜曰圃。从囗，甫聲。

濤案：《類聚》六十五產業部引「樹果曰園，樹菜曰圃」，《初學記》居處部引「園，樹果也；圃，樹菜也」，《御覽》百九十七居處部同，是古本無「所以」二字，「種菜」作「樹菜」。《白帖》十一園圃〔註195〕部亦引「園，樹果；圃，樹菜」，知今本「種」字之誤。古本當如《初學記》、《御覽》所引。《類聚》云云，葢古本亦有如是作者。今本「圃」字注從之而「園」字注又不如是，殊爲謬舛也。

又案：《御覽》八百二十四資產部引同今本，惟「以」上缺「所」字，葢後人據今本改。

（因）　就也。从囗、大。

濤案：《汗簡》中之二引《演說文》，因字作，葢庾氏書有之，疑此爲烟字之重文。

（囹）　獄也。从囗，令聲。

（圄）　守之也。从囗，吾聲。

濤案：《華嚴經音義》下引「囹圄，謂周之獄名也」，葢古本作「囹圄，周獄名也」，「謂之」二字乃慧苑所足耳。《御覽》六百四十三刑法部引《風俗通》、《北堂書鈔》四十五引《白虎通》皆云：「周曰囹圄。」惟鄭志以爲秦獄名，許、鄭不必相同，今本誤奪殊甚。依許書通例，圄字注當云「圄，囹圄也」，今本「守

〔註195〕「園圃」二字今補。

之」二字亦誤。

魁案：《古本考》非是。《慧琳音義》卷二十三「囹圄」條轉錄《慧苑音義》，引同沈濤所引。卷十八「囹圄」條引作「囹，獄也。圄，守之也。」卷二十四「囹圄」條引作「囹，獄也。圄，守也。」卷六十八、六十九、八十五「囹圄」條三引作「守也」，乃釋「圄」字。據諸引，慧苑所引當不足爲據。許書原文囹、圄二字單訓，沈濤以爲連語，亦誤。今二徐本圄字並釋作「守之也」，「之」字衍。合諸引訂之，許書原文當作「囹，獄也。从囗，令聲；圄，守也。从囗，吾聲。」

員部

（員） 物數也。从貝，口聲。凡員之屬皆从員。籒文从鼎。

濤案：《九經字樣》引作「從口從貝」，是古本無「聲」字。

貝部

（貝） 海介蟲也。居陸名猋，在水名蜬。象形。古者貨貝而寶龜，周而有泉，至秦廢貝行錢。凡貝之屬皆从貝。

濤案：《類聚》卷八十寶玉部、《御覽》八百七珍寶部引「行錢」作「行泉」，「周」上有「至」字，「至秦」作「到秦」，葢古本如此。至周而有泉者，泉与貝俱行也，至秦則廢貝行泉矣，兩「泉」字不宜異文。又《華嚴經音義》上引「貝謂海介蟲也」，謂字乃慧苑所足，又引「古者藏貝而寶龜也」，「也」字是引書時足成，非古本有之。又「介」，《類聚》、《初學記》皆引作「甲」，義得兩通。

魁案：《慧琳音義》卷九「如貝」條、卷二十二「珂貝璧玉」條、卷二十五「珂貝」條、卷七十六「貝子」條並只引《說文》「海介蟲也」四字。

（賜） 資也。从貝，爲聲。或曰，此古貨字。讀若貴。

濤案：《一切經音義》卷十四引「資」作「貨」，葢古本如是。小徐本無「或曰」以下九字。但云：「臣鍇按《字書》云：古貨字」，則此九字非許君語矣。賜从爲聲，貨从化聲，賜、貨一聲之轉，猶《尚書》「南譌」之作「南訛」。二徐知賜貨相通而所見本「貨」誤爲「資」，故楚金加案語以明之，鼎臣乃以竄入正文，益增譌謬矣。

魁案：《古本考》認爲「資」當作「貨」，是。《慧琳音義》卷五十九「賜金」條轉錄《玄應音義》，引《說文》云：「賜，貨也。」與沈濤所言同。卷八十四「賜以」條引《說文》云：「賜，貨也。從貝爲聲。亦古文貨字也。」「亦古文貨字也」乃慧琳續轉述，本於《說文》，則許書原文當有「或曰」以下九字，小徐奪之，沈濤所言誤矣。

（貣）　从人求物也。从貝，弋聲。

濤案：《一切經音義》卷十五引作「從人求也」，葢古本無「物」字，《玉篇》亦云：「貣，从人求」，無「物」字。

魁案：《古本考》非是。《慧琳音義》卷十六「貣財」條所引《說文》云：「從人求物也。從貝弋聲」與今二徐本同，許書原文如是。《玄應音義》與《玉篇》並有奪文。

（贈）　玩好相送也。从貝，曾聲。

濤案：《一切經音義》卷五引作「以玩好之物相送曰贈也」，葢古本作「以玩好之物相送也」，有此三字則文義始完。

魁案：《慧琳音義》卷三十四「金贈」條轉錄《玄應音義》，引同沈濤所引。

（貤）　重次弟物也。从貝，也聲。

濤案：《漢書・武帝紀》注引云：「貤，物之重次弟也。」葢古本如此，今本語頗不詞。《匡謬正俗》六、《文選・魏都賦》注引同今本，疑淺人據今本改。

（賴）　贏也。从貝，剌聲。

濤案：《漢書・高帝紀》注晉灼引許慎云：「賴，利也。」《史記》集解所引亦同，是古本訓「利」不訓「贏」。晉氏又申其說云：「無利入於家也」，以「無利」訓「亾賴」，其非傳寫之誤可知，今本葢二徐所妄改。《國語・晉語》注、《戰國策》高注皆云：「賴，利也。」

賖（賖）　貰買也。从貝，余聲。

貰（貰）　貸也。从貝，世聲。

濤案：《匡謬正俗》引「賖，鬻貰貸也」，然則古本「賖」訓爲「鬻」，不訓「貰買」。顏師古曰：「貰字訓貸，《聲類》及《字林》並音勢，而近代學者用劉昌宗《周禮音》輒讀貰爲時夜反，其鄙俚之俗又讀爲賖，皆非正也。案，《說文解字》」云云，此則二字本來不同斷可知矣。小顏之意以「賖貰」二字音既不同，義亦有別。然《周禮・泉府》云：「凡賖者祭祀無過旬日，喪紀無過三月」，注引鄭司農云：「賖貰也，以祭祀喪紀故從官貰買物。」是今本「貰買」二字實爲「賖」字正訓。《漢書・高祖本紀》：「常從武負王媼貰酒。」注引韋昭云：「貰，賖也。」賖、貰本互訓，貰固不可讀賖，未始不可訓賖。鬻爲賣字之別，《玉篇》云：「賣，或从粥鬻。」〔註196〕本部「賣，衒也，謂行且賣」，與賖義甚遠，不知小顏所據何本，恐傳寫或有譌誤耳。

魁案：《古本考》認爲「賖」當訓爲「鬻」，不訓「貰買」，非是。《慧琳音義》卷四十九「太賖遠」條引《說文》云：「貰賣也。從貝余聲。」「賣」當作「買」。卷七十四「賖貰」條引《說文》云：「貰，買也。貰，貸也。」與今二徐本同，許書原文如是。

贅（贅）　以物質錢。从敖、貝。敖者，猶放，貝，當復取之也。

濤案：《后漢書・郭后紀》注引「贅，肬也」，《肉部》「肬，贅也」，肬、贅葢互訓，古本當有「一曰肬也」四字。

魁案：《古本考》是。《慧琳音義》卷九十四「贅疣」條引《說文》云：「贅，疣也。從貝敖聲。」許書無「疣」字，疣當作「肬」。

賈（賈）　賈市也。从貝，襾聲。一曰，坐賣售也。

𧶜（𧶜）　行賈也。从貝，商省聲。

濤案：《一切經音義》卷六引「賈，坐賣也；𧶜，行賣也」，是古本「坐賣」下無「售」字，「行賈」作「行賣」，言賣不必更言售。且許書無售字，以坐賣

〔註196〕「从」字今宋本《玉篇》作「作」，當是。

例之，則作「行賣」爲是。《周禮》注亦云：「行賣曰商，坐賣曰賈」〔註197〕，淺人以「行賣」爲不典而改爲賈矣。

魁案：沈濤認爲古本「坐賣」下無「售」字，可從。《慧琳音義》卷六十四「賈販」條：「上音古，《說文》：坐販也。」「販」字當是傳寫譌誤，本作「賣」字。認爲「行賈」作「行賣」，非是。《慧琳音義》卷六十二「𧶠人」條引《說文》：「行賈也。從貝從商省聲。」與今二徐本同，則許書原文當如是。

**（賃）　庸也。从貝，任聲。**

濤案：《一切經音義》卷六引「庸」作「傭」，蓋古本如此。《廣韻》曰：「傭，賃也」，《爾雅》曰：「傭，役也」，「庸」字非此之用。

魁案：《古本考》是。《慧琳音義》卷二十七「傭賃」條引《說文》云：「賃，亦傭也。」

**（賕）　以財物枉法相謝也。从貝，求聲。一曰，戴質也。**

濤案：《一切經音義》卷二十一引無「物」字，蓋古本如是。小徐本及《韻會》所引皆無之，《玉篇》亦無「物」字。

魁案：《古本考》是。《慧琳音義》卷十三「臧賕」條、卷九十七「愛賕」條引《說文》並無「物」字。合訂之，許書原文當作「以財枉法相謝也。从貝，求聲。一曰，戴質也。」

**（購）　以財有所求也。从貝，冓聲。**

濤案：《后漢書·魯恭傳》注引作「以財相賕曰購」，「相賕」二字乃傳寫之誤，《光武紀》注引作「以財有所求曰購」，正同今本。本部「賕，以財物枉法相謝也」，非此之用。《一切經音義》卷十三亦引同今本。

魁案：《古本考》是。《慧琳音義》卷五十七「購鉢」條轉錄《玄應音義》，引同今二徐本。卷八十三「捘購」條引《說文》作「以財有求曰購」，當脫「所」字。又，卷十六「財購」條引作「購，贖也」，卷六十五「購贖」條引作「以財贖物也」，似許書原文又有「贖也」一訓。

〔註197〕今檢《周禮注疏》未見此八字。〔宋〕林越《兩漢雋言》卷七「商賈」條引顏師古云：「行賣曰商，坐販曰賈。」

（貲）　小罰以財自贖也。从貝，此聲。漢律：民不繇，貲錢二十二。

濤案：《一切經音義》卷十三引「繇」作「傜」，葢古本如是。《篇》、《韻》皆云：「傜，後也」〔註198〕，小徐本亦作「傜」。

魁案：《慧琳音義》卷五十四「貲輸」條轉錄《玄應音義》，引《說文》：「小罰以財自贖也。漢律：民不傜。」引同沈濤所引。

（賨）　南蠻賦也。从貝，宗聲。

濤案：《后漢書・西南夷傳》注引「賨，布南蠻賦也」，「布」字乃涉傳文而衍，非古本有之。

（貴）　物不賤也。从貝，臾聲。臾，古文蕢。

濤案：《初學記》人部引云「貴者，歸也。謂物所歸仰，汝穎言：貴聲如歸往之歸」，乃《釋名》語，傳寫誤爲《說文》耳。

邑部

（邑）　國也。从囗；先王之制，尊卑有大小，从卪。凡邑之屬皆从邑。

濤案：《御覽》一百五十七州郡部引「邑，縣也，从囗卪聲」，《御覽》本作「縣，邑也」，乃傳寫誤倒，據今本則爲會意字，據古本則爲形聲字，卪、邑聲相近而許書部首率多象形會意，疑當作「从卪卪亦聲」。古縣大郡小，本部「郡，周制：天子地方千里，分爲百縣，縣有四郡。故《春秋傳》曰『上大夫受縣，下大夫（五字據《水經・河水注》引增）受郡』是也。」亦見《逸周書》作雒解，是邑之訓縣，非據後代之制而言，許君訓邦爲國，知不訓邑爲國也，今本葢後人妄改。

又案：《玉篇》有「《周禮》曰：四井爲邑」七字，疑本許君引經語，而今本奪之。

〔註198〕據《校勘記》，「後」字抄本作「役」。

郡（郡）　周制：天子地方千里，分爲百縣，縣有四郡。故《春秋傳》曰「上大夫受郡」是也。至秦初，置三十六郡，以監其縣。从邑，君聲。

濤案：《水經・河水注》引「上大夫縣，下大夫郡」，与《左傳》合，葢今本傳寫奪「縣」、「下大夫受」五字，《玉篇》引作「下大夫受縣，上大夫受郡」，「上」、「下」二字亦傳寫誤倒。

郊（郊）　距國百里爲郊。从邑，交聲。

濤案：《御覽》五十五〔註199〕地部引「爲」作「曰」，義得兩通。

邸（邸）　屬國舍。从邑，氐聲。

濤案：《後漢書・安帝紀》注、《一切經音義》卷九引「邸，屬國之舍也」，是古本尚有「之」「也」二字，今奪。《音義》卷七、卷二十引亦奪「之」字。

魁案：《古本考》以爲有「也」字，是。《慧琳音義》凡五引《說文》皆有「也」字。認爲有「之」字則非。《慧琳音義》卷二十四「見邸」條、卷三十三「邸閣」條轉錄《玄應音義》，引《說文》並無「之」字。卷五十六「香邸」條轉錄有「之」字。卷三十九「邸店」條引《說文》無「之」字，卷八十三「夷邸」條所引有「之」字。諸引不一，許書省練，凡不用虛字可達意者皆不繫用之，後世引書者增「之」字以足詞氣，此是也。合訂之，許書原文當作「邸，屬國舍也。从邑，氐聲。」

郵（郵）　境上行書舍。从邑、垂。垂，邊也。

濤案：《後漢書・郭泰傳》注引「郵，境上傳書舍也」，《史記・白起傳》正義引「郵，境上行舍，道路所經過」，二書互訂，葢古本作「郵，境上傳書舍，道路所經過也」。《爾雅・釋言》云：「郵，過也。」郭注曰：「道路所經過。」景純注《雅》率用許書，其爲今本譌奪無疑。《史記》正義「行」字乃「傳書」二字之誤，章懷則節引上句耳，《光武紀》、《楊震傳》注仍引作行，葢後人據今本改。

魁案：《古本考》非是。《慧琳音義》卷八十三「郵駿」條引《說文》云：「境

〔註199〕「五十五」三字刻本原缺，據《校勘記》補。

上行書舍也。從邑垂聲。」與今二徐本殆同，唯「舍」下奪「也」字，則今二徐本不誤。又以會意解字，本書《𨸏部》：「陲，危也。从𨸏垂聲。」則當以形聲解之。合訂之，許書原文當作「郵，境上行書舍也。从邑垂聲。垂，邊也。」

（竆）　**夏后時諸侯夷羿國也。从邑，窮省聲。**

濤案：《玉篇》有「《書》曰：有窮后羿」六字，疑本許君稱經語而今本奪之。

（邰）　**炎帝之後，姜姓所封，周棄外家國。从邑，台聲。右扶風斄縣是也。《詩》曰：「有邰家室。」**

濤案：《史記・劉敬傳》正義引作「姜姓所封，國棄外家也」，是古本「國」字在「封」字之下。以本部訓解之例證之，今本在「家」字之下者誤，《周本紀》正義作「姜姓封邰，周弃外家」，乃傳寫有誤，而家下亦無「國」字。

（郊）　**周文王所封。在右扶風美陽中水鄉。从邑，支聲。岐郊或从山，支聲。因岐山以名之也。**

濤案：《文選・西京賦》注引「岐山，在長安西美陽縣界，山有兩岐，因以名焉」，乃崇賢檃括其詞，非古本如是。「山有兩岐」一語當是古本有之。

（邙）　**河南洛陽北亡山上邑。从邑，亡聲。**

濤案：《御覽》四十二地部引「邙，洛陽北土上邑也」，葢傳寫有奪誤，非古本如是。亾當作芒，說詳《艸部》。

（鄋）　**北方長狄國也。在夏為防風氏，在殷為汪茫氏。从邑，叜聲。《春秋傳》曰：「鄋瞞侵齊。」**

濤案：《左傳》文十一年釋文引「汪茫」作「汪芒」，葢古本如是。《說文》無茫字，《山部》嵎字解亦云：「汪芒之國。」《釋文》「殷」上無「在」字，葢傳寫偶奪。

（鄦）　**炎帝太嶽之允，甫侯所封，在潁川。从邑，無聲。讀若許。**

濤案：《御覽》百五十九州郡部引作「許炎帝之後也，武王代紂時封之」，葢古本如是。《漢書・地理志》曰：「潁川郡，許故國姜姓四岳後，太叔所封。」「太叔」，《左傳》隱十一年正義引作「文叔」。《詩・王風》申、甫、許三國並言，不得云「甫侯封許」，觀《御覽》所引則知古本並無是語，今本爲二徐竄改者不少矣。《說文敘》云：「呂叔作藩俾侯於許。」「呂叔」疑本作「文叔」，亦爲二徐所改，以合「甫侯封許」之說耳。鄦、許古今字。

（鄛）　**南陽棗陽鄉。从邑，巢聲。**

濤案：《后漢書・宦者鄭眾傳》注引「南郡棘陽縣有鄛鄉」，葢古本如是。「南」下奪一「陽」字，「南陽郡有棘陽縣」，二志皆同，今本「棗」字誤。

（邡）　**什邡，廣漢縣。从邑，方聲。**

濤案：《玉篇》引無「什」字，乃傳寫偶奪，非古本如是。

（郐）　**郲下邑地。从邑，余聲。魯東有郐城。讀若塗。**

濤案：《史記・魯周公世家》索隱引「郐，郲之下邑地」，是古本有「之」字，無「地」字，以通部訓解例之，「邑」下應有「地」字。

（邪）　**琅邪郡。从邑，牙聲。**

濤案：《九經字樣》云：「即邪郡名，郎良也，邪道也，以地居鄒，魯人有善道，故爲郡名。今經典相承，郎字王旁作琅，邪字或作耶者譌。」是古本作「郎邪」，不作「琅邪」。《左氏》昭十七年〔註 200〕傳杜注「郰國，今琅邪開陽縣。」釋文云「琅本或作郎」，則知作琅者誤。郎邪以郎山得名，見〔註 201〕所引伏韜《齊地記》，「邞」字解「琅邪縣」亦當作「郎」。

（䣝）　**齊之郭氏虛。善善不能進，惡惡不能退，是以亡國也。从邑，臺聲。**

濤案：《御覽》百九十三居處部引「郭，廓也。廓落在城也」，此乃《釋名・

〔註 200〕「昭十七」三字今補。

〔註 201〕「見」下有奪文。

釋宮室》語，傳寫誤爲《說文》，非古本有此一解。

𨛍（郛）　**郛海地。从邑，孛聲。一曰，地之起者曰郛。**

濤案：《玉篇》引「地」作「郡」，葢古本如是。此与郎邪郡、邟郡一例。

補𨞚

濤案：《廣韻・十六蒸》引《說文》曰：「𨞚，地名也」，是古本有𨞚篆，小徐本亦有之，云：「从邑，興聲。」

《說文古本考》第七卷上　嘉興沈濤纂

日部

（日）　**實也。太陽之精不虧。从囗一。象形，凡日之屬皆从日。古文，象形。**

濤案：《初學記》一天部、《御覽》三天部引「象形」下皆有「又君象也」四字，蓋古本如是，今奪。《事類賦》引亦有此四字，是宋初湻化年本猶未刊落。

又案：「从囗」《初學記》作「从〇」，《北堂書鈔》天部同，此象形字當如是作。徐鍇《袪妄》引李陽冰云：「古文正圜，象日形，其中一點象烏，非囗一。蓋篆籀方其外引其點爾。」是虞氏、徐氏所引皆據古文之形，今古文亦方外引點矣。

魁案：《古本考》認爲「从囗」當作「从〇」，可從。《慧琳音義》卷四十一「旭日」條引《說文》作「太陽精，象形字也。」乃節引。《希麟音義》卷一「旭日」條引作「實也，太陽精不虧也。從囗一聲也。」據此許書當無「之」字，有「也」字，以形聲解則誤。

（睹）　**旦明也。从日，者聲。**

濤案：《文選·魏都賦》、《謝靈運〈越嶺溪行詩〉》、《七發》三注引此字皆作曙，乃崇賢以今字易古字耳，非古本有「曙」無「睹」也。後人不知曙即睹字之變，故《玉篇》分列二文，《廣韻》析居二韻，大徐增爲《新附》，皆爲無識。

魁案：《希麟音義》卷九「未曙」條引《說文》云：「謂旦日未出。從日署聲。」似希麟所見《說文》有「曙」字。

（旳）　**明也。从日，勺聲。《易》曰：「爲旳顙。」**

濤案：《易·說卦》釋文云：「旳，《說文》作馰。」是古本旳字說解無引《易》語矣。《馬部》馰字注引《易》曰：「爲馰顙。」正与元朗所見本合。許君稱《易》孟氏，蓋孟氏本「旳」作「馰」，若又於旳字解稱《易》，則是自亂其例矣。

魁案：《古本考》認爲無稱《易》語，可備一說。《慧琳音義》卷八「飽的」條：「《說文》從白作的。的，明也。從白勺聲也。」卷二十六「因的」條：「《說文》：的，明也。傳曰射質也。」卷四十八「中的」條：「《說文》作旳，同。都歷反，明也。射質也。」卷五十九「中的」條轉錄《玄應音義》，云：《說文》：「作旳，明也。同。都歷反。射質也。」卷六十七「一的」條：「《說文》作的，同。的，明也，《詩》云：「發彼有的。」傳曰：的，射質也。」的與旳相混，云「射質也」者乃毛傳語。據卷六十七所引，許書當有稱《詩》語。合訂之，許書原文當作「旳，明也。从日，勺聲。《詩》云：發彼有旳。」

（晃）　明也。从日，光聲。

濤案：《一切經音義》卷三引「晃，明也，燿也」，是古本有「燿也」一訓。《廣雅・釋言》云：「晃，暉也。」暉、燿義近，當本許書。《篇》、《韻》皆云：「晃正，晄同。」是古本篆體作晃。

魁案：《古本考》非是。《慧琳音義》卷四「晃燿」條，卷二十一、二十四、二十八「晃曜」條，卷四十四「晃焴」條俱引《說文》作「明也」。又，卷九「晃煜」條轉錄《玄應音義》引《說文》作「晃，明也。煜，燿也。」卷四十三「晃煜」條轉錄引作「晃，明也。煜，燿也。晃也，煜，盛也。」卷五十八「晃煜」條亦轉錄，云：「《說文》晃，明也。《說文》：煜，曜也。」曜與燿同。卷七十四「晃煜」條：「《說文》：明也。《說文》燿也。從火昱。」卷八十一「晃煜」條：「《說文》云：晃，明也。《說文》煜，燿也。亦熾也從火昱聲。」據此數引明「燿也」乃「煜」字之訓，非是晃字之訓。今檢《玄應音義》卷三「晃煜」條引《說文》作「晃，明也。煜，燿也。」所引甚明，蓋沈濤所據本奪「煜」字。

（旭）　日旦出皃。从日，九聲。讀若勖。一曰，明也。

濤案：《詩・匏有苦葉》釋文引作「讀若好字」，蓋古本如是。「驕人好好」，《爾雅》作「旭旭」，此旭、好同音之證。淺人誤謂「好」無「旭」音，遂改爲勖，妄矣。

又案：《藝文類聚》一天部引「日初出爲旭」，乃《纂文》語，傳寫誤「纂」爲「說」耳。如「日在午曰亭午，在未曰昳」云云，許書斷無此語。他書皆引作《纂文》，或疑爲《說文》異本，是不然矣。

魁案：《古本考》可從。張舜徽《約注》云：「古者旭好同音，猶《孟子》云：『畜君者，好君也。』其例正同。《禮記・坊記》引《詩》『以勖寡人』作畜，是勖畜又通。旭之音同於好，猶畜之引同於好矣。」《慧琳音義》卷四十一、六十一「旭日」條並引《說文》作「日旦出皃也」，較今本多一「也」字。《希麟音義》卷一「旭日」條引無「皃」字，有「也」字。卷九「旭上」條引作：「旦日出皃。又明也。」「旦日」二字誤倒。《慧琳音義》卷十八「旭照」條引作「旭，明也。日旦出皃。」諸引稍異，合訂之，當以作「皃」爲是，今二徐本不誤。

（晏）　天清也。从日，安聲。

濤案：《一切經音義》卷五引「天清也」下有「亦鮮翠之皃也」六字，當是《說文》注中語。

魁案：《古本考》是。《慧琳音義》卷三十八「晏然」條轉録《玄應音義》，引《說文》云：「晏，天清也。亦鮮翠之皃也。」與沈濤所言同。卷五十六「晏然」條亦轉録，引作「天清也。晏，亦翠皃也。」「晏」之本訓當是「天清」。又《慧琳音義》卷二十一「海晏」條轉録《慧苑音義》引《說文》曰：「晏，安也。」卷五十八「晏安」條又云：「《說文》宴，安也。」皆誤「晏」爲「宴」而釋。本書《宀部》：「宴，安也。」

（曣）　星無雲也。从日，燕聲。

濤案：《晉書音義》上引「曣，日生無雲暫見也」，是今本星字乃「日生」二字誤并，又奪「暫見」二字，皆非。

魁案：《古本考》可備一說。然，《唐寫本唐韻・去霰》662曣字下云：「星無，出《說文》」。則非是「日生」。又，今二徐本同，《類篇》卷十九、《廣韻》卷四、《集韻》卷八所引皆同二徐，則許書原文當如此。

（景）　光也。从日，京聲。

濤案：《文選・張載〈七哀詩〉》注引「景，日光也」，蓋古本有「日」字，今奪。以昏訓「日冥」，晷訓「日景」例之，當有「日」字。他處有引無「日」

字者，乃節取之例，淺人遂據以刪本書矣。

魁案：《古本考》當是。《慧琳音義》卷二十三「眾景奪曜」條轉錄《慧苑音義》，引《說文》曰：「景，光也。」亦脫「日」字。下文「旰，晚也」，《慧琳音義》引《說文》亦有「日」字。

(晧)　日出皃。从日，告聲。

濤案：《一切經音義》卷十八引「晧，广大也，光明也」，當是古本之一訓，今奪。

魁案：《古本考》非是。今檢《玄應音義》卷十八「晧大」條：「《三蒼》古文顥，同。胡老反。晧亦广大也，光明也。」「广大也，光明也」之訓出《三蒼》，非出《說文》，沈濤蓋疏。《慧琳音義》卷十九「晧昊」條引《說文》：「日初出皃。從日告聲。」則今二徐本「日」下當脫「初」字，許書原文當如慧琳所引。

(曄)　光也。从日，从𠌶。

濤案：《文選・西都賦》注引「曄，草木白華皃」，疑古本一曰以下之奪文。

魁案：《古本考》非是。「草木白華」乃本書《華部》「曅」字之訓。《慧琳音義》卷五十四「暐曄「條引《說文》云：「曄，光明皃也。」「明皃」二字當是引者所增，卷七十九「煒曄」條引《說文》：「光也。從日華聲也。」與今二徐本同，許書原文如是。

(旰)　晚也。从日，干聲。《春秋傳》曰：「日旰君勞。」

濤案：《文選・謝朓〈酬王晉安〉詩》注引「旰，日晚也」，葢古本有「日」字，今奪。此与景字訓之當有「日」字同例。

魁案：《古本考》是。《慧琳音義》卷八十一「日旰」引《說文》云：「日晚也。從日干聲。」

(晷)　日景也。从日，咎聲。

濤案：《文選・魏都賦》注引「晷，景」，《潘尼〈贈陸機出爲吳王郎中令詩〉》、《陸機〈長謌行〉》、《張華〈雜詩〉》三注皆引「晷，景也」，此傳寫奪「日」字，非古本無之，他書所引及《選》注他篇所引有「日」字可證。

魁案：《古本考》是。《慧琳音義》卷十一「惠晷」條引《說文》云：「日景也。從日從咎。」

𣅳（昏）　日冥也。从日，氐省。氐者，下也。一曰，民聲。

濤案：《六書故》云：「唐本《說文》从民省。晁說之曰：因唐諱民，故改爲氏也。」錢少詹曰：「氐与民音義俱別，依許祭酒例，當重出㫒，云：或作㫒，民聲。今附於昏下，疑非許氏本文，頃讀戴侗《六書故》」云云。然則《說文》原是「㫒」字，从日民聲，唐本以避諱減一筆，故云「从民省」，徐氏誤以爲「氐省」。氐下之訓亦徐所附益，又不敢輒增「㫒」字，仍附「民聲」於下，其非許元文，信矣。《漢隸字原》㫒皆从民，婚亦从㫒，民者冥也，与「日冥」之訓相協。《唐石經》遇民字皆作民，而偏傍从民者盡易爲氏，如岷作岻，泯作汦，緡作緍，痻作痻，碈作碈，暋作暋，愍作慜，蟁作蝱之類不一而足，則昏之爲避諱省筆無疑。

又案：《五經文字》云：「緣廟諱偏旁準式省、从氏，凡汦昏之類皆从氏。」張參，唐人，目覩當時令甲，其言必信而有徵。㫒字之改在顯慶二年十二月，見《舊唐書・高宗紀》。

魁案：《古本考》可從。《慧琳音義》卷七「昏翳」條引《說文》作「旦冥也。從日從氏。」旦當爲「日」字形誤。

晻（晻）　不明也。从日，奄聲。

濤案：《文選・南都賦》注引「晻，不明皃」，《北征賦》注、《一切經音義》卷十二皆引同今本，義得兩通。

魁案：《慧琳音義》卷五十五「晻忽」條轉錄《玄應音義》，引《說文》與今二徐本同。許書原文當如是。

晦（晦）　月盡也。从日，每聲。

濤案：《文選・江淹〈雜體詩〉》注引：「晦，盡也」，乃崇賢節取盡字之義，以詩中「寂歷百艸晦」，不可言月也。《郭璞〈遊仙詩〉》注引同今本，可見古本非無「月」字。

暿（曀）　陰而風也。从日，壹聲。《詩》曰：「終風且曀。」

濤案：《御覽》十三天部引「曀，天陰沈也」，葢古本如此。今本涉《詩》傳、《爾雅》而誤耳。《釋名・釋天》云：「曀，翳也。言雲氣晻翳日光，使不得明也。」「晻翳不明」即陰沈之意。王觀察謂：「《詩》:『終風且暴。』終猶既也。」「終風且暴」言「既風且暴」，則」終風且曀「言」既風且曀「耳，曀字自有本訓，初不必兼風而言。《開元占經》一百一引「曀，天地陰沈也」，傳寫衍一「地」字，是古本相同，益見今本之誤。

昱（昱）　明日也。从日，立聲。

濤案：《一切經音義》卷九引作「日明也」，葢古本如是，今本誤倒其文耳。《太元經》曰：「日以昱乎，晝月以昱乎夜。」注云：「昱，明也。」是昱訓「日明」，非訓「明日」。《玉篇》亦云：「昱，日明也。」

㬥（㬥）　晞也。从日，从出，从収，从米。䳣古文㬥从日麃聲。

濤案：《一切經音義》卷一、卷二、卷三、卷九、卷十四、卷十七、卷十九、卷二十一皆引作「晞，乾也」，是古本有「乾」字。又《音義》卷一、卷三、卷九、卷十九、卷二十一引「米」下有「字意也」三字，卷十四有「字意」二字，卷二有「亦字意也」四字，乃元應以爲許書會意字，足成其語，非本文有此數字也。

魁案：《慧琳音義》卷四十二「暴曬」條、卷四十六「暴露」條、卷五十九「暴鬛」條、卷六十七「日㬥」條轉錄《玄應音義》引《說文》皆作「晞乾也」，卷十五、七十六「日㬥」條並引《說文》作「晞也」。是玄應所引作「晞乾也」，慧琳所引作「晞也」。下文「暵，乾也」「晞，乾也」，言晞不必復言乾也。今二徐本同，《類篇》卷十九、《六書故》卷二引同。《玉篇》卷二十作「晞也」，當本《說文》，故竊以爲許書原文當作「晞也」。

暵（暵）　乾也。耕暴田曰暵。从日，堇聲。《易》曰：「燥萬物者莫暵乎離。」

濤案：《詩・中谷有蓷》正義引「暵，燥也。《易》曰：燥萬物者莫暵乎火」，是古本作「燥」，不作「乾」。然《文選・南都賦》注仍引作「乾」，義得兩通。「離」當作「火」，小徐本尚不誤，又有「火離也」三字，恐是衍文。《說卦》釋文引作「熱，暵也」，當是傳寫有誤。

（晞）　**乾也。从日，希聲。**

濤案：《一切經音義》卷二十引「日乾曰晞，晞，乾之也」，是古本「乾」上有「日」字，今本奪。下句乃元應釋經文晞字。

魁案：《古本考》非是。《慧琳音義》卷五十四「晞坐」引《說文》作「乾也」。卷七十五「即晞」（晞）條轉錄《玄應音義》，云：「《說文》曰：乾曰晞（晞）。晞，乾也。仔細檢《玄應音義》卷二十，與「晞」字有關的唯「即晞」一條，云：「《說文》曰：乾曰晞，乾也。」據此，沈濤所引誤「曰」爲「日」，又衍「之」字。慧琳轉錄即此，亦誤晞爲晞。今二徐本同，許書原文如是。

（昝）　**乾肉也。从殘肉，日以晞之。與俎同意。籀文从肉。**

濤案：《五經文字》云：「𠆢象肉文，得日而乾」，葢古本如是，今本作「殘肉」者誤。

（暬）　**日狎習相慢也。从日，執聲。**

濤案：《五經文字》此字从埶，葢古本當作「埶聲」，不作「執聲」。本書从埶之字每誤從執，暬、埶聲近，《衣部》褻字從埶可證。

（昕）　**旦明，日將出也。从日，斤聲。讀若希。**

濤案：《一切經音義》卷十三引「旦明」下有「也」字，葢古本分爲兩語，此字不可刪，小徐本尚不誤。《禮記・文王世子》釋文引同今本，疑後人據今本妄刪。

魁案：《古本考》非是。《慧琳音義》卷五十五「昕赫」條轉錄《玄應音義》，引同沈濤所言。卷七十七「昕赫」及《希麟音義》卷十「牛昕」條引《說文》並同今大徐本。合訂之，許書原文當同大徐。今小徐本作「旦也明也，日將出也」，上二「也」字當衍。

倝部

補幹

濤案：《六書故》引唐本《說文》曰：「幹溼之幹也。」今本無幹字，葢古本有之，「幹溼之幹也」，語頗不詞，當是唐本以此爲「幹溼之幹」。戴氏曰：「幹，居寒切，溼去也。」疑即引唐本《說文》訓詁語，幹爲經典通用字，不應許書無之，惟經典用如「貞固者事之幹」，以及「幹父之蠱」其訓正訓「事者」皆引申之義，而本義則爲「幹溼」正字。其或作乾（諸書通用）或作干（北齊治疾方），皆假借字，或作漧（唐《三墳記》），別體字。

㫃部

㫃（㫃）　**旌旗之游，㫃蹇之皃。从屮，曲而下，垂㫃相出入也。讀若偃。古人名㫃，字子游。凡㫃人之屬皆从㫃。㫃古文㫃字。象形。及象旌旗之游。**

濤案：《爾雅・釋天》釋文：「凡旌旗之字皆从㫃，㫃音偃。《說文》云：旌旗得風靡也。」葢古本如是。下古文云：「象旌旗之游。」若正字亦如此解，則不煩複舉矣。

旐（旐）　**龜蛇四游，以象營室，游游而長。从㫃，兆聲。《周禮》曰：「縣鄙建旐。」**

濤案：《隋書・禮儀志》引許慎曰：「旐有四游，以象營室。」乃檃括其詞，非古本如是。

旗（旗）　**熊旗五游，以象罰星，士卒以為期。从㫃，其聲。《周禮》曰：「率都建旗。」**

濤案：《大唐類要》引「罰」作「伐」，与《攷工記》合，葢古本如是。《韻會》与小徐本皆作「伐」，則作「罰」者傳寫之誤，「五游」亦當從《周禮》作「六游」。

旞（旞）　**導車所以載。全羽以為允。允，進也。从㫃，遂聲。⿸㫃遺旞或**

从遺。

濤案：《御覽》三百四十兵部引「載」上無「以」字，「羽」下無「以爲」字，「允」下有「而」字，蓋古本如是。「允允而進」猶言緩緩而進，与「游游而長，沛然而垂」一例，今本義不可通。

（旝）　建大木，置石其上，發以機，以追敵也。从㫃，會聲。《春秋傳》曰：「旝動而鼓。」《詩》曰：「其旝如林。」

濤案：《晉書音義》卷中引作「發以擊敵」，《御覽》三百三十七兵部引「以機」作「其機」，「追敵」作「拒敵」，義皆得兩通。注有「一云：从衣會聲」六字，豈古本尚有重文或字邪！然《衣部》自有从衣从會之字，恐傳寫有誤。

又案：「發以機」，《大唐類要》一百二十六武功部引作「巧發爲機」，蓋古本如是，今本「以」字有誤，「巧」字尤不可少，旝字从木作檜。

又案：《左傳》桓五年釋文云：「旝，旃也。《說文》作檜，建大木，置石其上，發機以磓敵。」據此則元朗所見本《㫃部》無「旝」字，「建大木」云云乃《木部》檜字之一解。《御覽》所云「从衣會聲」乃「从木會聲」之誤。正義則云：「賈逵以旝爲發石，一曰飛石。引《范蠡兵法》作『飛石之事』以證之。《說文》亦云『建大木，置石其上，發機以磓敵』，與賈同也。案《范蠡兵法》雖有飛石之事，不言名爲旝也。『發石』非『旌旗』之比，《說文》載之《㫃部》，而以飛石解之，爲不類矣。」是沖遠所見《說文》正作旝字，在《㫃部》。當時陸、孔所據已各不如此。

又案：《三國・魏志・袁紹傳》注引《魏氏春秋》曰：「傳言旝動而鼓說曰旝，發石也」，乃傳寫奪一「文」字、「車」字，《類要》、《御覽》所引《魏武本紀》即《魏氏春秋》之文。

又案：《御覽》引《魏武本紀》曰：「上與袁紹軍於官度，上令傳言：旝動而鼓。《說文》曰：旝，發石車也，乃造發石車擊紹鲁」云云。《大唐類要》百二十六□□部所引亦同，而字作「檜」，与陸氏所據本同，雖「發石車也」四字乃檃括節引，然當時說解必有「車」字。陸、孔所引已不見此字，此許書之本所以愈古愈妙也。

（旃）　旗曲柄也。所以旃表士眾。从㫃，丹聲。《周禮》曰：「通帛

爲旃。」㫋旃或从亶。

濤案：《史記・武安侯傳》索隱引「曲旃者所以招士也」，《御覽》三百四十兵部引作「所以招士眾也」，《白帖》五十八引「旃，曲把旗以招士也」，葢古本如是。今本「旃表」二字義不可通。《漢書・田蚡傳》注師古引同今本，乃後人據今本改。

（施）　旗皃。从㫃，也聲。齊欒施字子旗，知施者旗也。

濤案：《汗簡》卷下之一「，施，見《說文》」，是古本此字尚有重文，今奪。

（游）　旌旗之流也。从㫃，汓聲。古文游。

濤案：《文選・東京賦》注引「斿旍旒施也」，斿即游字之省，「旍」、「施」二字疑「旌」、「旗」二字之誤。

（旅）　軍之五百人為旅。从㫃，从从。从，俱也。

濤案：《廣韻・八語》引作「軍五百人也」，葢古本如是，今本義得兩通而不合全書訓解之例。

魁案：《古本考》可從。《慧琳音義》卷六「軍旅」引《說文》云：「軍之五百人也。」卷十三「逆旅」條引作「軍也，五百人也」，小徐本作「軍之五百人」。合訂之，許書原文當作「軍之五百人也」。

冥部

（冥）　幽也〔註 202〕。从日，从六，冖聲。日數十。十六日而月始虧幽也。凡冥之屬皆从冥。

濤案：《文選・魏都賦》注引「冥，幽昧也」，《思元歎逝二賦》注、《陶潛〈還江陵夜行塗口詩》注引「冥，窈也」，葢古本作「冥，幽昧也。一曰窈也」。今本爲二徐妄刪。《詩・斯干》傳：「冥，幼也。」崔靈恩本作「窈音杳」，此冥訓「窈」之證。

〔註 202〕「幽也」，刻本作「冥也」，今據大徐本正。

又案：《一切經音義》卷十七引「冥，幽也，幽闇也。冥字从日从六，日數十，十六日而月始虧幽也，冖聲」，卷二十四引「冥，幽也，亦夜也。字从冖从日从六，日數十，十六日而月始虧，冥字意也」，不但與《文選》注所引不同，而兩引各有舛異。《後漢書・張衡傳》注又引「冥，幽也」，葢所據本既不同，傳寫又復有誤，其義亦得兩通，要不得如今本所云耳。

魁案：此條《慧琳音義》引《說文》甚豐，先臚列如下。(1)《慧琳音義》卷一「盲冥」條引作「幽也，從日。日數十六，每月十六日月始虧漸幽暗也。從冖亦聲也」。(2)卷四「盲冥」條引作「冥字從日從冖從六。冖音覓。凡日數十，月十六日月初虧漸幽暗，故從月從六」。(3)卷十二「諸冥」條引作「幽也。從冖（音覓冖，覆也）從日。（日數十）從六。每十六日月初虧漸向幽暗也」。(4)卷二十「盲冥」條引作「冥，幽也。從冖從日從六」。(5)卷二十八「窈冥」條引作「冥，從冖六。日數十。十六日月始虧幽冖也」。(6)卷三十三「盲冥」條引作「冥，幽也。從日。日數十。從六。凡月十六日始漸幽暗也。從冖」。(7)卷四十一「暗冥」條引作「幽也。從月（日）六。日數十六日而月始虧幽暗也。從昗冖聲也」。(8)卷六十七「冥闇」條引作「幽也。從冖六日。數十六日而月始虧也。從冖昗聲」。(9)卷七十「諸冥」條轉錄《玄應音義》，引作「冥，幽也。幽，闇也。冥，夜也。夜無所見也。字從日從六，日數十六日而月始虧冥也。冖聲。」(10)卷七十七「冥讁」條引作「幽也。從日六。日數十六日而月始虧幽。冖聲」。(11)卷七十八「癡冥」條引作「幽也。從日從六。日數十。十六日而月始虧幽暗。冖，覆也」。(12)卷八十八「窈冥」條引作「幽暗也。從日從六。謂十六日而月始虧。冖聲」。(13)《希麟音義》卷六「三界冥」引《說文》作「月從十六日始冥。故字從六日冖」。所引各異，然「幽也」一訓所引殆同，許書原文當如是。沈濤謂古本尚有「幽昧也。一曰窈也」之訓爲二徐刪，不可從。所引(1)(7)(8)(9)(10)(11)(12)以形聲解之，與二徐同，許書原文當如是。「日數十。十六日而月始虧幽也」，段玉裁釋云：「日之數十，昭五年《左傳》文，謂甲至癸也。歷十日復加六日而月始虧，是冥之意，故从日六。」《慧琳音義》所引甚亂，「日數十」一句凡五見，竊以爲無此句則「從日從六」便無據，許書原文當有之。「十六日而月始虧」一句凡十一引，殆同。「始虧」以下凡四引蓋作「漸幽暗也」，餘則有譌誤。總而訂之，竊以爲許書原文作「幽也。从日从六，冖聲。日數十。十六日而月始虧，漸幽暗也。」

晶部

曐（曐）　萬物之精，上為列星。从晶，生聲。一曰象形。从口，古口復注中，故與日同。𣇃古文星。星曐或省。

濤案：《五行大義論・七政》引云：「星者，萬物之精。或曰：日分爲星，故其字日下生。」此釋重文星字之義，本《春秋說》題辭，許君解字多用緯書說，今本爲二徐所妄刪。

魁案：《古本考》可從。「或曰」亦是許書條例之一，今大徐本言「或曰」者凡二十余條。又，《慧琳音義》卷二十五「歲星」條引《說文》云：「萬物之精，上爲列宿。其歲星越歷二十八宿，宣徧陰陽，十二月一次也。」「其歲星」以下當是引者解釋「歲星」之語，非是許書之文。「列宿」與二徐作「列星」。《希麟音義》卷五「著星辰」條引作「萬物之精，上爲列宿也。又，星即五星，躔行二十八宿也。」則許書原文作「列宿」，「又」下十二字亦當非許書之文。《希麟音義》卷六「鎮星」：「《說文》從晶作曐。云：萬物之精也。古文作曑，像形也。」乃釋重文曐字。「从口」二字似當在「古文星」之下。「古口復注中，故與日同」似當在「曐或省」之下。合訂之，許書原文蓋作「萬物之精，上爲列宿也。从晶，生聲。一曰象形。𣇃古文星从口。星曐或省。古口復注中，故與日同。或曰：日分爲星，故其字日下生。」

月部

月（月）　闕也。太陰之精。象形。凡月之屬皆从月。

濤案：《止觀輔行傳》一之二引「月者，闕也，有盈有虧故名爲闕」，是古本尚有「有盈有虧」八字，今奪。

又案：《止觀輔行傳》三之四引「月者，亦名望舒，月望則舒」，葢古本有此十字，今本爲淺人所刪。此所引或在《壬部》望字注。

又案：《止觀輔行傳》三之四引「月者，亦名恒娥，亦名常娥，月初月未，恒常如娥」數語，今本亦奪。

朔（朔）　月一日始蘇也。从月，屰聲。

濤案：《文選・郭璞〈遊仙詩〉》注引「朔，月一日始也」，乃傳寫奪一蘇字，非古本無之。

（朏）　月未盛之明。从月、出。《周書》曰：「丙午朏。」

濤案：《御覽》四天部引「朏，月未成明也」，葢古本如是。今本傳寫誤「成」爲「盛」，淺人遂刪去「也」字，加一「之」字以就文義，可謂無知妄作矣。《釋名・釋天》「朏，月未成明也」，正本許書。《文選・月賦》注引作「月未成光」，光、明義得兩通。《尚書・畢命》正義及《玉篇》引同今本，疑淺人據今本改。

魁案：《古本考》非是。《慧琳音義》卷九十五「朏然」條引《說文》云：「朏月未盛之明也。從月出聲。」較今大徐多一「也」字，與小徐同，許書原文當如是。

（霸）　月始生，霸然也。承大月二日；承小月三日。从月，䨣聲。《周書》曰：「哉生霸。」古文霸。

濤案：《御覽》四天部、《文選・月賦》注、《曹植〈應詔讌曲水詩〉》注引「霸然」作「魄然」，葢古本以通用字代正字，自當以作「霸」爲是。《御覽》小注中又引「承大月，月生二日謂之魄；承小月，月生三日謂之朏。朏音斐」，則「承大月」云云乃《說文》注中語，非許書原文，今本竄入正文而又妄加刪節矣。

又案：《書・武成》釋文云：「魄，《說文》作霸，云：月始生魄然皃。」元朗既云《說文》作霸，則「魄然」必作「霸然」，后人傳寫誤耳。也、皃義得兩通。《鄉飲・酒義》釋文仍作「也」。

魁案：《古本考》非是。《慧琳音義》卷十九「強霸」條引《說文》云：「月始生魄也。」合《文選》注、《御覽》所引訂之，許書原文當作「月始生魄然也」，許書以借字釋本字。「承大月」之句，小徐本，《六書故》卷二所引同，許書原文當有之。

（朒）　朔而月見東方謂之縮朒。从月，內聲。

濤案：《文選・月賦》注引「朒，朔而月見東方縮朒然」，葢古本如是。此與「始生霸然」一例，今本乃淺人妄改，篆文亦當作「朒」字。又引無「朔而」

二字，蓋奪。

囧部

（囧）　**窗牖麗廔闓明。象形。凡囧之屬皆從囧。讀若獷。賈侍中說：讀與明同。**

濤案：《一切經音義》卷五引「窻牖開明曰囧」，「開」乃「闓」字傳寫之誤。

（盥）　**《周禮》曰：「國有疑則盟。」諸侯再相與會，十二歲一盟。北面詔天之司慎司命。盟，殺牲歃血，朱盤玉敦，以立牛耳。从囧从血。篆文从朙。古文从明。**

濤案：《汗簡》卷中之一，作，是古本古文篆體如此，今本微誤。

夕部

（夝）　**雨而夜除星見也。从夕，生聲。**

濤案：《廣韻・十四清》引「星見」作「見星」，蓋古本如是。「見星」、「星見」義得兩通，然《史記・天官書》曰：「天暒而見景」，則作「見星」爲是。

又案：「生聲」疑當作「星省聲」，《史記》作「暒」，蓋从星不省而又誤「夕」爲「日」耳。

（外）　**遠也，卜尚平旦，今夕卜於事外矣。古文外。**

濤案：《玉篇》引作「表也，遠也」，是古本尚有「表也」一訓，今奪。

多部

（多）　**重也。从重夕。夕者，相繹也，故爲多。重夕爲多，重日爲曡。凡多之屬皆从多。古文多。**

濤案：《汗簡》卷中之一云：「多，見《說文》」，是古本重文不作多矣。多與正篆重出，當以《汗簡》所據篆體爲正。

補 辡

濤案：《詩・螽斯》釋文云：「詵詵，所巾反，眾多也。《說文》作㚋，音同。」是古本有㚋篆，今奪。又《焱部》「桑」字解云：「讀若《詩》曰：莘莘征夫」，「莘莘」當作「㚋㚋」。

毌部

虜（虜）　獲也。从毌，从力，虍聲。

濤案：《汗簡》卷中之一引《演說文》「虜」字作 ，「虜」字似不宜从貝，疑或貫字之異文，傳寫誤也。

魁案：《慧琳音義》卷六十「俘虜」條引《說文》作「獲也」，與今本同卷九十二「紐虜」條引《說文》云：「虜，俘獲也。」「俘獲」之義當是後起，今大徐不誤。

马部

马（马）　嘾也。艸木之華未發圅然。象形。凡马之屬皆从马。讀若含。

濤案：《玉篇》引「華」下有「實」字，葢古本如是，今奪。下文《東部》「東，草（據《玉篇》增）木垂華實」，亦兼「華實」言也。

圅（圅）　舌也。象形。舌體马马。从马，马亦聲。肣俗圅从肉从今。

濤案：《詩・行葦》釋文引云：「圅，舌也。」又云：「口裏肉也」，是古本有「一曰口裏肉也」六字，今奪。

東部

東（東）　木垂華實。从木、马，马亦聲。凡東之屬皆从東。

濤案：《玉篇》引「木」上有「草」字，葢古本如是，今奪。

片部

片（片）　判木也。从半木。凡片之屬皆从片。

濤案：《五經文字》云：「片象半木形」，葢古本如是，「半木」不可言，从部首率多象形字。

魁案：片字沈濤以象形解之，當是。《慧琳音義》卷三「板片」條：「《說文》從片作板（版），判木也。下篇遍反。《說文》：半木字也。」今二徐本「片」下云「判木也」，版下云「判也」，《音義》與之異。《集韻》卷八、《韻會》卷二十二「片」下引《說文》皆同二徐，則許書原文「版」下所釋當以二徐爲是。

（牘）　書版也。从片，賣聲

濤案：《後漢書・蔡邕傳》注引「牘，書版也，長一尺」，葢古本如是。今本奪下三字。

魁案：《古本考》非是。《慧琳音義》卷三十一「簡牘」條引《說文》作「版也」，奪一「書」字。卷九十六「徽牘」條引同今二徐本。據此許書原文當只作「書版也」，「長一尺」當李賢續申之辭。

（牒）　札也。从片，枼聲。

濤案：《文選・吳都賦》注、《劉孝標〈廣絕交論〉》注引「牒，記也」，《一切經音義》卷三引「牒，禮也」。姚尚書曰：「記、禮皆字形相近之譌。禮，古文作禮。《赭白馬賦》及《七命》注、《左氏》昭二十五年正義引作札。」

魁案：《古本考》是。《慧琳音義》卷九「金牒」條、卷四十九「圖牒」條，卷八十五「牒盈」條、「銀牒」條、「家牒」條，卷九十二「圖牒」條、卷九十七「玉牒」俱引《說文》作「札也」，與今二徐本同，許書原文如是。

（牖）　穿壁以木為交窗也。从片、戶、甫。譚長以為，甫上日也，非戶也。牖，所以見日。

濤案：《文選・鸚鵡賦》注引無「木」、「交」二字，葢古本如是。「在牆曰牖，在屋曰窗」，正不必用「木」，亦並不必「交」也。

魁案：《古本考》非是。《慧琳音義》與《希麟音義》所引甚豐，先臚列如下。(1)《慧琳音義》卷八「戶牖」條引《說文》作「穿壁以木爲交牕也。從片戶甫聲也」。(2)卷十二「戶牖」條引作「穿壁以木爲交窓也。從月從戶甫」。(3)卷二十一「階砌戶牖」條引作「在屋曰窗。在牆曰牖」。(4)卷三十二「戶牖」條引作「穿壁以木爲交窗也。從片從戶甫聲也」。(5)卷三十三「戶牖」條引作

「穿壁以木爲交牕也。從片從戶甫聲。所以見日也。」(6)卷三十五「戶牖」條引作「穿壁以木爲交曰窻。象形字，或從片。牖字，從戶從甫亦從片」。(7)卷四十二「戶牖」條引作「穿壁以木爲交也。譚長以爲甫上日也，非戶也。牖所以見日也。從片從戶甫聲也」。(8)《希麟音義》卷二「牕牖」條引作「在牆曰牖，在屋曰牕。從片悤聲，像交眼之形。《說文》云穿壁以木交爲窻也。從片戶甫聲也」。(9)卷四「窻牖」條：「《說文》作牕，在牆曰牗。在屋曰牕。從片，像交眼之形。《說文》穿壁以木交爲牗。從片戶甫聲。」(10)卷九「窻牖」條：「《說文》云穿壁以木爲交也。《說文》云從片戶甫聲」。(11)《類聚抄》卷十居處部牖下引《說文》云：「牖，穿壁以木爲交窗也。」以上十引皆有「木交」二字，則許書原文如此。又牖字今大徐以會意解之，誤矣。據上引當以形聲解之，小徐亦以形聲解。上諸引解爲會意者亦誤。合訂之，許書原文當作「牖，穿壁以木爲交窗也。从片戶，甫聲。譚長以爲：甫上日也，非戶也。牖，所以見日。」

鼎部

鼎（鼎）　三足兩耳，和五味之寶器也。昔禹收九牧之金，鑄鼎荊山之下，入山林川澤，螭魅蝄蜽，莫能逢之，以協承天休。《易》卦巽木於下者爲鼎，象析木以炊也。籀文以鼎為貞字。凡鼎之屬皆从鼎。

濤案：《類聚》七十三雜器物部引「寶器」作「彝器」，義得兩通。「收」作「貢」，《御覽》七百五十六器物部亦作「貢」，葢古本如是。「入山林」上《御覽》有「民」字，亦古本有之，今奪。《類聚》「民」作「以」，葢避唐諱作「人」，傳寫又誤爲「以」耳。

又案：《類聚》又引「鼎，上大下小」五字，今本亦奪。

又案：小徐本作「古文以貞爲鼎，籀文以鼎爲貞」，郭忠恕《佩觿》云：「古文以貞爲鼎，籀文以鼎爲則」，皆與大徐本不同，《佩觿》「則」字當是「貞」字傳寫之誤。

魁案：《古本考》非是。許書原文當作「寶器」。《慧琳音義》卷五十「調鼎」條引《說文》云：「鼎者，三足兩耳，和五味之寶器也。」《類聚抄》卷十六器皿部鼎下引《說文》云：「三足兩耳，和五味之寶器也。」《箋注本切韻・上迥》

（伯 3693）[197] 鼎字下云：「鼎，《說文》作此，鼎，三足兩耳，和五味之寶器。《易》曰卦巽木於下者爲析木以鼎也，從貞省，古以爲鼎。」俱非完引，皆作「寶器」。

鼒（鼒）　鼎之圜掩上者。从鼎，才聲。《詩》曰：「鼐鼎及鼒。」鎡俗鼒字从金从茲。

濤案：《詩・絲衣》釋文云：「鼒音茲，小鼎也。《說文》作鎡，音茲。」是古本引《詩》在重文之下，且作鎡，不作鼒矣。今本乃二徐據當時所傳毛詩本改。

克部

克（克）　肩也。象屋下刻木之形。凡克之屬皆从克。㐀古文克。𠅏亦古文克。

濤案：《汗簡》卷中之一引「顏黃門《說文》克字作𠧹」，顏黃門者，北齊顏之推也。然則推亦有《說文》矣。

禾部

禾（禾）　嘉穀也。二月始生，八月而孰，得時之中，故謂之禾。禾，木也。木王而生，金王而死。从木，从𠂹省。𠂹象其穗。凡禾之屬皆从禾。

濤案：《齊民要術》引「二月」上有「以」字，「得時之中」作「得之中和」，《文選・思元賦》注引「二月生八月孰，得中和故曰禾」，是古本「二月」上有「以」字，「得時之中」作「得時之中和」，今奪「和」字耳。「金王而死」，《思元賦》注引作「木衰而死」，蓋古本亦如是，以證从木之義也。《藝文類聚》八十五百穀部引「始生」作「而種」，《後漢書・張衡傳》注、《初學記》二十七引「二月」上有「至」字，皆與今本不同。

稼（稼）　禾之秀實為稼，莖節爲禾。从禾，家聲。一曰稼，家事也。一曰在野曰稼。

濤案：《初學記》花艸部引無「家」字，蓋傳寫偶奪。

魁案：《古本考》是。《慧琳音義》卷四十一「稼穡」條引《說文》作「稼，禾之秀實。一云稼，家事也。一云在野曰稼。」乃節引，然有「家」字。卷二十七「苗稼」條引作「禾之秀實爲稼，莖即爲禾。一曰在野曰稼也。」卷四十七「稼穡」條引作「禾之秀實爲稼，一云在野曰稼也。」卷七十「稼穡」條引作「禾之秀實曰稼。一曰在野曰稼也。」卷七十三「稼穡」條引作「禾之秀實爲稼。一曰在野曰稼。」《希麟音義》卷一「稼穡」條引作「禾之秀實也。一云在野曰稼。」所引皆非完文，凡「一云」均當作「一曰」。「一云稼，家事也」，小徐作「稼，家也」當有奪文。合訂之，今大徐本不誤，許書原文如是。小徐本「家」下奪「事」字，誤。

（穡）　穀可收曰穡。从禾，嗇聲。

濤案：《御覽》八百二十四資產部引「穡，穀可收嗇也」，葢古本如是。《詩·桑柔》釋文引王注云：「穡，收穡也。」「收穡」即「收嗇」，雙聲字。

魁案：《古本考》非是。《慧琳音義》卷四十一「稼穡」條引《說文》云：「稼，禾之秀實。一云稼，家事也。一云在野曰稼。穀可收也。」「穀可收也」當是「穡」字之訓。卷七十二「稼穡」條引作「禾可收曰穡。從禾嗇聲」。今二徐本同，當是許書原文。

（稑）　疾孰也。从禾，坴聲。《詩》曰：「黍稷種稑。」稑或从翏。

濤案：《詩·七月》釋文引「後種先孰曰稑」，葢古本如是。《周禮·內宰》注鄭司農云：「後種先孰謂之稑。」《豳風》傳亦云：「先孰曰穋。」是毛、鄭、許皆同也。

（穙）　稻紫莖不黏也。从禾，糞聲。讀若靡。

濤案：《齊民要術》二引作「稻紫莖不黏者」，《御覽》八百三十七百穀部引作「稻紫莖不黏者也」，是古本多一「者」字。

（秫）　稷之黏者。从禾、术，象形。秫或省禾。

濤案：《匡謬正俗》八引作「秫，稷秔者」，秔當爲黏字之誤。《爾雅》「衆秫」注云「謂黏粟也」，《齊民要術》引孫炎注同，其引《說文》亦同今本。諸家說秫皆爲黏粟，秔本稻屬，無緣屬稷，此葢傳寫之誤，不得疑古本如是也。

又案：《御覽》八百三十九百穀部引《廣雅》曰：「秫，稷稉也」，似與顏氏所引《說文》同矣。今本《廣雅》云：「秫，稬也」，「稬」本黏稻之名，無緣釋秫。竊意《廣雅》當作「秫，稷稬也」，今人猶以凡物之柔軟者爲稬，猶言稷之黏者。《御覽》傳寫誤「稬」爲「稉」，今本又奪一「稷」字耳。崔豹《古今注》曰：「稻之黏者爲秫。」「稻」當爲稷字之誤。

又案：《初學記》花艸部引「秫，稷之黏者也」，又曰：「秫，粘粟也」，是古本尚有一解。

穄（穄）　穈也。从禾，祭聲

濤案：《一切經音義》卷十五、卷十七皆引「穄，穈也。似黍而不黏者，關西謂之穈」，是古本尚有「似黍」以下十一字，今奪。卷十六引同，無「穈也」二字。

魁案：《古本考》是。《慧琳音義》卷五十八「穄米」條、卷六十五「穄米」條、卷七十四「穄粟」條皆轉錄《玄應音義》，引與沈濤所言同。

稻（稻）　稌也。从禾，舀聲。

稌（稌）　稻也。从禾，余聲。《周禮》曰：「牛宜稌。」

濤案：《匡謬正俗》八引「稻，稌也。沛國謂稻爲稌」，葢古本如是。《爾雅・釋草》「稌稻」注曰：「今沛國呼稌」，景純當本許書爲說。今本稬字注云：「沛國謂稻曰稬」，葢因聲近傳寫譌誤，又移於稬字之下，不知稬爲黏稻，非稻之總名，亦非僅沛國呼之也。惟「沛國謂稻爲稌」句當爲稌字注，不當爲稻字注。顏氏書疑亦傳寫誤倒。

又案：《爾雅・釋艸》釋文引同今本，亦云：「依《說文》，穤即稻也。」是元朗所見之本與二徐本同矣。然稬究不得爲稻之總名，自當以師古所引爲正。

又案：《爾雅》釋文引《字林》云：「穤，黏稻也」，穤即稬字之俗，《字林》之訓當本《說文》。以下文「稴，稻不黏者」例之，稬字注當云：「稻之黏者」。

又案：《御覽》八百四十二百穀部引「稌，穈也」，穈爲穄字之解，而《御覽》列于稌條，自非傳寫之誤，當是古本有此一解。

魁案：《古本考》非是。《匡謬正俗》八「稻秫稉」條原文作：「許氏《說文解字》曰：秫，稷秔者。稻，稌也。沛國謂稻爲稌。」師古引《說文》以釋「稻秫稉」，「稻」「秫」二字已釋，則「沛國謂稻爲稌」當爲「稉」字之訓，傳寫蓋涉「稌也」誤「稉」爲「稌」。沈濤曰：「《爾雅·釋艸》釋文引同今本，亦云：『依《說文》，糯即稻也。』」《希麟音義》卷六「稻稡」條引《說文》云：「稻即糯也。」卷八「稻稡」條引云：「沛國呼稻爲糯。」卷十「稻稡」條引云：「沛國謂稻爲糯。」據此，則「沛國謂稻曰稉」必爲「稉」字之訓。今二徐所訓「稻」、「稌」二字同，許書原文當如此。又，《慧琳音義》卷九十六「多稌」條引《說文》云：「牛宜稔。從禾余聲。」「稔」當爲「稌」字之形誤。

（稴）　**稻不黏者。从禾，兼聲。讀若風廉之廉。**

濤案：《初學記》二十七寶器部引作「稻紫莖不黏者」，桂大令曰：「疑誤引穛字訓。」

（穬）　**芒粟也。从禾，廣聲。**

濤案：《一切經音義》卷十一引「穬，芒穀也」，卷十八又引「穬，芒麥也」，是古本不作「粟」字。《周禮·稻人》：「澤艸所生種之芒種。」注引鄭司農云：「芒種，稻麥也。」「稻麥」不得稱粟，穀、麥義得兩通。

魁案：《古本考》非是。《慧琳音義》卷七十二「穬麥」條轉錄《玄應音義》，引《說文》云：「穬，芸粟也。」「芸」當爲「芒」字之誤。同卷「穬麥」條、卷八十「蕪穬」條並引同今二徐本，則今二徐本不誤。卷二十「麄穬」條引作「粟有芒也」，卷十五「穬麩」條引作「芒穀也」，卷三十五「穬麥」引作「芒穀」，卷五十二「雜穬」引作「穀也」皆有誤，非許書原文。

（稗）　**禾別也。从禾，卑聲。琅邪有稗縣。**

濤案：《文選·七啓》注引「稗，禾別名稗爲艸之似穀」，「別」當讀爲「分別」之別，自當作「也」，不當作「名」，《選》注乃傳寫之誤。

魁案：《古本考》認爲當作「也」，不當作「名」，是。《慧琳音義》卷二十四「稗子」條、卷三十二「稗莠」條、卷五十三「稗子」俱引《說文》作「禾別也」，與今二徐本同，是今二徐本不誤，許書原文如是。卷五「稊稗」條引作「禾之別種也」，卷五十「稊稗」條引作「禾之別名也」，卷六十一「稗米」條引作「禾之別種」，卷六十八「稗子」條引作「禾之別類也」，皆非許書原文。

（穎）　禾末也。从禾，頃聲。《詩》曰：「禾穎穟穟。」

濤案：《文選・魏都賦》注引「穎，穗也」，蓋古本如是。《詩・生民》：「寔穎寔栗。」傳曰：「穎，垂穎也。」《書・序》：「異畝同穎。」僞孔傳云：「穎，穗也。」《文選・思元賦》：「既垂穎兒顧本兮。」崇賢引舊注曰：「穎，穗也。」《小爾雅》、《廣雅・釋物》：「禾穗謂之穎。」則穎實訓穗，今本乃二徐妄改。《後漢書・張衡傳》注云：「穎，穟也。」穟亦穗字之誤。《詩・生民》正義、《御覽》八百三十九百穀部引同今本，疑後人據今本改。

（采）　禾成秀也，人所以收。从爪、禾。采或从禾，惠聲。

濤案：《一切經音義》卷八、卷十二兩引「禾成秀，人所收者穗也」，卷二十二引「禾成秀人所收者曰穗也」，《爾雅・釋艸》釋文引「穗，禾成秀人所收也」。合四引互訂，古本當如元朗所引，今本「以」字誤衍無疑。

又案：《爾雅・釋艸》釋文云：「穗俗字。」是古本不云「或體」也，小徐本采或二字亦作俗。

魁案：《古本考》是。《慧琳音義》卷四十八「房穗」條轉錄《玄應音義》，云：「《說文》：禾成秀人所收者曰穗也。」與沈濤所引同。卷三十四「生穗」亦轉錄《玄應音義》，云：「又作采，同。辭醉反。《說文》：禾成秀人所收也。」卷七十四「銜穗」條亦轉錄，云：「凡作采，同。辭醉反。《說文》：禾成秀人所收者也。」所引皆無「以」字，則今本誤衍無疑。小徐本作「禾成秀」，有脫文。合諸引，許書原文當作「禾成秀人所收也」。

（穟）　禾采之皃。从禾，遂聲。《詩》曰：「禾穎穟穟。」穟或从艸。

濤案：《爾雅・釋艸》釋文引作「禾垂之皃」，是古本不作「采」。《五經文字》亦云：「穟，禾垂皃。」

魁案：《古本考》非是。《慧琳音義》卷六十二「赤穟」條引《說文》云：「禾采之貌也。從禾遂聲。」與今大徐同，許書原文當如是。

（穮）　耕禾閒也。从禾，麃聲。《春秋傳》曰：「是穮是衮。」

濤案：《詩・載芟》、《爾雅・釋訓》釋文皆引作「耨，鉏田也」，蓋古本如是。釋文又別引《字林》云：「耕禾閒也。」則今本乃二徐以《字林》改《説文》耳。

（穫）　刈穀也。从禾，蒦聲。

濤案：《御覽》八百二十四資產部、《一切經音義》卷三、卷五、卷九、卷十二皆引作「刈禾也」，是古本作「禾」不作「穀」。《易・无》：「妄不耕穫。」《集解》引虞注云：「禾在手中故稱穫。」蓋釋所以从蒦之意也。

魁案：《古本考》當是。《慧琳音義》卷三十八「刈穫」條、卷四十六「秋穫」條、卷七十五「穫麥」條轉錄《玄應音義》，引《説文》皆作「刈禾也」。卷三十八又曰：「王逸注《楚辭》云：草曰刈，穀曰穫。」則玄應所見《説文》作「刈禾也」。《慧琳音義》卷十「收穫」條、卷八十四「霜穫」並引作「刈禾也」。卷十又云「草曰刈，穀曰穫」，亦當王逸注《楚辭》語。是慧琳所見《説文》亦作「刈禾也」。合而訂之，許書原文當作「刈禾也」。《慧琳音義》卷四十一「霜穫」條引作「刈穀也」，卷七十五「穫草」條引作「收刈也」，當有竄誤，非許書原文。

（穅）　穀皮也。从禾，从米，庚聲。穅或省。

濤案：《爾雅・釋器》釋文云：「康，《説文》作穅，或省禾」，是古本「省」下有「禾」字。

魁案：《慧琳音義》卷一、十四「穅穭」條、卷二十五「穅和」條、卷六十六「穅秕」條及《希麟音義》卷九「糠穢」條俱引《説文》作「穀皮也」，與今大徐本同，許書原文當如是。小徐作「穀之皮也」，當衍「之」字。

（稭）　禾稾去其皮，祭天以為席。从禾，皆聲。

濤案：《一切經音義》卷十四引作「祭天以爲藉也」，蓋古本如是，今本作「席」乃音近而誤。《史記・封禪書》索隱引作「祭天以此」，此乃引書者檃括之語。

魁案：《慧琳音義》卷五十九「草秸」條轉錄《玄應音義》，云：「又作稭、鞂、秫三形，同。公八反。秸稾也。《說文》：稭，禾稾去其皮，祭天以爲藉也。」卷九十七「稾秸」條引《說文》云：「禾稾去其皮，祭天以爲稭也。」皆與今二徐本不同。《類篇》卷二十、《六書故》卷二十二、《廣韻》卷五、《集韻》卷九所引皆作「祭天以爲席」，與今二徐本同。《玉篇》卷十五所釋與今二徐同，然不言出處。許書原文難以論定，且存疑。

（穰）　黍䅎已治者。从禾，襄聲。

濤案：《一切經音義》卷四引作「黍治竟者也」，「治竟」、「已治」義得兩〔註203〕通。卷十五又引「穰，黍䅎也，禾穰也」，義不可曉，恐是傳寫有誤。

魁案：《慧琳音義》卷五十八「若穰」條轉錄《玄應音義》引《說文》作「黍䅎也，禾穰也」，與沈濤所引同。卷三十「穰麩」條引作「亦黍䅎也」，䅎字當作「䅎」。同卷「穰草」條引作「黍䅎治鬼者也」，鬼字疑爲竟字之誤。許書原文似作「黍䅎治竟者也」。

（穀）　續也。百穀之總名。从禾，㱿聲。

濤案：《一切經音義》卷六、《御覽》八百三十七百穀部引皆作「百穀總名也」，是古本無「之」字，有「也」字。

魁案：《古本考》是。《慧琳音義》卷十六「雜穀」條引《說文》作「穀者，百穀之總名」，「者」字「之」字均爲引者所增。卷二十七「百穀」條引作「穀，續也。百穀總名。」卷七十八「米穀」條引作「續也。百穀總名也。」合訂之，許書原文當如卷七十八所引。卷二十六「百穀」條、卷四十一「穀稽」條並引作「續也」，乃節引。

（䆃）　禾也。从禾，道聲。司馬相如曰：「䆃，一莖六穗。」

濤案：《史記・相如傳》索隱引「嘉禾一名䆃」，是古本「禾」上有「嘉」字，今奪。《顏氏家訓》稱《說文》云：「䆃是禾名」，是黃門所據本亦無嘉字。

〔註203〕「兩」，刻本作「而」，今正。

（秋）　**禾穀孰也。从禾，𤓯省聲。籒文不省。**

濤案：《御覽》二十四時序部引「天地反物爲秋，从禾燋省聲」，是古本有「天地反物爲秋」六字，「反物」字義不可曉。然《五行大義・釋五行名》亦引「天地反物爲秋，其位西方」，是「反物」二字非傳寫之誤，姑且从闕疑。

（程）　**品也。十髮爲程，十程爲分，十分爲寸。从禾，呈聲。**

濤案：《類聚》五十四、《御覽》刑法部皆引作「十發爲程，十程爲寸」，發乃髮字傳寫之誤。段先生曰：「百髮爲分，斷無是理。」葢古本當如二書所引，今本「爲分」、「十分」四字衍。

又案：《文選・長笛賦》注引「程，示也」，葢古本尚有此一解。

（秅）　**二秭爲秅。从禾，乇聲。《周禮》曰：「二百四十斤爲秉。四秉曰筥，十筥曰稯，十稯曰秅，四百秉爲一秅。」**

濤案：《廣韻・九麻》引「秅，秭也」，乃傳寫奪「二」字。又《周禮》云：「聘禮曰：十斗曰斛，十六斗曰籔曰秉，四秉曰筥，十筥曰稯，十稯曰秅。」葢古本如是，今本爲二徐妄改。

補

濤案：《詩・黍離》釋文云：「《說文》作穲。」則古文當有穲篆，且有引《詩》:「彼黍穲穲」之語，今本爲二徐妄刪。《玉篇》云：「穲，長沙云禾把也。」《廣韻・五支》云：「長沙人謂禾二把爲穲。」未知本於許書否。

補

濤案：《艸部》蕛从艸稊聲，是本有稊字。《易》:「枯楊生稊。」虞翻云：「稊，穉也。」《夏小正》:「柳稊。」傳云：「稊也者發孚也。」

魁案：《古本考》是。《慧琳音義》卷八十八「稊稗」條：「《說文》從禾弟聲。」可證許書原文有稊字。

黍部

（黍）　**禾屬而黏者也。以大暑而穜，故謂之黍。从禾，雨省聲。孔**

子曰：「黍可爲酒，禾入水也。」凡黍之屬皆从黍。

濤案：《廣韻・八語》：「黍，《說文》云：禾屬而黏也。」引孔子曰：「黍可爲酒故从禾入水也。」《龍龕手鑑》亦引孔子曰：「黍以可爲酒，故从禾入水也。」葢古本「禾」字上尚有「故从」二字。黍本會意字，从禾从入从水，《說文》部首罕有形聲者，「雨省聲」之語乃後人妄羼，「黍可爲酒」二語當亦緯書說，許君引以解字，二徐妄刪去，故从二字，妄矣。

魁案：《古本考》非是。《希麟音義》卷五「黍米」條引《說文》云：「禾屬而黏者也。以大暑而種，故謂之黍。從禾雨省聲。孔子曰：黍可爲酒，禾入水也。」與大徐同，許書原文如是。種同穜。

香部

（馨）　**香之遠聞者。从香，殸聲。殸，籀文磬。**

濤案：《華嚴經音義》卷七十五引「謂香之遼聞也」，葢古本「者」字作「也」，「謂」字慧苑所足。

魁案：《古本考》是。《慧琳音義》卷二十三「芬馨」條轉錄《慧苑音義》，引同沈濤所引。卷三十「馨馥」條、卷四十五「德馨」條、卷八十三「芬馨」條三引作「香之遠聞也」。小徐本亦作「香之遠聞也」，是小徐不誤，下文原文如是。今大徐「者」字當作「也」。

補馣

補馤

濤案：《文選・上林賦》注引「馣馤，香氣奄馤也」，又云：「馣馤与晻薆音義同。」葢以賦文作「晻薆」字，崇賢引許書以證馣馤之即晻薆耳，則古本必有此二篆，今奪。

米部

（糟）　**酒滓也。从米，曹聲。籀文从酉。**

濤案：《御覽》八百六十飲食部引無「酒」字，乃傳寫誤奪。

魁案：《古本考》是。《慧琳音義》卷十五「糟滓」條、卷三十四「糟糠」條、卷四十四「糠糟」皆引同今本，卷三十四少「也」字。卷七十七「糟粕」條：「許叔重注《淮南子》云：糟，酒滓也，粕已漉糟也。《說文》義同。」《希麟音義》卷十「餔糟」條：「《說文》亦作醩，酒滓也。」《類聚抄》卷十六飲食部糟下引《說文》云：「糟，酒滓也。」是今二徐本不誤，許書原文如是。

糒（糒）　**乾也。从米，葡聲〔註204〕。**

濤案：《後漢書・明帝紀》注、《隗囂傳》注、《文選・弔魏武帝文》注、《一切經音義》卷十五皆引「糒，乾飯也」，是古本有「飯」字。《御覽》八百六十飲食部引「糒，乾食也」，「食」乃「飯」傳寫之誤，可見古本皆有此字，此字必不可奪。元應書又有「一曰，熬大豆與米也」，是古本尚有一解。然本部「糗，熬米多麥也」，《周禮》注引鄭司農云：「糗，熬大豆與米也」，則「熬米」之訓屬糗，不屬糒，恐元應書傳寫有誤。

魁案：《古本考》認爲作「乾飯也」，當是。「乾也」無義。《慧琳音義》卷五十八「麨糒」條轉錄《玄應音義》，引《說文》云：「乾飯也。一曰熬大豆與米者。」今檢《玄應音義》卷十五在「麨糒」條，則慧琳轉錄「糒」之當「糒」之俗體。

糗（糗）　**熬米麥也。从米，臭聲。**

濤案：《御覽》八百六十飲食部引「糗，熬米也」，乃傳寫奪一「麥」字，非古本無之。《尚書・費誓》正義有麥字可證。

糈（糈）　**糧也。从米，胥聲。**

濤案：《龍龕手鑑》引作「粱米也」，糈爲祭神精米，似不應訓爲糧，亦不應專作粱米，恐古本皆不如是，當从闕疑。

糳（糳）　糳糳，**散之也。从米，殺聲。**

濤案：《左傳》昭元年釋文云：「而蔡，音素葛反，放也。《說文》作糳，音同。字从殺下米，云：糳糳，散之也。會杜義。」昭元年正義云：「《說文》云：

〔註204〕刻本無「聲」字，今補。

粲，散之也。从米殺聲。」然則粲字殺下米也，粲爲「放散」之義，故訓爲放也。隸書改作已失本體，粲字不復可識，寫者全類蔡字，至有書爲一蔡字重點以讀之者，定四年正義同。嚴孝廉云：「葢六朝唐本殺聲下有『《春秋傳》曰：粲，蔡叔。』」又正義兩引「粲，散之也」，無「糂粲」二字，乃古人節引之例，非所據本不同也。

又案：《龍龕手鑑》引作「迸散也」，乃傳寫有誤。

《說文古本考》第七卷下　嘉興沈濤纂

耑部

（耑）　**物初生之題也。上象生形，下象其根也。凡耑之屬皆从耑。**

濤案：「其根」，《玉篇》引作「生根」，蓋傳寫之誤。

韭部

（韭）　**菜名。一穜而久者，故謂之韭。象形，在一之上。一，地也。此與耑同意。凡韭之屬皆从韭。**

濤案：《爾雅・釋艸》釋文引「久」上有「長」字，《御覽》九百七十六菜部引作「菜一穜久而生也」。「久而生」當作「而久生」，此與今本皆義得兩通，今本蓋奪「生」字。

瓜部

（瓜）　**𤓰也。象形。凡瓜之屬皆从瓜。**

濤案：《玉篇》及《廣韻・九麻》皆引「𤓰」作「蓏」，蓋古本如是。所謂「在地曰蓏」，今本作从二瓜之字，非其義也。

魁案：《古本考》是。《慧琳音義》卷四十「瓜蔓」條引《說文》云：「瓜，蓏也。象形。」與今二徐本同，許書原文如是。

（㼆）　**小瓜也。从瓜，熒省聲。**

濤案：《齊民要術》二引作「小瓜瓞也」，是今本奪一「瓞」字。

（瓣）　**瓜中實。从瓜，辡聲。**

濤案：《初學記》二十八果木部引作「瓜實也」，乃傳寫奪一「中」字。《詩・東山》正義、《文選・謝靈運〈祭古冢文〉》注引同今本可證。

宀部

（家）　居也。从宀，豭省聲。古文家。

濤案：《御覽》百八十一居處部引「內謂之家」，上文云「牖戶之間謂之扆」，皆《爾雅・釋宮》文，恐傳寫誤爲《說文》耳。

又案：《汗簡》卷中之一篆體作，是今本古文篆體微誤。

（宅）　所託也。从宀，乇聲。古文宅。亦古文宅。

濤案：《御覽》百八十居處部引「宅，人所託也」，是今本奪一「人」字。《廣韻・二十陌》又引「宅，託也。人所投託也」，此乃古本之完文。

魁案：《古本考》非是。張舜徽《約注》云：「此篆說解疑本作『託也』，與上文『家，居也』；下文『室，實也』俱以聲訓。宅、託並從乇聲，古讀蓋同。宅，今音爲場伯切，然古聲無舌上，讀入舌頭，則與託同矣。《廣韻・二十陌》宅字下引《說文》云：『宅，託也。人所投託也。』末五字蓋引者申衍之辭，非許書原文。推之《御覽》所引以及大徐本衍『所』字，小徐本衍『所居』二字，皆後人所足，故其辭復不同也。」張說甚是。《慧琳音義》卷二十五「屋舍室宅」條正引《說文》云：「宅，託也。」許書原文當如是。

（宧）　養也。室之東北隅，食所居。从宀，𦣞聲。

濤案：《爾雅・釋宮》釋文云：「𦣞音怡，李云：東北者陽氣始起，育養萬物，故曰：宧，養也。《說文》訓同。」云「說同」，則《說文》當亦謂「陽氣始起，育養萬物」，與李注略相似矣。今本殆爲二徐妄刪。

（窔）　宛也。室之西南隅。从宀，𢍁聲。

濤案：《爾雅・釋宮》釋文云：「窔，室也。」蓋古本如是。《禮記・仲尼燕居》云：「目巧之室，則有奧阼。」《論語》孔注曰：「奧，內也。」《爾雅・釋宮》注云：「室中隱奧之處。」宛爲「曲艸自覆」，非其義。《一切經音義》卷六引「窔，究也」，乃傳寫之誤。究訓爲窮，亦非其義。

（宇）　屋邊也。从宀，于聲。《易》曰：「上棟下宇。」籀文宇从禹。

濤案：《一切經音義》卷七、卷二十五引作「屋邊檐也」，是古本有「檐」字，今奪。

魁案：《古本考》當是。《慧琳音義》卷二十四、七十一「屋宇」並轉錄《玄應音義》，同沈濤所引。

（寍）　**安也。从宀，心在皿上。人之飲食器，所以安人。**

濤案：《廣韻・十五青》「人之」上有「皿」字，蓋古本如是。「飲食」作「食飲」，乃傳寫誤倒。

（寔）　**止也。从宀，是聲。**

濤案：《一切經音義》卷二十三引「寔，止也。亦實也」，是古本尚有「實也」一訓。

魁案：《古本考》非是。《慧琳音義》卷五十一「寔繁」條云：「杜注《左傳》云：寔，實也。《爾雅》：寔，是也。《說文》：止也。」此引三書並舉，則「實也」一訓非出許書可知。《慧琳音義》卷四十九「寔繁」條轉錄《玄應音義》，引同沈濤所引。卷十「寔惟」條、卷七十一「寔多」三引《說文》俱作「止也」，與今二徐本同，許書原文如是。

（宗）　**無人聲。从宀，尗聲。寂或从言。**

濤案：《一切經音義》卷十一引「宗，寞」，蓋古本有「一曰宗，寞也」五字。寞乃莫字之俗。

魁案：高麗本《玄應音義》卷十一「寂聲」條：「又作誌、嘁二形，同。情歷反。《方言》：寂，安靜也。寂，嗼也。」是高麗本無「說文」二字。「寂，嗼也」，磧砂本作「宗，寞」，與沈濤所引同。然高麗本《慧琳音義》卷五十六「寂聲」條轉錄《玄應音義》，云：「又作誌、宗二形，《說文》：宗，嗼也。」則《玄應音義》脫「說文」二字，許書原文當有「嗼也」一訓。《慧琳音義》卷六十六「宗嘌」條引作「無人聲也。從宀尗聲。」卷八十九「㝤寞」條：「上古文寂字也。《說文》正作宗。安靜也。靜默無人聲也。」「安靜也」、「靜默」非許書之文。《段注》云：「《口部》作嘁。宗，今字作寂。《方言》作㝤，云靜也。江湘九嶷之郊謂之㝤。」段說是。合訂之，許書原文當作「嗼也，無人聲也。」

（𡪗） **至也。从宀，親聲。**

濤案：《廣韻・十九眞》以𡪗爲親之古文，則古文〔註 205〕此字乃《見部》重文，二徐誤竄於此。秦《嶧山碑》「親巡遠方」作「𡪗�遠方」，𡪗爲親之古文有徵矣。

（寑） **臥也。从宀，㑴聲。籀文寑省。**

濤案：《汗簡》卷中之一云「寑，上同，並見《說文》」，則許書尚有重文⿱宀帚字矣。⿱宀⿱帚又亦从宀不从冖。

魁案：《慧琳音義》卷二「寤寑」條：《說文》：寑，臥也。篆文從帚從又，今順俗從省略，從宀侵聲也。」據慧琳語，今篆文亦誤。

（宙） **舟輿所極覆也。从宀，由聲。**

濤案：《漢書・相如傳》注引「宙，舟輿之所極覆也」，是古本有「之」字。《史記・相如傳》正義引無「覆」字，葢傳寫偶奪。《莊子・齊物論》釋文引「舟輿所及覆曰宙」，《庚桑楚》釋文引「舟輿所極覆爲宙」，皆引書檃括之例，非古本如是。又《文選・江賦》注引「輿」作「車」，義得兩通。

補 

濤案：《詩・召旻》：「皐皐訿訿。」傳曰：「訿訿𥨊（刊本誤作窳），不供事也。」釋文云：「𥨊音庾，《說文》云：嬾也。」正義曰：「《釋訓》云：翕翕訿訿，莫供職也。是訿訿爲𥨊，不供其職也。《說文》云：『𥨊，嬾也。』草木皆自豎立，唯瓜瓠之屬，臥而不起，似若嬾人常臥室，故字从宀，音眠。」是陸氏所據本皆有「𥨊」字，訓解爲「嬾」，正義明言「字从宀音眠」，則字不从穴，作窳字者非。「草木皆自豎立」云云當亦許書本文。《一切經音義》卷十四引楊承慶云：「嬾人不能自起，瓜瓠在地不能自立，故字从㼌。又嬾人恒在室中，故从穴。」「从穴」乃「从宀」之譌，《字統》當本許書爲說。《爾雅・釋詁》：「愉，勞也。」郭注云：「勞苦者多惰愉，今字或作窳。」《一切經音義》

〔註 205〕「文」字當作「本」。

卷九、卷十、卷十一、卷十四、卷十五、卷十七、卷十九引，《爾雅經》注皆作「窳」，不作「愉」，是元應所據本窳爲正字。注又當云：「今字或作愉。」今窳、愉互易，而又譌㾌爲窳，元應書亦誤作窳，皆後人妄改，宋版邢疏引郭注从宀不从穴則改之未盡者。臧明經曰：「《史記・貨殖列傳》：『以故呰㾌偷生。』徐廣曰：『呰㾌，苟且墮嬾之謂也。駰案：晉灼曰：㾌，病也。』索隱曰：『㾌音庾。』《漢書・五行志》：『茲謂主㾌，臣夭，孟康曰：謂君情㾌，用人不以次第爲天也。』師古曰：『㾌音庾，曰㾌情也。』《商子・墾令篇》：『農無得糶則㾌惰之農勉疾』，又『㾌惰之農勉疾，商欲農則草必墾矣』，又『惰民不㾌而庸民無所於食，是必農』，又『愛子惰民不㾌，則故田不荒』。《鹽鐵論・通有篇》：『然後呰㾌偷生，好衣甘食。』《論衡・命義篇》：『稟性軟弱者氣少泊而性羸㾌，羸㾌則壽命短。』《文選・枚乘〈七發〉》：『血脈淫濯，手足惰㾌。』李善注、應劭《漢書注》曰：『㾌，弱也。餘乳切。』此皆《說文》㾌字之證也。《玉篇・宀部》、《廣韻・九麌》皆無『㾌』字，故諸書皆以『窳』字當之。然《說文・此部》『呰，㾌也。闕。』《玉篇・此部》『呰，《史記》云：呰㾌偷生謂苟且也。』《廣韻・四紙》：『呰，㾌也。』則《說文》、《玉篇》具有『㾌』字，可於注中驗之，雖今本亦誤，同諸書从穴，據其義知本从宀也。」其說甚辨而確，當補㾌篆。

又案：《集韻・九噳》：「㾌，嬾也。《史記》呰㾌偷生，勇主切。」《類篇》「㾌，勇主切，嬾也。《史記》：呰㾌偷生。」是宋本《史記》此字从宀，不從穴，㾌窳不得混而爲一。

魁案：《古本考》是。《慧琳音義》卷四十一「㾌惰」條：「《說文》從宀，會意字也。」卷九十四「惰㾌」條：「《說文》從二瓜。」可證許書原文有「㾌」字，字從宀從二瓜。

宮部

𦡛（營）　市居也。从宮，熒省聲。

濤案：《文選・西京賦》注引「營，惑也」，乃古本一曰以下之奪文。

呂部

（呂）　**脊骨也**〔註 206〕**。象形。昔太嶽爲禹心呂之臣，故封呂侯。凡呂之屬皆从呂。，篆文呂从肉从旅。**

濤案：《一切經音義》卷十九、卷二十二兩引「呂，脊骨也。太岳爲禹臣委如心呂，因封呂侯也」，蓋古本如是。今本義雖得通而非許書眞面目矣。《玉篇》引同今本，疑後人據今本改。

魁案：《古本考》是。《慧琳音義》卷四十八「脊膂」條轉錄《玄應音義》，引《說文》云：「脊骨也。太岳爲禹〔臣〕，委如心呂，因封侯也。」卷五十六「脊膂」亦轉錄，引云：「脊骨也。太岳爲禹臣，委如心呂，因封呂侯也。」許書原文當如卷五十六所引。

穴部

（穴）　**土室也。从宀，八聲。凡穴之屬皆从穴。**

濤案：「土室」，《詩・緜》正義引作「土屋」，義得兩通。

魁案：《慧琳音義》卷一「巢穴」條、卷三「穴窨」條、卷四「巢穴」條、卷六十三「無穴」條、卷六十九「如穴」條、卷七十「窾穴」條俱引《說文》同今二徐本，許書原文如是。卷四引少一「也」字。

（𥦗）　**地室也。从穴，復聲。《詩》曰：「陶𥦗陶穴。」**

濤案：《詩・緜》釋文云：「復，《說文》作𥦗。」是古本稱《詩》作「𥦗」，不作「覆」也。宋小字本亦作𥦗，許君引《詩》于覆字之下，自應作𥦗。

（竈）　**炊竈也。从穴，鼀省聲。竈或不省。**

濤案：《史記・孝武本紀》索隱引「《周禮》：以竈祠祝融」，蓋古本有此七字。《淮南・時則訓》：「孟夏之月，其祀竈。」注云：「祝融、吳回爲高辛氏火正，死爲火神託祀於竈，是月火旺故祀竈。」《禮記》正義引作「經異義古《周禮》說，顓頊氏有子曰：黎爲祝融祀，以爲竈神」，然則許君所稱《周禮》者，謂古《周禮說》也。二徐以爲《周禮》無此文而刪之矣。

〔註 206〕刻本奪「脊」字，今據大徐本補。

魁案：《古本考》可備一說。《慧琳音義》卷四十三「於竈」條引《說文》云：「炊竈也。從穴鼀省聲。亦作竈。」卷六十八「窯竈」條引云：「竈炊也。從穴鼀省聲。」「竈炊」二字或誤倒，或炊下脫「竈」字。小徐本作「炮竈也。从穴，鼀省。鼀，黽也。象竈之形。」與今大徐異，據《音義》所引，當以大徐爲是。

（突）　**深也。一曰，竈突。从穴，从火，从求省。**

濤案：《汗簡》卷中之二引《演說文》「湥字作」，據許書則突爲湥之从聲，庾氏葢以突湥爲一字。

（窊）　**汙衺，下也。从穴，瓜聲。**

濤案：《文選·長笛賦》注引作「邪下也」，乃傳寫奪一「汙」字，《吳都賦》注引同今本可證。《玉篇》所引亦同。

魁案：《古本考》是。《慧琳音義》卷三十五「窊陜」條、卷九十五「窊木」條並《說文》作「汙邪下也」。卷八十八「窊隆」條引作「污邪下也」，污當作污字，與汙同。是今二徐本不誤，許書原文如是。又，卷八十八、九十八「窊隆」條引作「邪下也」，並奪「汙」字。卷九十八「隆窊」條：「《說文》窊，謂邪下也。」亦奪汙字，「謂」字乃慧琳所足。卷九十四「窊隆」條引作「下也」，乃節引非完文。

（竅）　**空也。从穴，敫聲。**

濤案：《莊子·應帝王》釋文引「空」作「孔」，義得兩通。

魁案：《慧琳音義》卷四「諸竅」條，卷十五「七竅」條，卷二十五「竅孔」條，卷三十一、三十四、六十八、七十、七十二以及《希麟音義》卷六「竅隙」條，《慧琳音義》卷三十六「爲竅」條，卷四十二、七十「竅穴」條，卷九十六「七竅」條凡十三引《說文》皆與今二徐本同，許書原文當如此。卷十四「孔竅」條引作「空也。隙也」，「隙也」當是慧琳書引他書之訓而不出書名，非許書之文。卷一百「竅體」條引作「穴也」，穴當「空」字之誤。

（窒）　**空也。从穴，巠聲。《詩》曰：「瓶之窒矣。」**

濤案：《一切經音義》卷九引作「器中空也」，是古本尚有「器中」二字，今本奪。以引《詩》語證之，此二字不可少。

魁案：《玄應音義》卷九所引《說文》乃「罄竭」條，云：「古文窒，同。可定反。《說文》：器中空也。」據此所釋當爲「罄」字之訓，今二徐本《缶部》罄下正作「器中空也」，《古本考》誤以罄字之訓爲「窒」字之訓，非是。

（窞）　**坎中小坎也。从穴，从臽，臽亦聲。《易》曰：「入于坎窞。」一曰旁入也。**

濤案：《易・坎卦》釋文「窞」引《說文》云：「坎中更有坎。」蓋古本如是。又別引《字林》云：「坎中小坎也。一曰旁人。」則今本乃後人據《字林》改耳。《文選・長笛賦》注引同今本，或古本亦有如是作者。

（窌）　**窖也。从穴，卯聲。**

濤案：《史記・建元以來侯者年表》索隱云：「南窌侯公孫賀《說文》以爲从穴。」是古本說解中必有引漢表「南窌侯」語，故小司馬云然，今本乃爲二徐妄刪。

（窖）　**地藏也。从穴，告聲。**

濤案：《一切經音義》卷二十引「窖，地藏也。」又云：「穿地爲室，藏五穀者也。」「又云」當爲「注云」之誤，乃庾氏注中語，以釋「地藏」之義，非許書之一訓也。淺人不知《說文》有注而妄改之。

魁案：《古本考》是。《慧琳音義》卷七十五「坑窖」條轉錄《玄應音義》，引同沈濤所引。卷二十「倉窖」條、卷七十「穿窖」條引《說文》並同今大徐本，許書原文如是。今小徐本少一「也」字。

（窬）　**穿木戶也。从穴，俞聲。一曰，空中也。**

濤案：《一切經音義》卷九引「窬，門旁穿木戶也」，是古本有「門旁」二字。《禮・儒行》：「蓽門圭竇。」注云：「門旁窬也，穿牆爲之如圭矣。」釋文引《三蒼解詁》云：「圭窬，門旁小窬也。」是窬爲「門旁」穿木之戶，不得刪去此二字，《儒行》釋文引同今本，乃元朗節引，非古本無此二字也。《玉篇》

又引《禮記》曰：「蓽門圭窬。」當亦許氏稱經語，而今本奪之。

魁案：《古本考》可從。《慧琳音義》卷四十六「穿窬」條引轉錄《玄應音義》，引《說文》云：「門旁穿水戶也。」「水」當作「木」。

（窺）　小視也。从穴，規聲。

濤案：《一切經音義》卷七引「窺闚，小視也。」「闚」字乃傳寫誤衍，他卷皆引同今本可證。

魁案：《古本考》是。《慧琳音義》卷一「窺天」條，卷二十八、五十八「窺闚」條，卷三十一「窺鑒」條，卷四十八「窺窬」條，卷六十二「窺覦」條，卷六十四「窺看」條，卷一百「莫窺」條所引《說文》俱同今二徐本，許書原文如是。卷七十三「闚闚」條：「又作窺，《說文》：窺，亦視也。」當非許書原文。

（突）　犬從穴中暫出也。从犬在穴中。一曰，滑也。

濤案：《龍龕手鑑》引無「暫」字，葢傳寫偶奪。

魁案：《古本考》是。《慧琳音義》卷十六「抵突」條引《說文》云：「犬從穴中忽出。從犬在穴中。」卷七十八「奔突」條引作「從犬穴。犬在穴中出。」《希麟音義》卷八「衝突」條引作「犬從穴下欲出也。」三引不同。《玉篇》卷十一、《廣韻》卷五、《韻會》卷二十六引《說文》同今二徐本，則許書原文如是。慧琳所引當有譌誤。

（窔）　窅，深也。从穴，交聲。

濤案：《爾雅・釋宮》釋文云：「窔，《說文》云：深皃，本或作窅，又作窔，同。」是元朗所見本在《宀部》，訓爲「深皃」，與今本不同。今《宀部》無窔字而有官字，云「室之東南隅」，則釋文云「本或作窅者」當作「本或作官」，疑古本窔爲官之重文，官字解當云「深皃」，今本「戶樞聲」無義。

（邃）　深遠也。从穴，遂聲。

濤案：《華嚴經》二十二《音義》引「邃，深也」，葢古本無「遠」字。《廣雅・釋詁》《楚辭・招魂》注皆云：「邃，深也。」《離騷》云：「閨中即邃遠兮。」

「邃遠」猶言深遠，邃兼遠言，其不訓遠可知（王逸注邃深也）。惟《後漢書・班彪傳》注云：「『邃古』猶『遠古』也。」《文選》典引作遂，古亦訓遠古，蓋深與遠義本相成，許書固訓深，不訓深遠也。《玉篇》引同今本，疑後人據今本改。

魁案：《古本考》非是。《慧琳音義》卷十四、卷四十五、卷四十七、卷七十四「深邃」條，卷二十七與《希麟音義》卷三「幽邃」條，《慧琳音義》卷八十六「冲邃」條俱引《說文》作「深遠也」，則許書原文如是，今大二徐本不誤。《慧琳音義》卷二十五「深邃」條引云：「遠也，幽深也。從穴遂聲也。」當有衍誤，非是許書原文。

（窈）　深遠也。从穴，幼聲。

（窱）　杳窱也。从穴，條聲。

濤案：《文選・魏都賦》注引「窈窕，深遠也」，蓋古本如是。窕乃窱字之假，此文當云：「窈窱，深遠也。窱，窈窱也。」二徐不知篆文連注讀之例，刪去「窱」字，又誤窈爲杳，後人遂不知窈窱爲雙聲字矣。他書諸言「窈窕」，言「杳窱」者皆「窈窱」之假借。《長門賦》注引無「窱」字，乃節取「窈」字之義，崇賢引書之例往往如此。

魁案：《古本考》以連語解之，非是。《慧琳音義》卷七十七「窈窈」條、卷八十八「窈冥」條、卷一百「窈冥」條三引《說文》云：「深遠也。從穴幼聲。」是許書原文並非連語。《段注》云：「《周南》毛傳曰：窈窕，幽閒也。以幽釋窈，以閒釋窕。《方言》曰：美心爲窈，美狀爲窕。」張舜徽《約注》云：「窈窕二字本義皆言穴之幽深寬閒。」又云：「杳窱猶窈窕也。語聲之轉，故無定字。」

（穸）　窀穸也。从穴，夕聲。

濤案：《文選・謝惠連〈祭古冢文〉》注引「穸，葬下棺也」，「葬下棺」乃「窆」字之訓。案，上文窀字注云「窀，葬之厚夕」，雖與《左傳》杜注訓「窀」爲「厚」、訓「穸」爲「夜」相合，然葬之「厚夜」，語頗不詞，疑古本作「窀穸，葬下棺也。穸，窀穸也。」《選》注「窀」上亦有「窀」字。

魁案：《古本考》以連語解之，非是。《慧琳音義》卷九十一「窀穸」條云：「杜注《左傳》云：窀，厚也。穸，夜也。謂葬埋於地下長夜也。《說文》窀穸並從穴。形聲字也。」

㝱部

（㝱） 寐而有覺也。从宀，从疒，夢聲。《周禮》：「以日月星辰占六㝱之吉凶：一曰正㝱，二曰咢㝱，三曰思㝱，四曰悟㝱，五曰喜㝱，六曰懼㝱。」凡㝱之屬皆从㝱。

濤案：《廣韻·一送》引「㝱，寐而有覺。《周禮》：「以日月星辰占六㝱之吉凶，一曰正㝱，無所感動，平安自㝱；二曰愕㝱，愕而㝱；三曰思㝱，覺時所思念之而㝱；四曰寤㝱，覺時所（當有奪字）道之而㝱；五曰喜㝱，喜悅而㝱；六曰懼㝱，恐懼而㝱。」是今本爲二徐妄節多矣。愕、㝱二字亦與今本不同。

魁案：《希麟音義》卷一「夢寐」條：「《說文》作㝱，從宀從爿夢。《周禮》：以日月星辰占六㝱之吉凶，一曰正㝱，二曰咢㝱，三曰思㝱，四曰悟㝱，五曰憘㝱，六曰懼㝱。」所引內容與今二徐本同，唯脫訓解，憘同喜。卷七「㝱寐」條引《說文》云：「寐而有覺也。從宀從爿夢。《周禮》：以日月星辰占六㝱之吉凶也。一曰正，二曰咢，三曰思，四曰悟，五曰憘，六曰懼也。」正、咢、思、悟、憘、懼字之下省「㝱」字。二引並析字作「從宀從爿夢」，今小徐作「从疒夢」又與大徐異，尚難論定，暫存疑。

（寢） 病臥也。从㝱省，𠬶省聲。

濤案：《廣韻·四十七寑》「寑」引作「寢」，蓋古本篆體作寢。嚴孝廉曰：「𠬶省聲省宀，非省文也。」

（寣） 臥驚也。一曰小兒號寣寣。一曰河內相評也。从㝱省，从言。

濤案：《汗簡》卷中之一「寣，見《說文》」，是古本此字尚有重文。

疒部

（疒）　**倚也。人有疾病，象倚箸之形。凡疒之屬皆从疒。**

濤案：《玉篇》尙有「疔」字，云「籀文」，是古本此字有重文，今奪。

（癇）　**病也。从疒，閒聲。**

濤案：《一切經音義》卷十二引「癇，風病也」，是古本有「風」字，今奪。

魁案：《古本考》是。《慧琳音義》卷六與《希麟音義》卷三「癲癇」條並引《說文》作「風病也」，許書原文如是。今二徐本奪「風」字，誤。

（瘲）　**頭痛也。从疒，或聲。**

濤案：《玉篇》引「也」作「皃」，義得兩通。

魁案：今二徐本同，《集韻》卷十所引亦同二徐，是許書原文當作「也」。

（疦）　**瘍也。从疒，決省聲。**

濤案：《廣韻・十六屑》引「瘍」作「爲」，乃傳寫奪「疒」頭。

（癭）　**頸瘤也。从疒，嬰聲。**

濤案：《莊子・德充符》釋文、《御覽》七百四十疾病部引作「瘤也」，無「頸」字，葢古本如是。《莊子》釋文又別引《字林》作「頸瘤也」，則今本乃涉《字林》而誤耳。

魁案：《慧琳音義》卷十二「癭瘇」條、卷二十四「癭瘺」條、卷三十三「瘤癭」俱引《說文》作「頸腫也」。卷六十六「瘡癭」條引作「頸腫病也」，病字當衍。又，卷四十「癰癭」條、卷六十二「癭鬼」條、卷七十七「俗癭」條三引《說文》作「頸瘤也」，與前引異。卷五十四「項癭」條引云：「癭，瘤也。亦頸腫也。」據此，慧琳所見《說文》當有兩訓，一訓當如《釋文》《御覽》及本條所引作「瘤也」，另一訓當作「頸腫也」。慧琳所引作蓋以爲「瘤也」不明所指而增一「頸」字。本書《貝部》：「賏，頸飾也。」癭從嬰聲，實聲中有義，不必增字也。合訂之，許書原文當作「瘤也。亦頸腫也。」今二徐本奪去一訓。

𤸇（瘻）　頸腫也。从疒，婁聲。

濤案：《一切經音義》卷十八引作「頸腫病也」，「病」字葢衍。

魁案：《古本考》是。《慧琳音義》卷七十三「或瘻」條轉錄《玄應音義》，引同沈濤所引。《慧琳音義》卷三十九「油瘻」條、卷九十九「是瘻」條並引《說文》同今二徐本，許書原文如是。

𤶅（疛）　小腹病。从疒，肘省聲。

濤案：《廣韻·四十四有》引作「小腹痛」，義得兩通。

魁案：小徐本作「小腹病也」，《集韻》卷六引同大徐，許書原文當如是小徐。

𤵸（疥）　搔也。从疒，介聲。

濤案：《文選·登徒子好色賦》注、《御覽》七百四十二疾病部皆引「疥，瘙也」，《禮記·內則》釋文引「疥，瘙瘍也」，是古本作「瘙」不作「搔」。元應所據本并有「瘍」字，許書無「瘙」字，當是二徐本奪。《左氏》昭二十年正義仍引「搔」，乃假借，非正字。

魁案：《古本考》認爲作「瘙」不作「搔」，是也。《慧琳音義》卷二「疥癬」條及《希麟音義》卷八「瘡疥」並引《說文》作「瘙也」也，許書原文當如是。卷二十「癬疥」條引作「騷也」，卷四與《希麟音義》卷六「疥癬」並引作「搔也」，皆非許書原文。

𤷬（痤）　小腫也。从疒，坐聲。一曰，族絫。

濤案：《左氏》桓六年傳云：「爲其不疾瘯蠡也。」釋文云：「蠡，《說文》作瘰，云：瘯瘰，皮肥也。」是元朗所見本有「瘯瘰」二篆，二徐改爲「族絫」以作痤字之一解，妄矣。

又案：《一切經音義》卷二十引「痤，腫也」，乃傳寫奪一「小」字，他卷所引皆同今本可證。《玉篇》所引亦同。

魁案：《慧琳音義》卷三十八「痤瘻」條、卷四十三「痤鬼」條亦並奪「小」字。卷六十二「癰痤」條引同二徐，許書原文如此。《古本考》是。

疽（疽）　癰也。从疒，且聲。

濤案：《後漢書・劉焉傳》注、《一切經音義》卷九、卷十、卷十八、卷二十引「疽，久癰也」，是古本有「久」字，《音義》卷一引同今本，乃傳寫偶奪。

魁案：《古本考》是。《慧琳音義》卷三十七「疽癩」條轉錄《玄應音義》引《說文》作「久癕也」。卷四十六「疽瘡」條亦轉錄，引作「久癰也」，並有「久」字。癕同癰。卷五十四「瘭疽」條轉錄引作「瘭疽，久癰也」，許書無瘭字，當衍。《慧琳音義》卷二十九、九十五「癰疽」條，卷六十四「瘭疽」條皆引作「久癕也」。卷四十「疽癬」條、卷五十五「瘭疽」條並引作「久癕也」，癕同癕。又，卷二「癰疽」引作「久癕爲疽」，義同，非許書原文。卷六十四「癰疽」條引作「亦癰也」，卷三十「疽癩」引作「癕也」，並有奪誤。據諸引，許書原文當作「久癰也」。

瘜（瘜）　寄肉也。从疒，息聲。

濤案：《一切經音義》卷二引「奇肉也」，乃傳寫偶奪「寄」字之半，卷十八引作「寄肉」可證。《御覽》三百七十五人事部亦引作「寄」。

魁案：《古本考》是。《慧琳音義》卷七十二「瘜宍」條轉錄《玄應音義》，引《說文》作「奇肉也」。卷二十六「瘜宍」條亦引作「奇宍也」，宍即肉字。《類聚抄》卷三形體部「瘜肉」條：「《說文》云：瘜，寄肉也。」與今二徐本同，說文原文如是。

瘕（瘕）　女病也。从疒，叚聲。

濤案：《詩・思齊》正義引作「病也」，蓋古本無「女」字。《史記・倉公傳》曰：「潘滿如小腹痛，臣意診其脈，曰：『遺積瘕也。』女子薄吾病甚，臣意診其脈，曰：『蟯瘕也。』」是「瘕」不得專屬女矣。《玉篇》訓爲「久病」，則「女」字或「久」字傳寫之誤。

魁案：《古本考》是。《慧琳音義》卷四十七「瘕疵」條引《說文》作「病也」。

癘（癘）　惡疾也。从疒，蠆省聲。

濤案：《詩・思齊》正義引「癘，疫疾也。或作癩」，是古本不作「惡疾」。《公羊傳》作「痢」，注云：「痢者，民疾疫也。」是古訓以「癘」爲「疫疾」，孔云「或作癩」，則古本此字有重文，从賴。《玉篇》云：「癘，力誓切，疫氣也，《說文》本力大切，惡病也。」是所據本又不同。

魁案：《古本考》非是。《慧琳音義》卷三十七「疫癘」條：「《說文》癘，皆惡疾也。」「皆」字當合「疫」言之。卷四十「疫癘」條引作「疾惡也」，乃誤倒。《希麟音義》卷六「疱癩」條：「《說文》正作癘，惡疾也。」《類聚抄》卷三形體部癘下引《說文》云：「癘，惡疾也。」據此，許書原文當同大徐，希麟以「癩」爲俗體，則當非重文。《慧琳音義》卷十三「惡癘」條引作「惡病也」，義同，非許書原文。卷二「有癘」條引作「惡省聲也」，當有譌誤。小徐本作「惡瘡疾也」，「瘡」字當衍。

𤺲（瘧）　熱寒休作。从疒，从虐，虐亦聲。

濤案：《左傳》昭二十年正義引作「熱寒并作」，義得兩通。《御覽》七百四十二疾病部引同今本。

魁案：《類聚抄》卷三形體部「瘧病」下引《說文》云：「瘧，寒熱並作，二日一發之病也。」「二日一發之病也」當涉下文「痎」字之訓而衍，「並作」與《正義》同，則許書原文如是，唯「寒熱」當作「熱寒」。合訂之，許書原文當作「熱寒並作」。今二徐本同，並誤。

𤵸（痁）　有熱瘧。从疒，占聲。《春秋傳》曰：「齊侯疥，遂痁。」

濤案：《御覽》七百四十二疾病部引無「有」字，乃傳寫偶奪。《顏氏家訓・書證篇》、《左氏》昭二十年傳正義引皆有之可證。

𤵼（痎）　二日一發瘧。从疒，亥聲。

濤案：《顏氏家訓・書證篇》引作「二日一發之瘧」，是古本有「之」字，今奪。

𤷚（痳）　疝病。从疒，林聲。

濤案：《一切經音義》卷二十引作「小便病也」，葢古本如是。痳之與疝病不相同，本部訓疝爲「腹痛」。《釋名・釋疾病》：「疝，詵也。氣詵詵然上入而痛也；淋，懍也。小便難懍懍然也。」是淋、疝爲二症，古今無異，不得訓痳爲疝，今本之誤顯然。

魁案：《古本考》是。《慧琳音義》卷四十三「痳鬼」條引《說文》云：「大小便病也。」「大」字當衍。

（瘇）　**脛气足腫。从疒，童聲。《詩》曰：「既微且瘇。」籀文从尣。**

濤案：《爾雅・釋訓》釋文云：「尰本或作尰，同，並籀文瘇字也。」是古本尚有重文尰篆，《玉篇》亦云「籀文作尰，或作尰」。

又案：《汗簡》卷中之一引《說文》瘇字作。是古本尚有重文古文尰字，今奪。

（痏）　**疻痏也。从疒，有聲。**

濤案：《文選・稽叔夜〈幽憤詩〉》注引「痏，瘢也」，蓋古本一曰以下奪文。

魁案：《古本考》非是。《慧琳音義》卷九十六「瘡痏」引《說文》與今二徐本同，許書原文如是，李善此引蓋因文立訓，不足據。

（痋）　**動病也。从疒，蟲省聲。**

濤案：《一切經音義》卷七、卷十四、卷十八引「痋，動痛也」，蓋古本如是。今本之「疼」字即「痋」字之俗，自應作「痛」，不應作「病」。

魁案：《古本考》是。《慧琳音義》卷二十八「疼痠」條轉錄《玄應音義》，云：「又作痋，《說文》：痋，動痛也。」卷五十九「疼痛」條轉錄：「又作痋二形，同。《說文》：痋，動痛也。」卷七十三「疼痺」條轉錄：「又作痋胗二形，《說文》：疼，動痛也。」又《類聚抄》卷三形體部「疼」下引《說文》云：「動痛也。」是許書原文作「動痛也」，今二徐本並誤。

（痞）　**痛也。从疒，否聲。**

濤案：《御覽》七百三十八疾病部引「痞，腹病也」，蓋古本如是。《廣韻》

曰：「腹內結痛」，正合「腹病」之義。若今本則凡痛皆爲㾭矣。今人猶言腹中癥結爲㾭。

𤵸（痁）　久病也。从疒，古聲。

濤案：《一切經音義》卷二十四引「痼，病也」，乃傳寫奪一「久」字。《文選・劉公幹〈贈曹丕〉詩》注引「痼，久也」，乃傳寫奪一「病」字，皆非古本如是。痼即㾭字之別體。《玉篇》：「痼，久病也。痁，同上。」以痼爲正文，痁爲或字，古本當有重文痼篆。桂大令以爲痼、痁異體，非也。

魁案：《古本考》認爲「古本當有重文痼篆」，非是。《慧琳音義》卷九十二「痼疾」條：「《說文》正從古作痁。」許書原文無痼篆可知。

𤺊（癆）　朝鮮謂藥毒曰癆。从疒，勞聲。

濤案：《廣韻・三十七號》引「朝鮮謂」下有「飲」字，葢古本如是。小徐本亦有「飲」字。

𤸪（瘵）　減也。从疒，衰聲。一曰，耗也。

濤案：《一切經音義》卷一引「瘵，減也，亦損也」，卷二十五引「瘵，減也，損也」，是古本尚有「損也」一義。

魁案：《古本考》是。《慧琳音義》三引《說文》皆轉錄《玄應音義》，卷九「衰耄」條：「字體作瘵，同。所龜反。《說文》：瘵，減也。」卷二十「衰耄」條：「字體作瘵，同。所龜反。《說文》：瘵，減也。亦損也。」卷七十一「衰耄」條：「字體作瘵，同。所龜反。《說文》：瘵，滅也。損也。」與沈濤所言同，「滅」當「減」字之誤。許書原文蓋作「減也。損也」。

補 𤺋

濤案：《詩・卷耳》釋文云：「虺，《說文》作瘣；隤，《說文》作頽（即穨字之別）。」是古本有瘣篆，今奪，字當「从疒畏聲」，引《詩》云：「我馬瘣穨。」

補 𤸰

濤案：《文選・謝靈運〈登海嶠〉詩》注引「痟，疲也」，是古本有痟篆，今奪，《列子・楊朱篇》：「心痟體煩。」

補 

濤案：《一切經音義》卷十八、卷二十二兩引「瘷，逆气也」，是古本有瘷篆，今奪。

魁案：《古本考》是。《慧琳音義》卷四十八「喘瘷」條轉錄《玄應音義》，引《說文》云：「瘷，逆氣也。」同沈濤所引。卷五十六「氣瘷」條轉錄引《說文》云：「瘷欬，逆氣也。」「欬」字當衍。

補 

濤案：《列子・黃帝篇》釋文引「痠，疼痛也」，是古本有痠篆，今奪。《篇》、《韻》皆有「痠」字。

魁案：《古本考》是。《慧琳音義》卷五十五「痠疼」條引《說文》云：「亦疼也。從疒夋聲。」卷七十九「痠疼」條引云：「痠，亦疼也。」可證許書原文有「痠」字。

補 

濤案：《龍龕手鑑》引云：「痯，勞病也。」是古本有痯篆，此字見《詩》、《爾雅》，不應爲許書所無。

冖部

（託）　**奠爵酒也。从冖，託聲。《周書》曰：「王三宿三祭三託。」**

濤案：《書・顧命》釋文引作「奠爵也」，是古本無「酒」字。《韻會・二十二禡》引亦無之，是小徐本尚未誤衍也。

冃部

（冡）　**覆也。从冃、豕。**

濤案：《華嚴經音義》上引《說文》曰：「蒙謂童蒙也，蒙即冡之假借。从艸者爲王女，經典借用爲『童蒙』、『蒙覆』字。」慧苑此引亦即「冡」字之一訓，今本爲二徐妄刪。

又案：《目部》「矇童矇也」，段先生曰：「此與《周易》『童蒙』異，謂目童子如冡覆也。」以慧苑書證之，此實「冡」字之一解，二徐刪之而妄竄於彼耳，說詳《目部》。

冃部

（冕） 大夫以上冠也。邃延、垂瑬、紞纊。从冃，免聲。古者黃帝初作冕。冕或从糸。

濤案：《御覽》六百八十六服章部引「古者」作「昔」，「作」作「制」義得兩通。

（冑） 兜鍪也。从冃，由聲。《司馬法》冑从革。

濤案：《左傳》僖二十二年正義、《御覽》三百五十六兵部皆引「冑，兜鍪首鎧也」，「兜鍪首鎧」乃《㒸部》兜字之訓，引書者檃括節引，非古本有此二字也。《尚書・費誓》正義引「冑，兜鍪也。兜鍪，首鎧也」，分引明晰可證。

又案：《初學記》卷二十二武部引「首鎧謂之兜鍪，亦曰冑」，亦是并引「冑」「兜」二字訓解。

魁案：《古本考》是。《慧琳音義》卷二十六、卷四十八「甲冑」條並引《說文》與今二徐本同，許書原文當如是。《類聚抄》卷十三調度部上「冑」下引《說文》云：「冑，首鎧也。」當是竄誤。

（冒） 冡而前也。从冃，从目。古文冒。

濤案：《文選・顏延之〈拜陵廟作〉詩》注引「冒，覆也」，葢古本尚有此一解。《廣韻・三十七號》亦云：「冒，覆也。」

网部

（网） 庖犧所結繩以漁。从冂，下象网交文。凡网之屬皆从网。古文网。网或从亡。网或从糸。籀文网。

濤案：《御覽》八百三十四資產部引「以漁」上有「以田」二字，下有「也」

字，《廣韻·三十六養》同，葢古本如是。許君本用《易·繫傳》語，网不盡爲漁者之用，捕鳥之罻，网兔之罝皆田獵之物，今本乃淺人所刪。

又案：《汗簡》卷下之一「𦂶網，見《說文》」，是古本尚有此重文，今奪。

又案：《玉篇》：「𠔿，古文网」，則今本籒文者誤也，㓁网二篆古文、籒文疑傳寫誤易。

魁案：《古本考》認爲「以漁」上有「以田」二字，是。《慧琳音義》卷六十六「罩网」條引《說文》云：「庖羲所結繩以田以漁也。從冂象网交文也。」卷七十六「掣网」條引云：「庖犧所結繩以畋以漁。從冂下象网文也。」兩引稍異，畋與田同。合訂之，許書原文當作「庖羲所結繩以田以漁也。從冂下象网交文也。」

罙（罙）　周行也。从网，米聲。《詩》曰：「罙入其阻。」𡨦罙或从㐆。

濤案：《詩·殷武》釋文引作「冒也」，葢古本如是。《六書故》言：「鄭箋訓冒，與《說文》合。」則戴氏所見本亦作「冒」，不作「周行」，「周行」義不可解，小徐本作「周」，亦是「冒」字傳寫之誤，淺人又妄加「行」字耳。

罛（罛）　魚罟也。从网，瓜聲。《詩》曰：「施罛濊濊。」

濤案：《御覽》八百三十四資產部引無「魚」字，乃傳寫偶奪。

魁案：《古本考》是。《爾雅·釋器》云：「魚罟謂之罛也。」則許書此訓本《爾雅》。

罠（罠）　釣也。从网，民聲。

濤案：《御覽》八百三十四資產部引作「畋也」，葢古本如是。《爾雅·釋器》：「彘罟謂之羉。」釋文：「羉，本或作罠，釣也。」「彘」非可釣之物，乃後人據今本《說文》改，非陸氏原文。《廣雅》：「罠，兔罟也。」劉逵《吳都賦》注：「罠，麋網也。」皆爲畋獵之用。

罻（罻）　捕鳥网也。从网，尉聲。

濤案：《御覽》八百三十二資產部引無「网」字，乃傳寫偶奪。《詩·魚麗》正義引同今本可證。

𦊮（罟）　**兔罟也。从网，否聲。**

濤案：《後漢書・寇榮傳》注引作「兔网也」，義得兩通。

𦋼（罼）　**馬絡頭也。从网，从馽。馽，馬絆也。䩭罼或从革。**

濤案：《左氏》僖二十四年正義引「羈，馬絡頭也」，又曰：「馬絆也」，是「馬絆」乃「羈」字之一訓，非解「馽」字也。《一切經音義》卷十五引「革絡馬頭曰羈」，乃元應檃括引之，然所據本「絡」上當有一「革」字。《文選・曹子建〈白馬篇〉》注引無馬字，乃傳寫偶奪。

魁案：《古本考》非是。《慧琳音義》卷十五「羈羅」條：「《說文》作䩭，馬絡頭也。從㓁從革從馽。馽，音知立反，馬絆也。」「馬絆」，當爲馽字之訓。卷六十「羈絆」條引《說文》：「馬絡頭也。絆也。」此當節引，非是許書原文。兩引「馬」上均無「革」字，今大徐當是許書原文。

襾部

襾（襾）　**覆也。从冂，上下覆之。凡襾之屬皆从襾。讀若晉。**

濤案：《五經文字》云：「襾，从冂，上下覆之形」，葢古本如是。今本爲二徐妄節。

覈（覈）　**實也。考事襾笮邀遮其辭得實曰覈。从襾，敫聲。覈覈或从雨。**

濤案：《後漢書・和帝紀》注、《文選・長笛賦》注、《一切經音義》卷七、卷十二皆引「覈，考實事也」，葢古本如是。今本「考事」以下十二字當時庾氏注語，以釋「考實事」之義，後人妄以竄入正文，遂將正文「考事」二字刪去，誤矣。《音義》引此四字下尚有「亦審覈之也」五字，似亦非許君原文。

魁案：《慧琳音義》所引甚豐，梳理如下。（一）卷三十二「精覈」條轉錄《玄應音義》，引《說文》作「考實事也。亦審覈之」。卷七十五「覈實」條亦轉錄，與前引同，末多一「也」字。（二）《慧琳音義》卷六十、六十三、八十八、八十九「研覈」條，卷六十二「談覈」條，卷八十四「考覈」條，卷八十八「覈其」條，卷八十九「詳覈」條，卷九十三「斷覈」條，卷一百「善覈」條俱引《說文》作「考實事也」。又，卷八十「研覈」條引云：「覈，猶考實事也。」「猶」字當是引者所增。據諸引訂之，許書原文當作「考實事也」。(三)(1)《慧琳音義》卷四十一「研覈」條引作「實也。考事得其實也。」(2)卷八十二「研覈」條引作「實也」。(1)(2)當節引。(3)卷八十「重覈」條引作「考實事也。謂覈遮其辭得實覈也。」(4)卷八十七「考覈」條引作「考事實也。西（襾）笮敷（邀）遮其辭得實覈也。」(5)卷九十七「覈此」條引作「凡考事於覀（襾）笮之處，邀遮其辭得實覈也。」(3)(4)(5)三引皆有譌誤，今小徐本作「笮邀遮其辭得實曰覈也」，注曰：「實謂考之使實也。襾者反覆之也；笮，迫也；邀者，要其情也；遮者，止其詭遁也。所以得實覈也。」此說得之。合訂之，許書此訓蓋作「襾笮邀遮其辭得實覈也」。綜合以上訂之，許書原文當作「考實事也。襾笮邀遮其辭得實覈也。」《古本考》認為「亦審覈之也」似非許君原文，當是。

巾部

（幣）　覆衣大巾。从巾，般聲。或以為首鞶。

濤案：《後漢・儒林・蔡玄傳》注引「鞶，覆衣巾也」，葢傳寫偶奪「大」字，《文選・思玄賦》注引有大字可證。「首鞶」《選》注作「首飾」，葢古本如是，今本作「鞶」誤。

（帶）　紳也。男子鞶革，婦人鞶絲〔註207〕。象繫佩之形。佩必有巾，从巾。

濤案：《御覽》六百九十六服章部引「鞶絲」作「絲帶」，「佩必有巾」作「帶必有巾」，葢古本如是。「佩有巾」乃佩字之解，《廣韻》亦作「帶亦〔註208〕有巾，故从巾」。

魁案：《古本考》非是。《慧琳音義》卷五「擐帶」條引《說文》云：「帶，紳也。男子服革，婦女服絲。」卷八「被帶」條引云：「紳也。男子服革，婦人絲。」依辭例卷八「絲」上當奪「服」字。本書《革部》鞶下云：「男子帶鞶，婦人帶絲。」張舜徽《約注》云：「意謂男子以革為帶，婦人以絲為帶也。與《禮

〔註207〕《古本考》「鞶絲」二字從小徐，今大徐本作「帶絲」。

〔註208〕今見《廣韻》無「亦」字，刻本當衍。

記・內則》『男鞶革，女鞶絲』辭義正同。」張說是也。據此，慧琳卷所引當作「男子鞶革，婦人鞶絲」，此正與小徐本同。今鍇本完文作「紳也。男子鞶革，婦人鞶絲。象繫佩之形，帶必有巾，從重巾。」「帶必有巾」亦與沈濤所訂同，據小篆字形，「從重巾」亦是。是今小徐本不誤，許書原文當如是。

幬（幬）　禪帳也。从巾，𠷎聲。

濤案：《類聚》六十九服飾部、《御覽》六百九十九服用部引「禪」作「單」，葢傳寫偶奪偏旁，非古本如是。《詩・小星》：「抱衾與裯。」傳：「裯，禪被也。」「裯」爲「禪被」，則「幬」爲「禪帳」。

魁案：《古本考》是。《慧琳音義》卷六十三「蚊幬」條引《說文》與二徐本同，許書原文如是。

帷（帷）　在旁曰帷。从巾，隹聲。𡘾古文帷。

濤案：《文選・潘尼〈迎大駕〉詩》注引「帷，車飾也」，葢古文尚有此一解，今奪「旁」，《初學記》二十器用部云「一本作房」，非。

魁案：《古本考》非是。《慧琳音義》卷十四「牀帷」條與《希麟音義》卷八「帷幕」條並引《說文》與今二徐本同，小徐多一「也」，許書原文當如是。李善蓋因文立訓。又，清光緒孔氏三十三萬卷堂本《初學記》卷二十五器物部引《說文》同今二徐本，不知沈濤所據《初學記》爲何本。

帳（帳）　張也。从巾，長聲。

濤案：《止觀輔行傳》七之四引「四合象宮室，張之曰帳」，是古文尚有此九字，今奪。

魁案：《古本考》非是。《慧琳音義》卷七十六「帷帳」條引《說文》與今二徐本同，許書原文當如是。《止觀》所蓋引者之辭，不足據也。

幕（幕）　帷在上曰幕，覆食案亦曰幕。从巾，莫聲。

濤案：《御覽》七百服用部引「覆」上有「蒙之」二字，葢古本如是，今奪。《一切經音義》卷六引「幕，覆也」，乃節引，非完文。

魁案：《古本考》非是。《慧琳音義》卷三十八「幔幕」條引《說文》作「帷在上曰幕。幕猶覆也。」「幕猶覆也」當是引者續申，非許書之文。「覆食案亦曰幕」，段玉裁認爲荄淺人所增，當是。今小徐本無此六字。合訂之，許書原文當同小徐，作「帷在上曰幕。从巾，莫聲。」

帖（帖）　**帛書署也。从巾，占聲。**

濤案：《九經字樣》作「帛署書也」，荄古本如是，今本二字誤倒。

魁案：《古本考》非是。《慧琳音義》卷五十九「應帖」條引《說文》云：「帖，帛書暑也。」「暑」乃「署」字之誤。小徐作「帛書署」，較大徐少一也字，是大徐不誤，許書原文當如是。

徽（微）　**幟也，以絳徽帛，箸於背。从巾，微省聲。《春秋傳》曰：「揚徽者公徒。」**

濤案：《左氏》昭二十一年釋文引「幟」作「識」，荄古本如是。許書無幟字，《新附》始有之，古旌幟字只作識。

幡（幡）　**書兒拭觚布也。从巾，番聲。**

濤案：《御覽》三百四十一兵部引「幡，幟也」，「幟」即「識」字之別，是古本有此一解。又本部「㡘，幡幟也」，或疑《御覽》傳寫奪「㡘」字，然此引在「旛條」下，則非「㡘」字之解可知。旛字在《㫃部》，幡字在《巾部》，古書皆相亂，此或爲《㫃部》之奪文。

魁案：沈濤認爲古本有「幟也」一解，是。《希麟音義》卷五「繒幡」條引《說文》云：「幡，幟也。」

幝（幝）　**車弊皃。从巾，單聲。《詩》曰：「檀車幝幝。」**

濤案：《詩・杕杜》釋文「幝幝，尺善反，敝皃。《說文》云：車敝也。」列「敝皃」於《說文》之上，是古本作「也」，不作「皃」。

席（席）　**籍也。《禮》：天子、諸侯席，有黼繡純飾。从巾，庶省。[illegible]古文席从石省。**

濤案：「籍」，《御覽》七百九服用部引作「藉」，荄古本如是。籍爲「部書」，非此之用。

魁案：《古本考》是。《類篇》卷二十一引作「藉也」，今二徐本作「籍也」，誤。又，《慧琳音義》卷二十七「薦席」條引《說文》云：「從巾從庶省聲也。」今小徐本亦作「从巾庶省聲」，是大徐奪「聲」字。合訂之，許書原文當作「藉也。《禮》：天子諸侯席，有黼繡純飾。从巾，庶省聲。」

（帑）　金幣所藏也。从巾，奴聲。

濤案：《後漢書·桓帝紀》注引「帑者，金布所藏之府也」，《鄭宏傳》注引同。是古本「幣」作「布」，藏下尚有「之府」二字，今本誤奪殊甚。布謂錢布者字乃引書時所足。《鄧禹傳》注、《御覽》百九十一居處部又引作「金帛所藏」，布、帛義得兩通，無「之府」二字，乃節引，非完文。《一切經音義》卷七亦有「之府」二字，幣字同今本，卷十二同奪之字。《白帖》十一引「幣」作「布」，亦無「之府」二字，《初學記》居處部同《白帖》。《左傳》文六年正義引同今本，是古本亦有如是作者。

魁案：《慧琳音義》卷二十八「帑藏」條兩引皆轉錄《玄應音義》，一引作「帑，金幣所藏府也」；另一作「帑，金幣所藏之府者也」。卷九十一「帑藏」條引作「帑者，金帛藏府之名也」，卷九十七「帑藏」條引作「金布所藏之府」。四引皆有「府」字，則許書當奪此字。許書以「府」作訓釋者有兩處，《肉部》胃下云「穀府也」，脘下云「胃府也」，以此例之，竊以爲許書原文當同慧琳卷二十八轉錄所引，作「金幣所藏府也」。

（幏）　南郡蠻夷賨布。从巾，家聲。

濤案：《後漢·南蠻傳》注引作「南蠻夷布也」，《御覽》七百八十五四夷部、《通典》一百八十七引作「南郡蠻夷布也」，蓋古本無「賨」字，「郡」字亦衍。《魏都賦》曰：「賨布積幏。」注引《風俗通》曰：「槃瓠之後輸布一匹，小口二丈爲竇布，稟君之巴氏出幏布八丈。」

（幦）　髼布也。从巾，辟聲。《周禮》曰：「驪車大幦。」

濤案：《五經文字》云「幦，車覆笭也」，蓋古本如是。《周禮》：「巾車幦作幎。」注引鄭司農云：「犬幎以犬皮爲覆笭。」《儀禮·既夕禮》云：「主人乘惡車白狗幦。」注云：「幦，覆笭也。以狗皮爲之，取其臑也。」則「覆笭」不盡用髤漆矣。

帎（帎） **領耑也。从巾，耴聲。**

濤案：《廣韻·二十九葉》引作「衣領耑也」，是今本奪一「衣」字。《玉篇》此字注亦有「衣」字。

白部

皤（皤） **老人白也。从白，番聲。《易》曰：「賁如皤如。」𩕳皤或从頁。**

濤案：《易·賁卦》釋文引作「老人皃」，《文選·辟雍詩》注、《後漢書·班固傳》注亦引「皤，老人皃也」，是古本作「皃」不作「白」，今本乃傳寫偶奪其半字耳。《御覽》三百八十八人事部引作「老人色也」，「色」亦「皃」字之誤。

魁案：《古本考》非是。《慧琳音義》卷九十八「皤皤」條引同今二徐本，當是許書原文。《段注》云：「《易》釋文、《文選·兩都賦》注皆作『老人皃』，非是。老人之色白與少壯之白皙不同，故以次於皙。」

皚（皚） **霜雪之白也。从白，豈聲。**

濤案：《文選·北征賦》注引「皚皚，霜雪白之皃也」，葢古本如是。《後漢·張衡傳》注引「皚皚，霜雪之貌也」，乃傳寫奪「白」字，《文選·劉楨〈贈五官中郎將〉詩》注引「皚皚，霜雪皃」，并奪「之」字。《初學記》二、《御覽》十四天部引同今本，葢古本亦有如是作者。

魁案：《古本考》認爲許書原文作「霜雪白之皃也」，非是。張舜徽《約注》云：凡從豈聲之字，多有高義。皚之本義，蓋謂雪之積高山之白也。」張說是也。《慧琳音義》卷八十三「皚然」條引《說文》云：「霜雪之皃也。」皃當「白」字之誤。本部「皤，老人白也」「皠，鳥之白也」「皅，艸華之白也」，「皚」側其間訓「霜雪之白也」，義相隨，例相合。今二徐本同，許書原文如是。《漢書》注所引「皃」字亦誤。

皛（皛） **顯也。从三白。讀若皎。**

濤案：《文選・陶潛〈還江陵夜行塗口〉詩》注引「通白曰皛，皛，明也」，葢古本如是。皛从三白，故爲「通白」，然他注所引皆同今本，當是一解。

㡀部

（敝）　帗也。一曰，敗衣。从攴，从㡀，㡀亦聲。

濤案：《汗簡》卷中之一「敝見《說文》」，是古本此字尚有古文，今奪。

黹部

（黹）　箴縷所紩衣。从㡀，丵省。凡黹之屬皆从黹。

濤案：本書莃、晞、脪、郗、睎、稀、俙、欷、豨、絺諸字皆从「希聲」，嚴孝廉曰：「希即黹字，今黹下脫重文耳。《周禮》：『司服則希。』鼂注：『希或作黹，字之誤也。』寔則黹希同體，許書舊本必有希字，而小徐謂皆从稀省，斯不然矣。」然則當補重文希篆。

魁案：唐寫本《玉篇》191 黹下引《說文》云：「針縷所黹紩文也。」許書原文當如是。今二徐本「衣」字當「文」字之誤，又奪「也」字。小徐本尚有「象刺文也」四字，則作「文」亦可知。《慧琳音義》卷九十八「重⿰衤黹」條引《說文》云：「鍼縷所黹紩也。或作黹，黹從㡀丵省聲。」亦奪「文」字。

（⿰黹虘）　合五采鮮色。从黹，虘聲。《詩》曰：「衣裳⿰黹虘⿰黹虘。」

濤案：《詩・蜉蝣》釋文引「合」作「會」，葢古本如是。會、合義同。然以下「⿰黹卒，會五采繒色」例之，則作「會」爲是。《釋文》「色」下有「也」字。《廣韻・八語》亦引作「會」，可見古本不作「合」。「色」，《廣韻》誤作「皃」。

魁案：《古本考》是。唐寫本《玉篇》192⿰黹虘下引《說文》：「合會五采鮮色也。」當衍「合」字。許書原文當作「會五采鮮色也」。

（⿰黹卒）　會五采繒色。从黹，綷省聲。

濤案：《廣韻・十八隊》引色作也，葢傳寫奪一「色」字，今本亦奪「也」

字。

魁案：唐寫本《玉篇》192引《說文》作「會五采繒也」。《方言》卷三：「宋衛之間曰綷。」郭璞注：「《說文》作辭，云：會五采繒色。」據此二引，唐本所引當奪「色」字，郭注所引省「也」字。《類篇》卷二十一引同大徐，當奪也字。《集韻》卷七引《說文》作「五采繒色也」，奪「會」字。合訂之，許書原文當作「會五采繒色也」。

補 黺

濤案：《書・益稷》釋文云：「粉米，《說文》作黺䊳，徐本作絲，音米。」徐本謂徐仙民本也。然則古本《說文・黹部》有䊳，而《糸部》無絲。訓解當云：「繡文如聚細米也，从黹从米，米亦聲。」今本此部奪去䊳字，而於《糸部》妄增「絲」字，以「䊳」字之訓釋移於彼處，二徐之無知妄作如此。